어둠의 수호자

Yami no Moribito

Text copyright ⓒ 1999 by Nahoko Uehashi
Illustrations copyright ⓒ 1999 by Makiko Futaki
First published in Japan in 1999 by KAISEI-SHA Publishing Co., Ltd., Tokyo
Korean language translation rights arranged KAISEI-SHA Publishing Co., Ltd.
through Japan Foreign-Rights Centre/Shinwon Agency Co.

어둠의 수호자

초판 1쇄 찍은날 2016년 4월 12일
초판 1쇄 펴낸날 2016년 4월 20일

지은이 우에하시 나호코 **옮긴이** 김옥희
펴낸이 고지영 · 양애라
편집 구태은 **디자인** 이하나
마케팅 박신용 **경영지원** 국지연
펴낸곳 스토리존

등록 2015년 8월 11일 제307-2015-45호
주소 서울시 성북구 북악산로 1062, 1층(종암동)
전자우편 storyzone1@naver.com
페이스북 www.facebook.com/storyzone
블로그 blog.naver.com/storyzone1
전화 02) 310-9101 팩스 02) 310-9102

ISBN 979-11-957529-2-8 04830
    979-11-957529-0-4 (세트)

※ 잘못된 책은 구입하신 서점에서 바꿔드립니다.

어둠의 수호자

우에하시 나호코 지음 김옥희 옮김

스토리존

차례

서장

어둠 속으로

바르사는 폭포 위에 서 있었다. 바로 왼쪽 옆에는 동굴이 입을 쩍 벌리고 있다. 그 동굴로부터 물길이 흘러나와 바르사가 선 바위 턱부터 폭포가 되어 저 아래 용소까지 굉음을 내며 떨어져 내린다.

바르사는 산의 정기를 듬뿍 담은 물 냄새에 휩싸인 채 이미 꽤 오랫동안 우두커니 서 있었다. 이 정도 높이에 오르면 대지의 주름처럼 겹친 청무 산맥을 내려다볼 수 있다. 무덥고 가물었던 여름이 지나고 산자락의 녹음이 조금씩 퇴색하고 있었다. 이제 한 달만 지나면 불타는 듯한 단풍이 산을 뒤덮으리라.

바르사의 전신을 금빛으로 물들이던 석양이 막 오른편 산

그늘로 넘어가려는 참이다. 눈 아래 펼쳐지는 청무 산맥의 남쪽은 신요고 황국. 바르사가 인생의 대부분을 보내고 진심으로 소중히 여기는 사람들이 사는 곳이다. 그리고 이 바위 산 너머에는 바르사가 태어난 고향, 오랫동안 떠올리기조차 고통스럽던 칸발 왕국이 있다. 나그네들이 오가는 공식 국경은 훨씬 더 서쪽에 있지만, 바르사는 동굴을 빠져나가 은밀하게 칸발로 돌아갈 생각이었다.

바르사는 눈을 감았다. 망막에 붉은 석양의 잔상이 남았다. 아주 오래전, 손을 붙잡힌 채 훌쩍이면서 어두운 동굴을 빠져나와 이 바위 턱에 이르렀을 때도 지금처럼 해가 지는 무렵이었다. 그로부터 25년. 벌써 25년이 지나고 말았다. 울면서 바위 턱에 우두커니 서 있던 여섯 살 소녀에게는 끝없이 펼쳐지는 타국의 경치가 그저 무섭게만 느껴졌다. 그 타국에서 자기를 기다리는 세월은 상상조차 할 수가 없었다.

25년이 지나 다시 바위에 올라선 바르사는 오랜 떠돌이 생활로 너덜너덜해진 옷에 푸석푸석한 머리를 아무렇게나 묶고, 손에 익은 단창에 짐을 걸어 짊어진 무사였다. 바르사는 눈을 감은 채 단창 자루에 새겨진 문양을 손으로 더듬었다.

'첫 번째 갈림길에서 오른쪽. 두 번째 갈림길에서도 오른쪽. 세 번째 갈림길에서는 왼쪽.'

문양이 가리키는 동굴 속 길을 소리 내어 읽던 지그로의 굵은 목소리가 귓가에 되살아났다.

칸발 왕국은 산악국가로, 국토 대부분이 위대한 유사 산맥을 따라 펼쳐진다. 그리고 유사 산맥 지하에는 마치 거미줄처럼 동굴이 여러 갈래로 뻗어 있다. 칸발의 부모들은 아이들이 철들 무렵이면 절대 동굴에 들어가지 말라고 단단히 이르곤 한다.

"절대 들어가지 말거라. 태양 아래는 칸발 왕의 나라지만 산 아래는 산왕(山王)이 지배하는 어둠의 왕국이니까."

"동굴은 산왕의 신하이자 무시무시한 '어둠의 수호자' 효울들이 왕래하는 어둠의 길이다. 만약 길이라도 잃으면 분명 잡아먹히고 말 거야."

아무리 그렇게 일러도 칸발의 아이들 가운데 잠깐씩이나마 동굴에 들어가지 않는 아이는 하나도 없을 것이다.

칸발의 동굴은 안으로 들어갈수록 조금씩 지층이 바뀐다. 입구 쪽은 회색 석회질 암벽이지만, 좀 더 안으로 들어가면 매끄러운 백마석(白磨石) 암벽이 나타난다. 그리고 더 깊이 들어가면 녹백석(綠白石) 암벽이 나온다. 가장 깊은 땅속에는 산왕의 궁전이 있는데, 이 궁전은 스스로 푸른빛을 발하는 보석, 이 세상에서 가장 아름다운 청광석(靑光石) 루이샤로 이루어져 있다고 전한다.

칸발의 아이들에게 백마석은 대단한 용기의 징표였다. 백마석을 갖고 돌아간다는 것은 동굴 깊이, 햇빛이 미치지 않는 곳까지 들어갔다는 증거이기 때문이다. 하지만 그런 식으로 담력을 시험하기 위해 동굴에 들어갔다가 돌아오지 않는 아이가 몇 년에 한두 명씩 생기곤 했다. 어른들 말처럼 '어둠의 수호자' 효율에게 잡아먹힌 것인지, 아니면 복잡하게 길이 갈라진 동굴에서 길을 잃은 것인지는 알 길이 없다.

그렇기 때문에 여섯 살 바르사의 가슴에도 동굴에 대한 두려움이 단단히 새겨져 있었다. 셀 수 없을 정도로 수많은 싸움에서 오로지 힘과 배짱만으로 살아남은 지금까지도 이렇게 가슴 한가운데서부터 서서히 공포가 치밀어 올라왔다.

여행자 신분증을 보여주고 정식으로 국경을 통과해도 될 일이었다. 바르사의 친아버지를 죽이고 15년 동안이나 바르사와 양아버지 지그로를 추격해온 칸발 왕 로그삼은 이미 10년 전에 병을 얻어 죽었다. 로그삼이 왕좌에 앉기 위해 얼마나 끔찍한 짓을 저질렀는지 그 실상을 아는 사람은 이제 세상에 바르사뿐이다. 당당하게 국경을 넘어 칸발로 돌아가도 아무 위험도 없을 터였다. 하지만 바르사는 이 동굴을 거쳐 고향으로 돌아가고 싶었다. 암흑 속 동굴을 혼자 힘으로 빠져나가 고향으로 가는 것이 마치 꼭 해치워야 할 과제처럼 느껴졌다.

바르사는 이제까지 죽 고향을 잊으려고 애써왔다. 바르사에게 고향이란 건드릴 때마다 아픈 오랜 상처와도 같았다. 몸에 생긴 상처는 시간이 흐르면 낫는다. 하지만 마음속에 생긴 상처는 잊으려 할수록 더욱 깊어지는 법이다. 치료 방법은 한 가지, 상처를 똑바로 쳐다보는 수밖에 없다.

바르사가 눈을 떴다. 그리고 한 차례 크게 숨을 들이마셨다. 눈 아래로 펼쳐진 청무 산맥과, 산자락으로 둘러싸인 곳의 소중한 사람들에게 잠시 작별을 고했다. 산맥으로부터 등을 돌린 바르사는 어두운 동굴 속으로 발을 들였다.

제1장

어둠 속에
잠든 것

1

어둠의 수호자 효울

물살에 휩쓸리지 않도록 바르사는 마른 바위를 따라 걸었다. 등 뒤의 빛이 작은 점이 되더니 이윽고 완전히 캄캄해지고 말았다. 눈을 떴는지 감았는지도 알 수 없을 정도로 캄캄한 암흑 속에서 바르사는 암벽에 손을 대고 천천히 걸었다.

"동굴에 불빛을 갖고 들어가면 안 된다."

지그로의 목소리가 귓가에 되살아났다. 25년이나 흘렀는데도 마치 어제 일처럼 떠오르는 것이 신기했다.

"어둠의 수호자 효울은 불꽃을 아주 싫어한다. 횃불이나 제등을 갖고 들어가면 그 냄새를 맡고 공격해오지. 살아서 동굴을 빠져나가고 싶으면 암벽을 따라 천천히 걸어가는 수밖에 없다. 나는 동굴을 빠져나가는 방법을 잘 알고 있으니

걱정 마라."

이제 와 생각하니 그때 지그로는 겁에 질려 울먹이는 바르사를 어설프게나마 달래려 한 것이리라.

지그로는 말수가 적은 사람이었다. 바르사의 아버지 카르나는 이야기를 잘하고 웃기도 잘해 지그로하고는 성격이 완전히 달랐다. 그런데도 두 사람은 사이가 아주 좋았다. 거의 매일 밤두 사람이 술잔을 주고받던 기억이 어렴풋이 떠올랐다.

바르사의 아버지는 칸발 왕 나그루의 주치의였다. 지그로에 따르면 카르나는 천재적인 의술가여서, 왕의 총애를 받아서른두 살 젊은 나이에 왕의 주치의가 되었다고 한다. 얄궂게도 그런 행운이 훗날의 비극을 초래한 것이기도 하지만.

나그루 왕의 아버지 요라무 왕은 네 왕비와의 사이에 왕자 넷과 공주 다섯을 두었다. 왕자들은 철이 들자 왕위를 둘러싸고 볼썽사납게 싸우기 시작했는데, 요라무 왕이 갑작스러운 병으로 붕어하자 결국 장남인 나그루가 왕위를 이었다. 하지만 나그루는 왕위에 오래 있지 못했다. 차남 로그삼은 속을 알 수 없는 무서운 사람으로, 일단 형 나그루에게 왕위를 양보해 안심시킨 뒤 음모를 꾸미며 기회를 노린 것이다.

천성적으로 병약했던 나그루 왕은 어느 해 겨울, 심한 감기에 걸렸다가 봄이 되도록 병상에서 일어나지 못했다. 로그삼이 기다리던 절호의 기회였다. 로그삼은 바르사의 아버지 카르나를 은밀히 불러 나그루 왕을 독살하라고 명령했다. 주치의인 카르나라면 약을 바치는 척하며 독을 넣는 것도, 그 죽음을 병사로 꾸미는 것도 가능하리라는 것이었다.

로그삼은 만일 독살에 실패하거나 비밀을 누설할 낌새가 보이면 곧바로 딸을 죽이겠다고 협박했다. 로그삼의 본성을 잘 아는 카르나는 딸을 지키기 위해 마지못해 나그루 왕을 독살했다. 하지만 카르나는 로그삼이 시키는 대로 하면서도 비밀리에 저항을 시도했다. 갑작스러운 죽음은 독살이라는 의심을 사게 마련, 그러나 죠르가라는 독을 쓰면 서서히 몸이 쇠약해지다가 마침내 죽음에 이르므로 아무도 의심하지 않을 것이었다. 이런 이유를 들어 죠르가를 쓰게 해달라고 로그삼에게 허락을 구한 것이다.

로그삼은 독을 넣기 시작할 때까지 카르나를 철저히 감시했지만 며칠이 지나 왕이 눈에 띄게 쇠약해지자 마음을 놓았다. 이제 와서 카르나가 배반할 리가 없었기 때문이다. 카르나는 로그삼의 감시가 느슨해지기를 간절한 마음으로 기다렸다. 그러던 가운데 겨우 생긴 틈을 이용해 마침내 친구 지그로를 만났다.

지그로는 왕의 무술 지도관으로 성 안에서 생활했다. 카르나는 지그로에게 자초지종을 이야기한 뒤, 딸 바르사를 데리고 도망쳐달라고 간곡하게 부탁했다. 왕이 죽으면 독살의 진상을 아는 자신을 로그삼이 살려둘 리가 없었다. 로그삼이 어떤 사람인가? 비밀을 아는 자기뿐만 아니라 후환이 두려워서라도 딸까지 죽일 것이 분명하다. 아내를 병으로 잃은 카르나에게 외동딸 바르사는 삶의 전부였다. 그리고 지그로는 친구의 간절한 부탁에 그때까지 쌓아올린 모든 것을 버린 것이다.

바르사는 여섯 살이던 그날 저녁을 지금도 똑똑히 기억한다. 아버지는 이미 며칠이나 성에서 돌아오지 않아 유모와 단둘이 아버지를 기다리고 있었다. 아버지가 돌아오는 모습이 보일까 하는 마음에 바르사는 창턱에 걸터앉아 발을 뜰 쪽으로 대롱거리고 있었다. 특히 겨울이 길고 혹독한 칸발에서는 벽을 묵직한 돌로 쌓는다. 따라서 창턱은 바르사에게 최고의 의자나 다름없었다. 봄이 끝나가는 따뜻한 저녁, 대기에는 달콤한 꽃향기가 은은하게 감돌았고 뜰을 에워싼 돌담과 정원수의 그림자가 풀밭에 길게 드리워 있었다.

문득 뭔가 스치는 듯 둔탁한 소리가 났다. 깜짝 놀라 바라보니 키 큰 남자가 옆구리에 뭔가를 낀 채 대문을 열고 뜰로 들어서는 것이 보였다. 지그로였다. 옆구리에 낀 것이 사람이라는 사실을 알아챈 순간, 발밑에서 한기가 올라왔다.

지그로는 바르사를 발견하자마자 입에 손을 갖다 대며 아무 소리도 내지 말라고 신호했다. 그러고나서 옆구리에 끼고 있던 남자를 울타리 안쪽 화단 구석에 내려놨다. 이어서 재빨리 그 사람의 손발을 나무에 동여매고는 재갈을 물렸다.

내려오라는 지그로의 손짓에 따라 바르사는 맨발로 뜰에 내려섰다. 무슨 일인지는 알 수 없지만, 갑자기 주위의 빛깔이 변한 것 같았다. 꿈을 꾸는 것처럼 막연한 불안감이 들었던 것이다. 지그로가 바르사의 어깨를 잡고 귓전에 속삭였다.

"아버지가 너를 데리고 도망치라고 나에게 부탁했다. 지금 당장 나와 함께 가는 거다."

바르사가 당황하며 지그로를 올려다봤다.

"하지만 유모가 곧 저녁밥을 먹을 거랬어. 어디 가려면 유모한테 말해야지."

"아니, 안 된다. 너와 내가 도망친 것을 알게 되면 유모에게도 불똥이 튀니까. 봐라, 저기 저 놈이 너를 죽이려고 담 너머에 계속 숨어 있었다. 죽고 싶지 않거든 내 말을 듣거라."

팔을 붙잡힌 채 걸으면서 바르사가 울먹였다.

"신발이…."

어린 바르사의 불평에 지그로는 '아아' 하고 고개를 끄덕이고는, 짊어진 자루에서 신발을 꺼냈다. 바르사에게는 큰 신발이었지만 지그로는 가죽 끈을 단단히 매며 한마디 했을 뿐이다.

"이걸로 견뎌라."

지그로의 큼지막한 손에 팔을 붙잡혀, 바르사는 끌려가듯 뜰을 나섰다. 설마 그것이 기나긴 도망의 시작일 것이라곤 짐작조차 하지 못한 채.

어둠 속을 걸으며 샘솟는 추억에 바르사는 저도 모르게 입술을 깨물었다. 지그로에게 이끌려 이 어둠 속으로 도망치고 나서 로그삼이 죽기까지, 실로 지옥 같은 15년이었다.

도망치고 반년 정도 지났을 무렵, 칸발에서 요고로 돈벌이 온 남자들로부터 아버지가 살해당했다는 이야기를 들었다. 강도를 당했다는 것이었다. 언젠가 아버지를 만날 거라고 위안 삼으며 살아온 바르사에게는 너무나도 끔찍한 충격이었다.

그제야 지그로는 마치 어른에게 이야기하듯이 자초지종을 설명해주었다. 왜 아버지가 살해당했는지, 왜 지그로와 바르사가 도망쳐야만 했는지를. 그때 마음에 싹튼 증오심은 지금까지도 가슴속에 단단한 응어리로 남아 있다. 바르사는 로그삼을 죽이고야 말겠다고 다짐했다. 그리고 지그로에게 무술을 가르쳐달라고 조르기 시작했다. 지그로는 단호하게 고개를 저었다.

"무술은 남자들이나 할 일이다. 아무리 노력해도 여자의 육신으로는 한계가 있다. 게다가 너는 아직 어려서 뼈가 단단하지도 않아. 수행을 잘못하면 제대로 자라지 않을 수도 있어."

하지만 바르사는 포기하지 않았다. 새벽마다 지그로가 혼자 연습하기 시작하면 그 모습을 집어삼킬 듯이 지켜보고는 동작을 따라했다. 지그로는 부유한 상인의 호위무사가 되어 생계를 꾸렸기에 이런저런 싸움을 많이 겪었는데, 그런 일이 벌어질 때마다 바르사는 달려가서 지그로의 움직임을 지켜보며 싸우는 법을 배우려 했다. 그러던 어느 날, 끔찍한 일이 일어났다. 로그삼이 보낸 자객이 바르사와 지그로를 찾아낸 것이다. 바르사는 그때까지 지그로가 싸우는 걸 꽤 많이 봤지만 그때처럼 무서운 것은 처음이었다.

두 사람은 마치 춤을 추듯 움직였다. 창과 창이 눈에 잡히지 않을 정도로 빠르게 허공을 누비고, 찌르고, 치고, 부딪쳤다. 자객의 창이 지그로의 어깨를 베는 순간, 지그로의 창은 자객의 가슴을 깊숙이 관통했다.

바르사는 피비린내 진동하는 죽음의 단말마를 목격하고는 자지러지고 말았다. 그래서 지그로가 자객을 찌르고 그 위로 쓰러졌을 때도 지그로가 죽어간다 생각하면서도 꼼짝조차 하지 못했다. 하지만 지그로는 죽어가는 것이 아니었다. 시체를 덮고 엎드린 채 울고 있었던 것이다. 그때가 처음이었다. 지그로는 온몸을 떨면서 소리 죽여 울고 있었다.

지그로가 절규한 이유는 그로부터 상당한 세월이 흐른 뒤에야 알게 되었다. 로그삼이라는 자는 참으로 간악하고 추악한 작자였다. 로그삼이 보낸 자객은 지그로의 소중한 친구였던 것이다.

지그로는 그 사건 이후에야 바르사에게 무술을 가르쳐주기로 했다. 만일 자기가 자객에게 당하더라도 바르사 혼자 살아갈 수 있게 하기 위해서였다. 바르사는 마치 뭔가에 씐 사람처럼 수련에 열중했다. 마치 몸속에 걸쭉하고 뜨거운 덩어리 같은 것이 흘러, 그 열기를 밖으로 뿜어내려는 듯 창을 휘두르고 주먹을 뻗었다. 고작 여덟 살짜리 소녀가 다치는 것도 아랑곳하지 않고 미친 듯이 수행하는 것을 보고 지그로가 혀를 내둘렀을 정도다.

"타고난 무사로구나. 네가 무술을 익히게 된 것은 운명인지도 모르겠다."

그다음 한 말이 지금도 바르사의 가슴에 새겨져 있다.

"묘하게도 무술 하는 자는 가만히 있어도 싸움에 휘말리게 된다. 너에게 피비린내 나는 생을 살게 하고 싶지 않았다. 하지만 이렇게 된 바에야, 너를 철저히 훈련시켜 목숨 부지할 힘을 길러주는 것 말고는 달리 도리가 없겠구나."

도망치고 또 도망쳐도 자객은 찾아왔다. 그러나 지그로는 강했다. 그 누구보다도 강했다. 로그삼이 죽기까지 15년 동안 그는 바르사와 자기의 목숨을 지키기 위해 친구를 여덟 명이나 죽여야 했다.

대기의 흐름에서 변화를 느낀 바르사가 문득 상념에서 깨어났다.

'넋 놓고 있다가는 길을 잃고 말지.'

바르사는 고개를 저으며 스스로를 질책하고는 슬슬 샛길이 나타날 거라고 예상하며 암벽을 더듬었다. 팔을 조금 뻗자 손끝이 암벽을 벗어나 허공을 휘저었다. 첫 번째 갈림길이었다.

바르사는 창의 문양을 확인했다. 단창 자루에 새겨진 문양은 지그로가 죽었을 때 그의 창에서 자기 창으로 옮겨 그린 것이다. 칸발과 신요고 황국을 잇는 동굴의 갈림길을 표시한 그림이었다. 그때는 이 문양을 사용할 날이 오리라고는 상상도 하지 못했지만.

실패하더라도 꺾어진 횟수와 방향만 기억하면 원래 장소로 돌아갈 수 있다. 그렇게 스스로를 타이르며 바르사는 샛길로 꺾어들었다. 그러나 아무리 길을 안다 해도 이렇게 칠흑 같은 어둠 속에 오랫동안 있다보면 끊임없이 가슴이 억눌리는 듯해 숨이 막혔다. 빨리 밖으로 나가고 싶은 마음이 점점 더 강렬해지는 것이다.

바르사는 달리고 싶은 충동을 가까스로 억눌렀다. 달리면 발소리가 높이 울릴 터, 이런 동굴이라면 소리가 꽤 멀리까지 전해질 것이다. 어둠의 수호자 효율이 그 소리를 듣는다면 살아서 밖으로 나갈 수 없다.

'바보같이 고집을 부렸나.'

바르사는 일부러 동굴로 들어온 것을 후회하기 시작했다.

'뭐, 어쩔 수 없지. 이제 와서 후회해봐야.'

길을 꺾어 샛길로 들어선 바르사는 슬슬 다음 샛길이 나타나지 않을까 기대하며 왼쪽 암벽으로부터 몇 발짝 걸어 오른쪽 벽을 훑었다. 다음 모퉁이는 오른쪽에 있을 터였기 때문이다.

'오른쪽으로 꺾어서, 그다음에는 왼쪽, 왼쪽에서 밖으로 나갈 것이다.'

조금 전까지 쉬지 않고 들려오던 물소리가 꽤 멀어졌다. 짚신을 신은 바르사는 거의 발소리를 내지 않았지만, 물소리가 멀어지자 숨소리마저 천둥처럼 느껴졌다. 드디어 오른쪽 샛길로 접어드는 순간, 갑자기 이상한 일이 일어났다. 처음 느낀 것은 냄새였다. 코를 찌르는 연기 냄새.

'횃불이다. 짐승 기름을 넣은 횃불.'

단숨에 아주 오래된 기억이 되살아났다. 한겨울 눈보라가 치던 밤, 짐승 기름을 넣어 눈보라에도 꺼지지 않는 횃불을 들고 집으로 돌아오던 아버지의 모습.

그 순간 들려온 비명 소리에 바르사는 현실로 돌아왔다. 알 수 없는 외마디 소리가 또다시 동굴 가득 메아리쳤다. 날카롭고 높은 어린아이의 목소리였다. 바르사는 재빨리 짐을 내려놓고는 단창만 들고 발밑을 살피며 달리기 시작했다. 몇 갈래로 갈라진 동굴 가득 반향이 일어나 어느 방향인지 알기 힘들었지만, 다행히도 어느 샛길로 접어들자 불빛이 나타났다.

바르사는 지나온 방향을 머릿속에 새기고는 그 길로 뛰어들었다. 어둠에 익숙해진 눈에는 횃불이 한낮의 태양처럼 밝게 느껴졌다. 게다가 백마석 암벽이 빛을 반사해 꽤 넓은 동굴 전체가 환하게 빛났다.

'휘파람만큼 높은 소리로군.'

생각할 겨를도 없이 한 줄기 빛이 공중을 가르며 날아오더니 횃불에 부딪쳤다. 그리고 횃불은 꺼지고말았다. 그 사이의 짧은 순간 바르사는 횃불을 안고 암벽에 몸을 의지한 소년과, 그 건너편에 쓰러진 소녀를 뇌리에 새겼다.

　다시 어둠이 찾아왔다. 바르사는 소년이 있던 곳을 향해 더듬어 가기 시작했다. 연기 냄새가 코를 찔렀다. 헐떡이는 소리로 보아 소년은 아직 살아 있었다. 피 냄새가 나지 않으니 아마 부상도 입지 않았을 것이다. 소년 옆에 다다른 바르사는 아이의 어깨를 붙잡았다. 소년의 몸이 움찔 놀라는 게 느껴졌다.

　"소리 지르지 마라."

　바르사가 날카롭게 제지했다.

　"어떻게 된 거냐?"

　바르사가 속삭이자 소년이 몹시 흥분한 듯 말했다.

　"여, 여동생이, 거기에 효울이….

　바르사는 소녀 쪽으로 눈길을 돌렸다. 살기와는 다른 기묘한 기척이 어둠 속에서 꿈틀거렸다. 바르사는 그쪽으로 창을 겨누고 호흡을 가다듬었다. 온몸에 싸우고자 하는 욕망이 뜨겁게 차오르면서 세계가 축소되는 듯했다. 마주한 적과 자기 외에 나머지 세계가 슬그머니 자취를 감추는 느낌이었다. 싸울 때마다 느끼는 묘한 열기가 몸을 가득 채웠다.

어렴풋이 인광처럼 푸른빛이 보였다. 어둠 속에서 싸우는 법을 철저하게 훈련한 바르사는 보통 사람보다 밤눈이 밝다. 그러나 이토록 완벽한 어둠 속에서는 무엇 하나 제대로 보일 리가 없다. 그래도 저만치에 푸른빛을 발하는 존재가 있다는 건 확실하다. 응시하지 않고 시선을 돌리자, 빛을 발하는 존재가 사람과 비슷한 형상이라는 것을 알 수 있었다.

'어둠의 수호자 효울이로구나.'

아무리 바르사라 해도 간담이 서늘했다. 한 발짝 내딛자 효울도 이쪽으로 발을 내딛었다. 단창을 단단히 거머쥐니 효울 역시 기다란 뭔가를 돌리는 것이 보였다. 마치 거울을 보는 것 같았다. 온몸이 뜨거워졌다. 숨이 막힐 정도로 뜨거운 기운이 효울과 자기 사이를 잇고 있었다. 뜨거운 파도가 밀려와 쿵 하고 가슴에 부딪친 순간, 바르사는 땅을 박차고 효울에게 달려들었다.

단창이 효울을 찔렀다고 생각했을 때, 바르사는 배에 한기를 느끼고 깜짝 놀라 몸을 비틀었다. 검은 바람이 옆구리를 스쳤다. 머리보다 몸이 먼저 움직여 바르사는 단창으로 상대의 무기를 쳐올렸다. 손에 딱딱한 느낌이 전해오며 불꽃이 튄 순간, 바르사가 쳐낸 무기가 그대로 포물선을 그리며 위에서 공격해왔다.

두 창은 어지러운 속도로 빠르게 서로 찌르고, 부딪치고, 쳐내고, 풍차처럼 회전했다. 바르사는 더 이상 눈에 의지하지 않았다. 어디론가 의식은 멀리 사라져버렸고 몸에 밴 움직임으로 아슬아슬하게 상대의 창을 막고 반격하고 있었다.

그러는 동안 바르사는 묘한 희열에 사로잡히기 시작했다. 꿈속에서 춤을 추는 것처럼 정체 모를 쾌감이 몸속 저 밑바닥부터 전신으로 퍼졌다. 상대의 동작에 이끌려 함께 춤을 추는 것 같았다. 창이 신음하며 엄청난 속도로 공격을 주고받는데도, 마치 시공간이 미지근한 액체로 변해버린 것만 같았다. 왠지 마주 보는 상대를 잘 아는 것처럼 묘한 정겨움이 밀려왔다.

'언젠가 예전에도 이런 일이 있었는데.'

그런 생각이 머리를 스치면서 거친 바람이 누그러지듯 창의 움직임이 자연스레 느려지기 시작했다. 그리고 마침내 두 창이 움직임을 멈췄다. 바르사는 크게 숨을 뱉어내며 그제야 비로소 숨을 참고 있었다는 사실을 깨달았다. 그토록 길게 느껴진 싸움이 숨을 참고도 견딜 만큼 짧은 시간에 불과했던 것이다.

마주 선 사람 형상이 가볍게 인사한 것 같은 기분이 들었

다. 바르사 역시 살짝 고개를 숙였다. 희미한 푸른빛의 형상
이 슬금슬금 후퇴해 어둠 속으로 녹아드는 것을 바르사는 멍
하니 바라보며 배웅했다.

'지금 그게 뭐였더라?'

바르사는 중얼거렸다. 목숨을 걸고 싸운 느낌은 아니었다.
마치 말이 아닌 무언가로 효율과 대화를 한 것처럼 기묘한
느낌이었다. 그리고 다음 순간 머릿속에 무언가가 떠오르면
서 전신에 찬물을 뒤집어쓴 듯 오싹해지고 말았다.

'창춤이다.'

오래전, 딱 한 번 같은 일이 있었다. 지그로와 무술 훈련을
할 때 그런 식으로 서로의 기술이 뒤엉켜 일정한 흐름을 이
룬적이 있다. 그때 지그로는 뭐라 형용할 수 없는 눈빛으로
바르사를 보며 낮은 소리로 말했다.

"이것이 창춤이다. 너의 기량이 마침내 이 경지에 이르렀구
나."

바르사는 부르르 떨었다. 전신에 식은땀이 나고 손발이 싸
늘해졌다. 방금 전까지 대적한 것은 어둠의 수호자 효율이
아니던가? 그런데 지그로를 떠올리다니?

'설마. 지그로는 이미 6년 전에 죽었어. 내 손으로 묻었잖
아.'

바르사는 마음을 다잡았다. 그때 등 뒤에서 희미한 소리가 들렸다. 소녀의 목소리였다. 바르사는 얼른 정신을 차리고 몸을 돌렸다. 목소리에 의지해 가까이 다가가 손으로 소녀를 어루만졌다.

"이제 괜찮다. 효울은 갔어. 다친 데 없니?"

소녀가 훌쩍이면서 투정했다.

"발이 아파요."

소년이 주뼛거리며 걸어오는 기척이 들렸다. 곧 이리저리 허우적대는 손이 바르사의 머리에 닿았다. 바르사가 그 손을 잡아 소녀 쪽으로 끌어주었다.

"지나, 괜찮니?"

소년이 속삭이자 소녀의 목소리가 커졌다.

"오, 오빠!"

바르사가 속삭였다.

"이제 괜찮다. 여하튼 여기서 나가자. 내가 이 아이를 업어 줄 테니까, 너는 내 창을 붙잡고 조용히 따라와라."

바르사는 짐을 찾기 위해 뇌리에 새긴 기억을 더듬어 통로 까지 되돌아왔다. 세 사람이 마침내 밖으로 나온 것은 달이 서쪽 하늘로 기울기 시작할 무렵이었다.

2
청광석 루이샤

동굴 밖으로 나오자 놀라울 정도로 차가운 밤공기가 온몸을 감쌌다. 눈 냄새가 흘러들었다. 여름에도 눈이 녹지 않는 위대한 유사 산맥의 숨결이다. 고향의 밤공기에 둘러싸여 바르사는 발을 멈추고 은모래를 뿌린 듯 별이 총총히 박힌 밤하늘을 올려다봤다. 거뭇거뭇 펼쳐진 유사 산맥의 눈 덮인 봉우리가 달빛을 받아 푸른빛을 띠었다.

"저기…."

소년이 바르사를 바라봤다. 달빛에 어렴풋이 보이는 소년은 열네다섯 정도 된 것 같았다. 보름달처럼 둥근 얼굴에 몸집이 다부지고, 키는 바르사보다 머리 하나 정도 작았다. 칸발 염소 가죽을 무두질해서 시크 염료로 물들인 옷을 두툼한 가죽 허리띠로 묶었고, 그 허리띠의 등 쪽에 단검을 매달고 있었다. 무인 계급 소년 복장이었다.

"저, 고맙습니다."

변성기가 막 시작되어 알아듣기 힘든 목소리였다.

"모두 살아 나왔으니 다행이구나."

바르사는 다소 엄한 목소리로 덧붙였다.

"여동생을 데리고 담력 시험을 하다니, 단검을 받은 어엿한 남자가 할 짓은 아니지. 여동생의 목숨까지 위험에 빠뜨릴 뻔했어."

소년이 풀 죽은 표정으로 눈을 깜빡였다. 그러자 등 뒤에서 소녀가 끼어들었다.

"그게 아니야. 백마석을 가지러 들어간 건 오빠가 아니라 나야."

의외로 또렷한 목소리였다. 동굴에서는 얼핏 열 살쯤으로 보았는데, 그보다 두세 살 더 많을지도 모르겠다.

"향(鄕)에 못된 녀석이 있어. 씨족장 가문 태생이라고 잘난 척하고 우리를 비웃는단 말이야. 오빠랑 나는 직계가 아니라 방계라서 백마석을 가지러 들어가면 돌아올 수 없다고. 그래서 내가…."

바르사는 새어 나오려는 웃음을 참을 수가 없었다.

"그렇구나. 이유는 알았다만, 목숨을 걸기에는 너무 하찮은 이유로구나. 동굴을 얕잡아 봐선 안 된다. 자칫하면 너희들은 오늘밤 죽을 뻔한 거야."

두 아이는 입을 다물었다. 어둠의 수호자 효율을 봤을 때의 공포가 되살아난 것이리라. 등으로 소녀의 전율이 전해져 왔다. 바르사가 소녀를 추슬러 올렸다.

"이제 두 번 다시 동굴에 들어가선 안 된다."

소녀가 고개를 끄덕였다.

"좋아. 그런데 너희는 이 근처 향에 사니?"

"예. 저는 캇사라고 합니다. 무사 씨족 톤노의 아들이죠. 여동생은 지나고요."

바르사가 깜짝 놀라 소년의 얼굴을 말끄러미 쳐다봤다. 이런 것을 운명의 끈이라고 하는 것일까? 지그로도 무사 씨족이었다. 톤노라는 이름은 들은 적이 없지만, 25년 만에 고향에 돌아와 처음으로 만난 것이 지그로의 씨족이라니.

'그렇구나.'

바르사는 중얼거렸다. 여기가 지그로 씨족의 영토였기 때문에 그가 이 동굴에 훤했던 것이다. 바르사를 데리고 도망칠 때 이 동굴을 빠져나가 신요고 황국으로 가는 길을 선택한 데에도 다 이유가 있었던 것이다.

"혹시 다른 나라에서 오셨나요?"

머뭇거리며 묻는 캇사의 목소리에 바르사는 정신을 차렸다.

"뭐?"

"왠지 신요고 황국 사람처럼 옷을 입고, 말투도 어쩐지…."

"아아."

지그로가 죽은 뒤로는 칸발어를 거의 사용한 적이 없었다. 오랜만에 칸발어로 이야기하려니 오래된 기억을 되살리는 것처럼 기분이 묘했다. 소년도 그것을 느낀 듯했다.

"아니, 칸발에서 태어났어. 다만 아주 오랫동안 여행을 떠났었다."

대답하던 바르사의 마음에 문득 경계심이 꿈틀거렸다. 칸발로 돌아온 것은 지그로의 가족을 만나 그가 도망쳐야 했던 이유를 사실대로 전하고 싶었기 때문이다. 하지만 그 전에 자기와 지그로의 도피가 어떤 식으로 알려져 있는지, 우선 상황을 알아둘 필요가 있었다. 지그로와 바르사는 왕가의 음모에 얽히면서 도피한 것이었다. 함부로 신분을 밝혔다가는 위험을 초래할지도 모른다.

바르사는 이제까지 세상의 어두운 면만 보며 살아왔다. 조심하고 또 조심하는 것이 완전히 몸에 밴 습관이었다. 바르사가 소년을 내려다봤다.

"캇사와 지나라고 했지? 너희들에게 부탁이 있다."

캇사가 고개를 끄덕였다.

"동굴에서 나와 만난 것을 아무에게도 말하지 않으면 좋겠구나. 네가 여동생을 구한 것으로 하자."

어두워서 확실히 보이지는 않았지만, 캇사의 얼굴이 어두워진 듯했다. 어깨 위쪽에서 지나가 물었다.

"왜 아줌마 얘기를 하면 안 되는데? 함께 집까지 가주면 아빠도 엄마도 틀림없이 맛있는 걸 대접하실 텐데. 제발 함께 가주세요."

"고맙구나. 하지만 말이다, 그럴 수 없는 이유가 있단다."

바르사는 의심받지 않고 칸발 왕국을 여행하기 위해 미리부터 생각해둔 핑계를 댔다.

"나는 지금 속죄 수행 중이거든."

속죄 수행이란 육친이나 연인이 무거운 죄를 범하고 그 죗값을 치르기 전에 죽었을 경우, 남은 이가 대신 속죄하기 위해 떠맡는 고행을 말한다. 칸발에서는 죄를 짓고 죽은 자의 혼은 땅속 산왕의 나라에서 노예가 되어 영원히 고통을 겪는다고들 한다. 그 혼을 구하기 위해서는 누군가가 자기 생활을 버리고 선행을 베푸는 고행을 해야 한다는 것이다.

그것이 진실인지 아닌지는 알 수가 없었다. 여러 나라를 떠도는 동안 바르사는 나라마다 사후에 영혼이 어디로 가는

지 제각기 다르게 믿는 것을 수없이 많이 보았다. 어느 말이 옳은지는 모른다. 언젠가 죽으면 싫어도 알게 될 거라고 생각할 뿐이다.

다만 속죄 수행을 하는 사람은 여자라도 남자 복장을 하거나 머리에 빨간 천을 둘러 표시를 한다. 칸발에서는 여자가 단창을 들고 다니는 경우가 없어 바르사의 차림새가 눈에 띄겠지만, 속죄 수행 중이라고 하면 이런 부자연스러운 모습도 적당히 핑계가 될 거라고 생각한 것이다.

'게다가.'

바르사는 속으로 중얼거렸다.

'실제로 나는 지그로를 위해서 속죄 수행을 하는 셈이니까 터무니없는 거짓말도 아니지.'

바르사가 두 아이에게 말했다.

"나를 위해서가 아니라 양아버지의 넋을 기리기 위해서 사람들을 도와주고 있다. 그러니까 너희 부모님께 알려져서 감사하다는 말을 듣거나 맛있는 것을 얻어먹거나 하면 모처럼의 선행에 효력이 없어지지 않겠니? 잘 들어라. 내 도움을 받았다는 것은 부디 비밀로 해다오."

두 아이는 납득한 것 같았다.

"여기서부터는 둘이서 돌아갈 수 있지?"

바르사가 묻자 캇사가 고개를 끄덕였다.

"좋아. 참, 너 홰는 어쨌니?"

"아직 갖고 있어요. 불은 꺼졌지만."

캇사가 들어보인 홰를 보고 바르사는 미간을 찌푸렸다. 홰의 위쪽이 마치 예리한 물체에 싹둑 잘린 것처럼 평평했다. 동굴에서 새된 소리와 함께 번뜩이는 것이 횃불로 날아가는 것을 보았다. 효울이 날붙이라도 던진 것일까?

'상당히 날이 넓고 잘 드는 물건이로구나. 홰를 두 동강 내는 것 정도는 가능하겠지만, 날붙이를 던져서 순식간에 불꽃을 끄는 것이 과연 가능할까?'

바르사는 잠깐 고개를 갸웃거리다가, 그런 생각을 할 때가 아니라는 생각에 마음을 추슬렀다. 바르사가 등에서 지나를 내려 캇사의 등에 업혀주고, 자루에서 부싯깃 상자를 꺼내 재빨리 불을 붙였다. 지나의 손에 횃불을 들려준 바르사는 캇사에게 물었다.

"이걸로 집까지 버틸 수 있겠니?"

"예."

비로소 캇사의 얼굴이 또렷이 보였다. 둥근 얼굴에 눈도 코도 작다. 조금 나약해 보이지만 따뜻한 오빠 같았다. 착실해 보이는 소년이었다. 등에 업힌 지나는 가무잡잡한 얼굴에 머리를 땋아 뒤로 둥글게 묶은 소녀로, 아직 눈에 두려움이 남아 있었지만 꽉 다문 입술 언저리에 당돌함이 드러났다.

"자, 그럼 여기서 헤어지자."

인사를 건네려던 바르사가 문득 떠올랐다는 듯 물었다.

"참, 여기서 가장 가까운 랏살(시장)로 가는 길을 가르쳐주겠니?"

"가장 가까운 랏살은 스라 랏살이에요. 저쪽으로 똑바로 골짜기를 향해 내려가면 30론(약 한 시간) 정도면 갈 수 있어요. 스라 랏살은 무사 씨족령에서는 가장 커서 여인숙도 있지요."

바르사가 고맙다고 인사하고는 등을 돌렸다. 여인숙이 있다 해도 오늘밤 그런 곳에 묵을 생각은 없었다. 오늘은 노숙하고, 내일 한낮에 나그네가 어슬렁거려도 이상하지 않을 시간이 되면 랏살에서 칸발 옷을 사 입을 참이었다. 무엇보다도 옷이 급했다. 바르사가 빠른 걸음으로 어둠 속으로 사라지자 두 아이는 집을 향해 걷기 시작했다.

"오빠."

지나가 속삭였다.

"오빠, 미안해."

캇사는 대꾸하지 않았다. 사과로 될 일이 아니었다. 해가 짧아진 요즘은 등잔 기름을 아끼기 위해 늦은 아침과 이른 저녁 두 끼만 먹는다. 그 이른 저녁을 먹은 뒤에 지나는 해가 저물 무렵 잠자리에 들었을 터였다. 캇사는 단창 연습 때문에 날이 저문 뒤에야 집으로 돌아왔다. 그리고 다락방의 작은 창에서 굵은 밧줄이 늘어진 것을 발견했다.

칸발의 서민 집은 돌로 벽을 두른 뒤 눈이 쌓이지 않을 만큼 가파른 지붕을 얹는다. 방은 하나뿐이다. 가족이 몇이든 그 방에 모두 모여 생활한다. 하지만 캇사네는 무인 계급인지라 그래도 다락방이 있어서, 다락을 판자벽으로 나눠 캇사와 지나가 사용했다. 말이 방이지, 똑바로 서면 지나마저 천장에 머리를 박을 정도로 낮고 좁았다.

여하튼 다락방의 자그마한 환기창 아래로 밧줄이 축 늘어져 있었던 것이다. 밧줄을 본 순간 캇사는 여동생의 심산을 알아차렸다. 그래서 부모에게 들통 나지 않도록 평소처럼 졸린 시늉을 해가며 잠자리에 들고나서, 몰래 창으로 빠져나와 지나를 뒤쫓은 것이다.

도중에 창고에서 횃불을 하나 꺼내 들고 동굴로 달려갔다. 달리기에는 자신이 있었기에 동굴에 도착하기 전에 지나를 붙잡을 거라고 생각했다. 하지만 뜻대로 되지 않았다. 캇사는 그때까지 한 번도 동굴에 들어간 적이 없었다. 담력을 시험한다느니 하며 동굴로 들어가는 심경을 이해할 수가 없었다. 그런 것을 위해 위험을 자초할 필요가 있을까? 배짱을 보여주고 싶으면 정말 필요할 때 보여주면 될 일이다. 아무 의미도 없는 일로 위험에 뛰어드는 건 어리석은 짓이라고 생각했다.

하지만 지나가 동굴로 들어가려 한 심정도 충분히 이해했다. 시시무의 깔보는 태도에는 캇사도 화가 치밀기 때문이다. 같은 무인 계급이라도 씨족장의 직계 이외에는 진정한 무인이 아니라고 지껄여대는 녀석. 오늘 낮에 향의 학당에서 시시무가 한 말에 캇사와 지나는 특히 상처를 받았다. 시시무는 자기 아버지가 가르쳐준 비밀을 말해주겠노라 떠들었다.

"사실은 말이야, 나나 우리 아버지처럼 씨족장 가문이 아니면, 제 아무리 무인이라 해도 방패막이 병사에 지나지 않아. 나는 아버지처럼 '왕의 창'이 되어 동굴 깊숙이 들어가서 산왕의 전사인 어둠의 수호자 효울과 마주할지도 모르지만 말이야."

엄숙한 어조로 시시무가 말하더니 캇사를 내려다보며 덧붙였다.

"하지만 너희들은 동굴에 들어가면 죽고 말걸. 비밀의식에 대해 아는 나하고는 다르니까."

캇사가 무어라 대꾸하기도 전에 화가 치민 지나가 소리쳤다.

"뭐라고? 너는 동굴에 들어가도 안 죽는다는 거야? 그럼 증거를 보여줘. 백마석이라도 갖고 있다는 거야?"

시시무가 '어린애는 어쩔 수 없군' 하는 눈빛으로 비웃었다. 그러고는 품에 손을 넣더니 투명할 정도로 희고 매끄러운 돌을 꺼내는 것이었다.

"자, 보여주지. 이게 백마석이다."

손바닥에 올려놓은 돌을 시시무가 엄지로 살짝 어루만졌다.

"씨족장 가문의 남자는 말이야, 열다섯이 되면 아버지에게서 비밀의식을 배운단다. 그러고는 오랜 수행에 들어가지. 물론 수행 내용은 비밀이라서 얘기할 수 없지만 말이야. 나는 이미 1년 이상이나 수행하고 있기 때문에 담력 시험 같은 건 그저 어린애 장난으로밖에 안 보인다고."

그때 캇사는 시시무의 목소리가 아득해지는 느낌을 받았다. 시시무는 키가 크고 힘도 셌다. 그에 반해서 캇사는 자랑할 만한 것이라고는 달리기 실력과 단창 솜씨뿐이었다. 씨족 소년들 중에서도 특히 키가 작은 데다 힘도 센 편이 아니었다. 하지만 그런 것과 시시무의 말은 전혀 별개라고 생각했다. 키가 작아도, 힘이 약해도, 노력만 하면 무술 실력은 향상될 것이다. 하지만 태생은 어떻게 할 수가 없다. 같은 씨족령

에 태어나도 평민이나 목동은 결코 무인이 될 수 없는 것과
마찬가지다.

칸발 최고의 무인은 '왕의 창'으로 불린다. 평소 왕도에서
생활하고, 위급한 일이 벌어지면 최후의 벽이 되어 왕을 지
키는 아홉 남자다. 하지만 왕의 창을 무엇보다 빛나게 하는
이유는 따로 있었다. 바로 이들이 칸발 지상에 사는 백성을
대표해 지하의 왕인 산왕과 대면할 수 있다는 점이었다.

왕의 창으로 선발되는 사람은 오로지 각 씨족장 가문 남자
뿐이다. 씨족장 가문이란 초대 씨족장의 피를 이어받은 이들
을 의미한다. 칸발 사람들은 무인의 피가 아버지에게서 아들
로 흐른다고 여겨, 딸은 방계로 간주해 씨족장 가문으로 치
지 않는다. 씨족장 가문 소년들은 단검을 받고 열대여섯 살
이 되면 모두 향을 떠나 왕도에 살게 된다. 왕도에서 상류층
의 세련된 예의범절과 지식을 몸에 익히기 위해서다.

그 소년들 가운데 각 씨족별로 단 한 명만이 왕의 창 종자
(從者)로 뽑히고 차기 왕의 창이 된다. 그리고 왕의 창 종자가
되지 못한 소년 중 나이가 가장 많은 자는 향으로 돌아가 차
기 씨족장이 된다. 왕의 창도 씨족장도 되지 못한 사람은 그
대로 왕도에 남아 벼슬길에 오르기도 하고, 향으로 돌아가
씨족장을 도우며 살기도 한다.

어찌 되었든 머지않아 시시무는 향을 떠나 왕도로 갈 것이다. 그리고 아버지 유그로처럼 왕국 최고의 무인, 칸발 왕의 창 가운데 한 명이 될지도 모른다. 하지만 캇사는 아버지 톤노처럼 향의 외성(外城) 옆에 집을 짓고 겨울 동안 이웃 나라 신요고 황국으로 돈벌이를 하러 가야 할 것이다. 그리고 봄부터 가을 사이에는 목동들과 함께 염소를 쫓으며 목동 관리자로 살 것이다. 무인으로서의 힘이 필요한 것은 다른 나라와 전쟁이 일어났을 때뿐이다.

캇사는 시시무를 부러워하는 한편, 마음 한구석에 이미 자포자기하는 심정이 들기도 했다. 하지만 지나는 캇사보다 성격이 강했다. 또한 어쩔 수 없는 일이라고 장래를 포기하기에는 아직 어렸다. 시시무와 헤어져 집으로 돌아오는 길에 지나가 캇사를 올려다보며 말했다.

"오빠, 우리한테도 씨족장의 피가 흐르지?"

지나는 어머니의 피를 말하는 것이다. 현재 씨족장은 카그로다. 그 남동생이 시시무의 아버지 유그로이고. 캇사와 지나의 어머니는 카그로와 유그로의 막내 여동생이었다.

"그런 건 아무 의미 없어. 무인의 피는 아버지에게서 아들에게로 흐르는 거야."

지나가 뾰로통한 얼굴로 캇사를 쳐다봤다.

"오빠는 너무 포기가 빨라! 평민의 아이라도 백마석을 갖고 돌아온 아이는 있어."

캇사는 '중요한 것은 백마석을 갖고 돌아올 수 있느냐 없느냐가 아니야'라고 속으로 중얼거렸지만, 구태여 설명할 마음은 들지 않았다. 지나가 기분 상한 듯 입을 다물어도 캇사는 동생이 무슨 생각을 하는지 알고도 남았다.

"지나, 바보 같은 짓 하지 마."

지나가 캇사를 흘끗 노려봤다.

"바보 같은 짓이라는 게 뭐야?"

"백마석을 가지러 동굴로 들어갈 생각일랑 하지 말라는 거야."

지나가 막 대꾸하려는 순간 저쪽에서 라라카를 비롯한 친구들이 쫓아오는 바람에 이야기는 중단되고 말았다. 그러고 나서 여느 때와 다름없이 하루가 지났고, 캇사는 다락방의 작은 창에 밧줄이 늘어진 것을 발견할 때까지 지나와의 대화를 잊고 있었다.

동굴에 도착해 횃불을 비추어보니 아니나 다를까, 바닥에 자그마한 발자국이 남아 있었다. 캇사는 지나의 배짱에 새삼 혀를 내둘렀다. 아무리 들키고 싶지 않다 하더라도, 대낮에도 무서운 동굴에 해가 진 뒤에 들어갈 아이는 지나밖에 없을 것이다. 캇사는 동굴 입구에서 잠시 망설였다. 기다리면 지나가 돌아올 거라고 생각한 것이다. 하지만 아무리 기다려도 지나는 나오지 않았다. 못내 불길한 예감이 점점 커졌다.

지나는 횃불을 들지 않았을 것이다. 하지만 보기보다 신중한 구석이 있으니까, 아마도 한쪽 암벽에 손을 대면서 천천히 들어갔을 것이다. 따라서 길을 헤매는 일은 없을 거라고 생각했다. 그렇다면 이토록 오랫동안 지나는 뭘 하고 있는 걸까?

백마석을 캐느라 시간이 걸리는 건지도 몰라. 백마석이 있는 곳이 무척 먼지도 몰라. 머릿속에 이런저런 생각이 떠올랐다 사라졌다. 그러는 사이에 아무래도 어둠의 수호자 효율을 떠올리지 않을 수가 없었다. 예전에 어느 목동이 한 이야기가 떠올랐다. 효율은 밤이 되면 바깥 상황을 살피러 동굴 입구까지 나오기도 한다는 것이다.

'아버지를 부르러 갈까.'

얼핏 그런 생각을 했지만, 그 사이에 지나가 효율을 만나면 어쩌나 싶어 이러지도 저러지도 못했다. 마침내 캇사는 동굴로 발을 들여놓았다. 오른손에 횃불을 들고 왼손은 암벽에 대고, 거친 모래 위에 남은 지나의 발자국을 쫓아갔다. 효율에게 들릴까 두려워서 소리 내 부를 수도 없었다. 동굴은 안으로 들어갈수록 점점 넓어지더니, 마침내 횃불이 암벽에 반사돼 반짝반짝 빛나는 곳에 이르렀다.

'백마석이다.'

캇사는 잠시 지나를 잊은 채 발밑에 떨어진 백마석 조각을 주워올렸다. 기분 좋게 매끄러운 감촉을 잠깐 즐기던 캇사는 돌을 품에 집어넣었다.

'뭐야, 시시무 녀석. 그렇게 잘난 척할 정도도 아니잖아?'

저도 모르게 미소가 떠올랐다. 그때 느닷없이 아주 가까운 곳에서 지나의 비명이 들렸다. 당황한 캇사는 소리가 난 쪽으로 달렸다. 모퉁이를 돈 순간 캇사의 눈앞에 오싹한 광경이 펼쳐졌다. 쓰러진 지나를 덮치려 하는 검은 형상이 보인 것이다.

'지나가 잡아먹힌다!'

그렇게 생각하자 갑자기 몸이 꼼짝도 하지 않았다. 단검 쪽으로 손을 뻗기는커녕 온몸이 얼어붙은 것처럼 움직일 생각을 않는 것이었다. 비명조차 지를 수가 없었다.

캇사는 등으로 여동생의 따뜻한 무게를 느끼면서 속죄 수행자 여인에게 진심으로 감사했다. 그 사람이 때맞춰 나타나지 않았다면 둘 다 살아 돌아오지 못했을 것이다. 살아 있다는 것이 갑자기 무척 고맙게 여겨졌다. 하지만 그 순간 여동생을 위기에서 구해야 하는데도 손가락 하나 까딱하지 못했다는 사실을 떠올리자 가슴 깊숙이 날카로운 통증이 스쳤다.

'나에게는 역시 왕의 창이 될 만한 피가 흐르지 않는구나.'

"오빠."

마치 그런 속마음을 알아챈 듯 지나가 말을 건넸다.

"역시 시시무가 거짓말을 한 거야."

"뭐?"

"왜냐하면 그 여자, 효율과 싸워서 우리를 구해주었잖아. 그 사람은 여자야. 씨족장 가문이 아니라도, 또 남자가 아니라도 효율에게 이길 수 있다는 거잖아."

캇사가 저도 모르게 멈춰 서고 말았다. 지나의 말이 맞았다.

"그렇지?"

"그렇다고 할 수 있지. 하지만 속죄 수행 중이라 죽음을 두려워하지 않아서였을지도 몰라."

지나가 웃었다.

"어쨌든 목숨 걸고 한다면 혈통도, 남자인지 여자인지도 관계없다는 거잖아."

기쁜 듯이 말하고나서 지나가 덧붙였다.

"내일 시시무를 만날 일이 기대되는데."

"무슨 소리야. 그 사람에 대해서는 시시무에게 말하면 안 돼. 비밀로 하기로 약속했잖아."

"아, 참."

지나는 잠시 입을 다물었다. 하지만 갑자기 등에서 꼼지락거리기 시작했다.

"뭐하는 거야. 그러지 않아도 무거우니까 움직이지 마."

지나가 캇사의 눈앞에 주먹을 내밀었다.

"헤헤. 그 사람 얘기를 하지 않아도 시시무를 혼내줄 수 있어. 효울이 덮쳤을 때 뭔가 차가운 것이 옷깃으로 떨어졌어. 틀림없이 효울의 몸에 붙어 있던 백마석일 거야."

백마석이라면 제게도 있다고 말하려던 순간, 캇사는 너무 놀라 숨이 멎는 것 같았다. 지나의 작은 주먹 틈새로 푸르스름한 빛이 새어 나왔기 때문이다.

"어, 어머…."

지나가 손을 펴자 빛 덩어리가 모습을 드러냈다. 지나가 손에 쥐고 있었던 것은 백마석이 아니었다. 청광석 루이샤였다.

3
유카 고모의 의료원

　스라 랏살은 절구처럼 움푹 팬 골짜기에 자리 잡고 있었다. 사방으로 길이 갈라지는 네거리를 따라 가게가 서른 채 정도 이어 선 시장이다. 캇사는 무사 씨족령에서 가장 큰 시장이라고 자랑했지만, 여러 나라를 다닌 바르사의 눈에는 그저 자그마한 시장일 뿐이었다.

　어느 가게나 돌담에 초가지붕을 얹은 소박한 구조에 가판대에 상품을 늘어놓고 있었다. 남쪽 나라에서 들어오는 과일 절임이나 곡물 가게가 유독 많았다. 칸발은 산악국이어서 경사지를 깎아내듯 밭을 만들었다. 그래봐야 재배할 수 있는 것이라곤 가샤 감자 정도여서, 온 백성의 식탁을 채울 만큼의 곡물은 도저히 수확할 수가 없었다. 그래서 칸발 왕은 곡물 태반을 신요고 황국이나 산갈 왕국 같은 남쪽 나라에서 한꺼번에 사들여 상인들에게 도매로 넘기고, 이를 싼값에 파는 방식으로 충당했다.

이렇듯 가난한 칸발 왕국에도 다른 나라에 없는 자원이 딱 하나 있었다. 바로 청광석 루이샤다. 어둠 속에서도 스스로 푸른빛을 발하는 이 보석은 새끼손톱 정도 되는 돌 하나만 있어도 한 씨족령 사람들이 반년 동안 먹고살 만큼 비싼 보석이었다. 하지만 청광석 루이샤는 비록 왕이라도 함부로 캐낼 수 없었다. 왜냐하면 루이샤는 칸발 왕의 소유가 아니라 유사 산맥 지하를 다스리는 산왕의 소유물이기 때문이다.

대개 20년에 한 번, 유사 산맥 지하로부터 묘한 피리 소리가 들려올 때가 있다. '산왕의 피리'로 불리는 이 소리는 지하의 산왕이 지상의 칸발 왕을 초대하는 피리 소리라고 전해온다. 의식이 있는 날이면 칸발 왕은 최강의 단창술사인 왕의 창들의 호위를 받으며 산속 지하로 내려간다. 거기서 산왕이 칸발 왕에게 우호의 징표로 루이샤를 선물한다는 것이다. 그러나 '루이샤 증정 의식'은 왕과 왕의 창, 그리고 왕의 창의 종자들만 은밀하게 참석하는 비밀의식이라서 실제 어떤 식으로 두 왕이 루이샤를 주고받는지 전혀 알려진 바가 없었다.

전설에 따르면 1천 년도 더 된 먼 옛날에 용감한 젊은이가 혼자 동굴을 떠돌다가 지하 궁전에 들어갔다고 한다. 그리고 거기서 아름다운 아가씨와 만나 사랑에 빠졌는데, 이 아가씨는 산왕의 딸이었다. 산왕은 딸과 결혼하고 싶다는 젊은이에게 조건을 내걸었다. 만일 자기 아들과 창으로 겨뤄 이기면 허락하겠노라고 한 것이다. 젊은이는 제안을 받아들였고, 어둠의 수호자 효율과 싸워 멋지게 승리를 거뒀다. 산왕은 젊은이를 칭송하며 딸이 태양 아래로 나가는 것을 허락했다. 그리고 지상과 지하 두 나라가 사이좋게 번성하도록 딸의 자손에게 수십 년에 한 번씩 선물을 주겠노라고 약속했는데, 그 선물이 청광석 루이샤라는 것이다.

젊은이는 산왕의 딸을 아내로 맞은 영웅으로 씨족장이 되었고, 나머지 아홉 씨족장을 통합해 초대 칸발 왕이 되었다. 그리고 지상의 왕으로서 루이샤를 받는 대신, 나라가 존속하는 한 칸발의 열 개 씨족 사람 모두를 먹여살리겠노라고 맹세했다. 국왕이 루이샤로 곡물을 사 백성들에게 나눠주는 제도는 이렇게 시작되었다고 한다.

그리고 국왕은 루이샤에 대한 답례로 지하 세계에 없는 말린 염소고기와 함께 염소젖으로 만든 라가 치즈를 산왕에게 선물한다. 그래서 칸발의 아홉 씨족령에게는 매해 내는 세금

이외에도, 산왕의 피리 소리가 울릴 때면 루이샤 증정 의식까지 칸발 염소 100마리분의 라가 치즈와 말린 고기를 왕에게 보낼 의무가 있었다.

스라 랏살에는 장을 보러 온 무사 씨족만 오갈 뿐 나그네는 하나도 없었다. 바르사는 한눈에도 타지 사람이라는 티가 났다. 어디를 걷든 눈길이 따라다녔다. 바르사는 조심하느라 골짜기 주변을 멀리 돌아 동굴 반대쪽으로 랏살에 들어가기를 잘했다고 거듭 생각했다.

랏살 복판에서 마침내 옷가게 하나를 발견했다. 가판대 아래 가죽 장화가 있었고, 선반 위에는 옷들이 쌓여 있었다. 칸발에는 색이 화려한 옷이 많다. 눈 속에서 조난당했을 때 눈에 잘 띄어야 하기 때문이다. 가게 벽에는 염소 털로 묵직하게 짠 캇루 망토가 걸려 있었다.

가게 주인은 좌판에 걸어둔 가죽 같은 얼굴에 키가 큰 남자로, 옷을 고르는 바르사를 수상쩍다는 눈길로 바라봤다. 바르사가 남자 옷을 고르자 주인의 미간에 주름이 한층 깊어졌다.

"그걸 살 생각이오? 남자용인데."

입 속에서 우물거리는 그 말투를 듣자 문득 유모가 떠올랐다. 유모도 이런 식으로 말했었다. 평민 계급 특유의 말투가 반가웠다.

"남자 옷을 찾고 있어요. 속죄 수행 중이거든요."

주인이 놀란 듯 눈을 깜빡였다.

"아아, 그렇군."

무뚝뚝하던 안색이 살짝 풀리는 듯했다.

"그거 참 힘든 일이지. 어디서 왔소?"

다른 가게 사람과 손님들까지 이쪽 이야기에 가만히 귀를 기울였다. 바르사는 체념하고 그들의 호기심을 적당히 채워 주기로 결심했다.

"신요고 황국에서 왔어요. 태생은 칸발이지만 아버지를 따라가서 요고에서 자랐지요. 근데 아버지가 요고에서 죄를 짓고 죽었기 때문에, 고향에서 속죄 수행을 하려고 마음먹은 거예요. 더 이상은 제발 묻지 말아주세요."

주인이 당황하며 손을 쳐들고 휘휘 내저었다.

"아니, 이거야 원, 미안하오. 시시콜콜 물을 생각은 아니었소. 다만 그 단창 문양이 씨족장의 단창과 비슷해서 뭔가 관계가 있는 분인가 했소이다. 그런 것치곤 다른 나라 옷을 입어서 좀 궁금했을 뿐이라오."

바르사의 심장 고동이 빨라졌다.

'이럴 수가.'

단창 문양이 한눈에 아무개의 것이라고 알아볼 만한 것이라고는 생각지 못했다. 바르사는 짐짓 놀란 척했다.

"아, 그래요? 이건 아버지 유품이에요. 아버지는 무사 씨족 출신이었을 텐데."

"흠, 그렇군요. 그럼 다른 씨족도 비슷한 창을 갖나보오. 캐물어서 미안하오. 그 옷하고 장화 두 가지에 50날. 허리띠는 덤으로 주겠소. 속죄 수행을 격려하는 뜻으로."

바르사가 요고의 은화를 꺼냈다.

"여기서 요고 은화를 쓸 수 있나요?"

"아아, 쓸 수 있고말고요. 가을에 이맘때면 모피 사러 요고 상인들이 오니까. 요고 은화 한 닢이 100날이오."

뒤쪽에서 여자의 쉰 목소리가 들려왔다.

"속죄 수행자한테 바가지를 씌우다니. 110날이잖아."

맞은편 가게 여주인의 목소리였다. 손님들한테서도 와아 하고 웃음소리가 터져나왔다.

"바가지를 씌우는 게 아냐. 요고 상인에게는 100날이라고 한다고, 우리 가게에서는."

주인이 되받아 소리치더니 바르사에게 한쪽 눈을 찡긋해 보였다.

"어떻소? 저기 염소 털로 짠 캇루 망토도 사지 않겠소? 전부 이 요고 은화 한 닢에 드리리다. 오랫동안 요고에 있었으면 잘 모를 수도 있는데, 칸발은 겨울이 빨리 찾아오는 데다가 그 추위로 말할 것 같으면 그야말로 뼛속까지 얼어붙을 정도라오. 이 캇루는 말이오, 기름기 많은 칸발 염소 털로 짜서 방수도 되고 벌레도 안 낀다오."

바르사는 쓴웃음을 지으며 캇루도 사겠노라 답했다. 바르사에게는 잘 아끼면 10년도 먹고살 만큼의 돈이 있었다. 지난번 호위무사 일로 신요고 황국의 제2황비에게서 받은 보수다. 바르사는 그 어느 때보다도 부유했다. 물론 보수의 태반은 요고에 있는 소꿉친구 약초사에게 맡겨놓았지만, 수중에도 1년은 풍족하게 살 만큼 지니고 있었다.

"그 대신 요고 은화 한 닢을 날로 바꿔주지 않을래요? 100날로 쳐도 좋으니까."

"잠깐 기다려보오. 지금 그 정도 돈이 있을지."

주인이 깔고 앉았던 상자를 열어 돈을 세더니 요고 은화를 칸발 동화로 바꿔줬다.

"고마워요. 한 가지 더 있어요. 길을 가르쳐줬으면 하는데요."

"알았소."

"욘사 씨족령으로는 어떻게 가면 되죠?"

"아아, 욘사는 저 산 너머에 있소. 잠깐 기다리시오. 좋은 것이 있으니까."

주인이 가게 안쪽에서 얇은 가죽 한 장을 갖고 나왔다.

"이건 타국 상인을 위한 지도라오. 반 날에 드리리다."

무척 조잡한 지도였지만, 칸발의 열 개 씨족령과 왕도로 이르는 길이 그려져 있어 바르사에게는 고마운 지도였다. 바르사는 반 날을 지불하고 지도를 든 채 가게를 나섰다.

잠깐 걷다보니 맛있는 냄새가 코를 찔렀다. 롯소 튀기는 냄새였다. 롯소는 가샤 감자를 갈아 얇게 편 반죽에 염소젖으로 만든 버터 라를 듬뿍 넣고 이긴 뒤, 그 안에 여러 재료를 넣어 튀긴 음식이다. 그 향긋한 냄새를 맡자 갑자기 배가 몹시 고팠다. 바르사는 이른 점심을 먹는 상인들 속에 섞여 달콤한 윳카 열매 롯소, 라가와 다진 고기가 들어간 롯소, 젖을 발효시킨 라칼 술을 사 길가에 늘어선 평상에 앉아 먹기 시작했다.

막 튀겨 바삭바삭하고 향긋한 롯소를 베어물자 입안에 라가의 맛이 녹아내렸다. 바르사는 하늘을 올려다봤다. 북쪽 나라답게 푸르고 높았다. 독수리가 원을 그리며 날고 있었다. 대기가 건조하니 상큼한 라칼이 무척 맛있었다.

'마구간에서 말을 빌려 오늘 중으로 이 골짜기를 빠져나가

야지. 얼른 욘사 씨족령으로 들어가자.'

바르사는 욘사 씨족 출신이었다. 물론 고향으로 돌아간다 해도 아버지가 있을 리 없다. 어머니도 바르사가 다섯 살 때 병으로 돌아가셨다. 조부모에 대해서는 기억도 없다. 단 한 사람, 바르사가 기억하는 친척은 아버지의 여동생인 유카 고모였다. 바르사는 어머니를 잃은 뒤에 과자나 음식을 갖고 찾아와준 키 큰 여성 정도로 고모를 기억했다. 나중에 지그로에게서 들은 이야기에 의하면 유카 고모는 좀 특이한 여성 같았다.

바르사의 아버지 카르나는 욘사 씨족의 무인 계급 출신으로, 무술보다도 손재주 뛰어나고 머리가 좋아 학당 전체에서 유명했다. 아마 무인이긴 해도 씨족장 가문은 아니었을 것이다. 카르나는 열여섯이 되자 무인보다 의술가의 길을 택했다. 그리고 놀랍게도 여동생 유카 역시 왕도의 고학당으로 진학한 카르나의 뒤를 따라 의술가의 길을 택했다. 씨족장은 유카가 왕도로 가는 것을 허락했다. 유카는 카르나보다 더 총명한지라, 씨족장도 평범한 여자로 살기보다는 의술가가 되어 씨족을 위해 일하는 편이 낫다고 판단했을 것이다. 카르나는 훗날 왕가의 주치의가 되어 왕도에 남았지만, 유카는 의술가가 되어 욘사 씨족령으로 돌아왔다고 했다. 바르사는 우선 고모를 만나 아버지 카르나가 살해당한 뒤부터 지금까지의 이야기를 듣고 싶었다.

칸발 왕국 안 각 씨족의 영지는 유사 산맥 산줄기를 경계로 삼는다. 산 위쪽에는 염소를 방목하는 바위산이 펼쳐지고, 그 아래 경사지에는 밭을 일군다. 그리고 약간 평평한 곳에 '향'이라는 거주지가 있다. 향은 수십 가구가 모여 사는 마을이다. 낮은 외성으로 둘러싸 구분하곤 한다. 향 역시 산줄기를 따라 여기저기 흩어져 있으며, 향 하나의 인구는 대략 50명 정도였다. 그리고 대개 골짜기를 따라서 길이 나고, 골짜기 밑에는 랏살이 자리한다.

바르사는 스라 랏살의 마구간에서 털이 길고 다리가 짧은, 추위에 몹시 강하다는 말을 빌렸다. 그리고 인적 없는 샘에서 목욕을 하고 새로 산 옷으로 갈아입었다. 가벼운 요고 옷에 익숙한 바르사에게 칸발 옷은 뻣뻣하고 무거웠지만, 역시 몸이 금세 훈훈해지는 게 좋았다. 특히 캇루는 놀라우리만치 따뜻했다. 간밤에 노숙할 때는 추워서 제대로 자지 못했는데 오늘밤부터는 푹 잘 수 있을 것 같았다.

해가 완전히 넘어가기 직전, 바르사는 무사 씨족령과 욘사 씨족령의 경계에 도착했다. 씨족령 경계라 해도 산마루에 불과하고, 무사 씨족령과 욘사 씨족령을 잇는 가도 옆에 돌로 마주 세운 조그만 초소 두 개가 있을 따름이었다. 무사와 욘사는 사이가 좋기 때문에 초소를 지키는 병사들도 한가롭게 목동과 나그네를 배웅할 뿐이었다.

바르사는 초소를 지키는 병사들에게 가장 가까운 숙소를 물어 오랜만에 침대에서 몸을 쉬었다. 화덕 앞 바닥에서 시루야라는 침구를 뒤집어쓰고 자는 요고인의 습관이 몸에 밴 터라, 커다란 벽난로와 엉성한 나무침대, 퀴퀴한 밀짚 이불을 뒤집어쓰고 자는 것이 기이하기 그지없게 느껴졌다. 바르사는 쓴웃음을 지었다.

'고향이라고 해도 나에게는 타국인 셈이로구나.'

유카 고모는 욘사 씨족령에서 유명한 듯했다. 숙소 주인도 단박에 고모의 집을 알려주었다. 씨족장의 향 옆 골짜기에서 의료원을 운영하며, 여기서는 말을 타고 30론(약 한 시간) 정도 걸린다고 했다.

다음 날 아침, 바르사는 숙소에서 아침밥을 먹고 고모의 의료원을 향해 길을 떠났다. 가는 길에 밭에서 가샤 감자를 수확하는 여자들의 모습을 보자니 새삼 마음이 복잡해졌다. 흙이 무너지지 않도록 돌담을 두른 경사지의 작은 밭은 모양새가 영 푸석푸석해 고향땅의 궁핍함을 고스란히 보여주는 듯했다.

높은 바위산 쪽에는 풀어놓은 염소들이 점점이 박혀 풀을 뜯고 있었다. 하늘에는 독수리가 낮게 비행하며 새끼 염소나 죽은 염소를 노렸다. 그 모든 것을 내려다보듯 하얗게 빛나는 산봉우리가 하늘을 찌를 듯 우뚝 솟아 있다. 바람이 강하고 대기는 건조해, 입술이 금세 트고 말았다.

낮은 구릉을 오르자 마치 절구처럼 생긴 완만한 골짜기가 보였다. 북쪽 높은 지대에는 씨족장의 관사가 있었다. 그리고 바닥 쪽에 스라 랏살과 비슷한 랏살, 거기서부터 조금 떨어진 곳에 자그마한 돌담으로 빙 둘러싼 건물이 보였다. 고모의 의료원이 분명하다고 바르사는 짐작했다.

의료원에 가까이 다가갈수록 기분이 묘했다. 언젠가 본 적이 있는 듯했다. 어쩌면 어릴 적에 아버지가 데리고 온 적이 있을지도 모른다. 검은 돌담 위로 가지를 늘어뜨린 윳카 나무를 본 순간 그 짐작은 확신으로 바뀌었다.

윳카 나무에는 빨간 열매가 가지가 휠 정도로 많이 달려 있었다. 그 가지 사이로 작은 새들이 바삐 날아다니고, 한껏 무르익은 윳카의 달콤한 향기가 바람을 타고 날아왔다.

말에서 내려 멍하니 윳카 가지를 올려다보고 있자니, 나무 대문 너머로 인기척이 들려왔다. 허드렛일을 하는 노인인 듯했다. 괭이를 든 키 작은 노인이 가만히 이쪽을 쳐다보았다.

"여기가 유카 씨의 의료원인가요?"

바르사가 말을 걸자 노인이 끄덕였다.

"그렇습니다만, 어딘가 안 좋으신가요?"

"아, 아뇨, 환자가 아니에요. 유카 씨를 만나 뵙고 싶은데요."

무슨 일인가 하는 표정으로 노인이 수상쩍다는 듯 바르사의 단창을 바라봤다. 하지만 고민할 필요가 없었다. 손님의 목소리를 들었는지, 문 안에서 쉰이 될까 말까 한 여성이 모습을 드러냈다. 체격이 통통하면서도 다부진 이였다. 새치 섞인 머리를 뒤로 묶고, 부드러운 모직 옷을 걸치고 있었다. 검은 눈썹과 야무진 턱, 그리고 검은 눈동자를 본 순간 바르사는 유카 고모임을 알아보았다.

"내가 유카 온사인데요, 나를 찾아온 건가요?"

차분한 어조였다. 바르사의 심장 박동이 빨라졌다.

"유카 고모님."

조심스럽던 마음은 고모의 얼굴을 본 순간 어디론가 사라지고 말았다.

"저, 바르사예요. 카르나의 딸."

일순 무슨 말을 하는 건지 모르겠다는 듯 의아한 표정이 고모의 얼굴에 스쳤고, 그 얼굴은 금세 험상궂게 변했다.

"대체 무슨 연유로 내 조카 이름을 들먹이는 것이냐?"

조용하지만 박력 있는 목소리였다. 고모는 여섯 살짜리 바르사밖에 보지 못했다. 세상 모진 풍파를 겪으며 서른을 넘긴 바르사의 얼굴에서 예전의 모습을 발견하기란 무리한 일이었다. 바르사가 할 수 있는 대응은 눈길을 피하지 않고 침착하게 얘기하는 것뿐이었다.

"누구의 이름을 들먹이는 것이 아닙니다. 정말 바르사입니다."

고모의 눈빛이 살짝 흔들렸다.

"바르사일 리가 없다. 바르사는 가엾게도 여섯 살 때 죽었으니까."

쿵 하고 단단한 것이 가슴을 때리는 것 같았다. 아마 그렇게 알려졌을 거라고 예상하긴 했지만, 실제로 고모의 입에서 그 말이 나오자 가슴이 아팠다. 바르사가 조용히 물었다.

"고모님, 그 시체를 보셨나요?"

고모의 안색이 조금씩 하얗게 변했다.

"아니. 하지만 아이가 깊은 우물에 떨어져서, 지하수류로 떠내려가버려서…."

"고모님."

바르사는 참을 수가 없어 유카의 말을 잘랐다.

"이 윳카 가지를 기억하고 있어요. 몇 살 때였는지는 잊었지만, 저는 이 가지에서 떨어진 기억이 있어요. 그래서 팔이 부러져서."

고모의 얼굴은 급기야 창백해졌다. 입술이 실룩실룩 떨렸다. 고모는 이를 꽉 물고, 그러고나서 바르사의 얼굴을 뚫어져라 쳐다봤다. 뭔가를 찾듯이 찬찬히 바르사의 얼굴을 쳐다보더니, 이윽고 떨리는 손으로 머리를 쓸어올렸다.

"꿈의 여신 루스라여, 내가 눈을 뜬 채로 악몽을 꾸는 것이냐."

고모가 혼잣말처럼 중얼거렸다.

4
칸발 왕의 창

캇사와 지나는 몹시 고민한 끝에 어른들에게 솔직하게 모두 얘기하기로 마음 먹었다. 동굴에 담력을 시험하러 간 것뿐이라면 얘기하지 않아도 그만이겠지만, 청광석 루이샤는 둘이 끌어안고 있기에 너무나도 엄청난 비밀이었기 때문이다.

어른들이 자고 있을 때 깨우면 그것만으로도 기분 나빠질게 분명한 터라, 아침까지 기다리기로 했다. 집에 도착한 캇사가 먼저 창문으로 올라가서, 지나가 한 발로 올라올 수 있도록 끌어당겨주었다.

그날 밤은 둘 다 제대로 잠을 잘 수가 없었다. 꾸벅꾸벅 졸다가도 번쩍 눈을 뜨기를 새벽까지 되풀이했다. 마침내 날이 밝았을 때는 진심으로 다행이라는 생각이 절로 들었다.

부모한테 털어놓는다는 게 무섭긴 하지만 지나의 말대로 괴로운 일은 빨리 해치워버리는 편이 낫다. 무거운 비밀을 끌어안은 채 고민하는 게 훨씬 괴로우니까. 지나가 발을 질질 끌면서 내려가자 어머니가 먼저 말을 건넸다.

"지나, 발 왜 그러니?"

지나가 흘끗 캇사의 눈치를 살폈다. 캇사는 결심을 하고 일을 나가려는 아버지를 불러세웠다.

"아버지, 잠깐 기다려주세요. 저희가 할 얘기가 있어요."

둘이 간밤 일을 번갈아가며 얘기하는 동안, 어머니의 눈매가 높이 치켜올라갔다.

"아니, 그런 바보 같은 짓을! 하마터면 죽을 뻔했구나!"

어머니가 흥분해서 얘기를 끊더니, 지나의 어깨를 끌어당겨 꽉 끌어안았다. 그러고나서 엉덩이를 철썩 때렸다.

"어이, 리나, 잠깐만."

아버지가 법석을 떠는 어머니를 달래고 캇사 쪽으로 몸을 돌렸다.

"캇사, 계속해봐라. 어둠의 수호자 효울이 지나 위로 덮쳤다고?"

"예. 그래서 제가 횃불을 던졌는데 그때 효울이 도망쳐서…."

아버지의 눈초리가 매서웠다. 아버지가 노려보자 캇사는 목소리가 나오지 않았다.

"캇사. 거짓말할 생각이냐?"

캇사가 도움을 청하듯이 지나를 쳐다봤다. 하지만 지나도 새파랗게 질려 있을 따름이었다. 속죄 수행자라는 여자는 비밀로 해달라고 했지만, 캇사는 도저히 아버지한테 거짓말을 할 수가 없었다. 게다가 지나와 함께 지어낸 얘기는 스스로 생각해도 너무 거짓말 티가 났다. 궁지에 몰리자 캇사는 결국 견딜 수가 없어졌다.

"저기, 사실은 속죄 수행자가 구해줬어요."

봇물이 터진 듯이 캇사가 자초지종을 털어놓았다. 아버지는 여전히 믿지 못하겠다는 표정이었지만, 마지막에 지나가 청광석 루이샤를 꺼내 건네자 안색이 창백하게 변하고 말았다. 루이샤의 신비로운 아름다움은 아침 햇살 아래서도 변함이 없었다. 마치 깊은 샘의 바닥처럼 영롱한 푸른빛이 아버지의 얼굴을 희미하게 비췄다.

그런 아버지의 얼굴은 태어나서 처음 봤다. 루이샤를 든 손이 덜덜 떨렸다. 어머니도 할머니도 숨을 죽이고 푸른 보석을 응시했다. 침묵을 깬 것은 지나였다.

"있잖아, 아버지, 이걸로 우리 부자가 될 수 있어?"

어른들은 아주 잠깐 동안 얼굴을 마주 봤다. 하지만 아버지가 천천히 고개를 저었다.

"지나야, 루이샤는 칸발 왕의 보석이란다. 학당에서 배웠지? 보통 사람은 가질 수 없는 귀중한 물건이란 말이다."

"하지만 내가 목숨 걸고 갖고 온 보석인걸. 몰래 다른 나라 사람한테 팔면 부자가 되는 거 아냐? 그럼 이제 아버지는 돈 벌러 가지 않아도 되고, 모두 매일같이 여름처럼 세 번 밥을 먹고, 그리고…."

모두 입을 다물었다. 가족 모두, 그런 일은 불가능하다는 것을 잘 아는 어른들조차도 지나의 말을 따라 상상하지 않을 수가 없었기 때문이다. 만일 몰래 루이샤를 팔 수 있다면, 그래서 거금이 손에 들어오면…. 찬란하게 빛나는 꿈이 순간 모두의 머릿속을 맴돌았다. 하지만 잠시 후에 모두 씁쓸한 얼굴로 한숨을 쉬었다. 어머니가 지나의 어깨를 흔들었다.

"얘야, 그건 어리석은 생각이란다. 설령 그렇게 한다 해도 절대 행복해지지는 않아. 생각해봐라. 갑자기 부자가 된 이유를 씨족 사람들에게 어떻게 설명하겠니? 비록 적당한 거짓말을 생각해내더라도 씨족 사람들을 속이고 우리만 부자가 되면 행복하겠니?"

어머니의 말이 허공을 떠다니는 것 같았다. 하지만 이윽고 그 말에 담긴 씁쓸한 현실이 천천히 내려와 모두의 가슴속에 가라앉았다. 아버지가 머리를 흔들었다.

"여하튼 이건 우리만의 비밀로 해두기에는 너무 중대한 일이다. 씨족장 카그로 님에게 이 루이샤를 갖고 가서 정식으로 상의를 드려야겠다. 캇사, 오늘 오후에 수업이 끝나거든 학당 문에서 기다려라. 나하고 함께 카그로 님을 찾아가서 무슨 일이 있었는지 다시 한 번 제대로 설명해야 하니까."

캇사가 몸을 부르르 떨었다. 캇사는 씨족장 카그로 님이 무서웠다. 오래전 겨울에 사냥을 나가 이리한테 당하는 바람에 오른쪽 눈과 오른팔을 잃은 카그로 님은 보기만 해도 무섭고 엄한 노인이었다.

"하지만 아버지, 우리 목숨을 구해준 속죄 수행자에게는 절대 비밀로 하겠다고 약속했는걸요."

"나는 그 여인이 속죄 수행 중이라고 생각하지 않는다. 그 때문에 더더욱 카그로 님께 말씀을 드려야 한다는 거다. 우선 그 속죄 수행자가 어디서 왔지? 네 이야기로는 동굴 속에서 온 것이 된다. 게다가 효울과 싸워서 이기고, 어둠 속을 헤매지도 않고 너희들을 밖으로 데리고 나왔다? 잘 생각해봐라. 이 세상에 그런 일이 가능한 사람은 유그로 님 같은 왕의 창뿐일 거다. 하지만 이 세상에 여자 왕의 창이 있을 리 없고, 게다가 무사 씨족령 안에 있는 동굴을 그렇게 잘 아는 사람이라니. 자칫하다가는 엄청난 일이 벌어질 수도 있다."

캇사는 점점 몸이 싸늘해졌다.

"하지만 그 사람은 우리 목숨을 구해준걸! 생명의 은인인데 배반할 수는 없어."

지나가 말하자 아버지가 대답했다.

"진정해라. 그 여인에게 해를 끼치겠다는 뜻은 아니다. 생각해봐라. 만일 그 사람이 무사 씨족에게 해로운 음모를 꾸미려고 움직이고 있다면?"

"그렇다면 우리가 죽게 놔뒀을 거야."

지나의 말에 아버지는 잠시 말이 막혔다. 캇사는 속으로 지나에게 박수를 보냈다. 아버지가 한숨을 내쉬고 말을 이었다.

"여하튼 씨족에게 위험을 초래할지도 모르는 일에 잠자코 있을 수는 없다. 그 사람이 정말로 속죄 수행자라면 너희를 구했다는 사실이 알려지더라도 나쁜 일이 일어나지는 않는다. 만일 그 사람이 거짓말을 했다면, 말을 했다고 해서 배반이 되지도 않는다."

지나도 더 이상 아무 말도 할 수가 없었다.

"알겠니? 여하튼 고마운 사람이기는 하다. 비록 씨족에게 해로운 음모를 계획하는 자라 해도, 나는 그 사람을 지원하고 보호하도록 하지. 그럼 되겠지?"

두 아이는 고개를 끄덕였다.

마음이 어딘가 딴 데 가 있는 듯 건성으로 아침식사를 마치고 집을 나서며, 캇사는 문득 생각했다. 일이 커진 덕분에 동굴에 들어간 것을 야단맞지 않고 끝난 것이다. 하지만 설마 야단맞는 것보다 더 엄청난 고난이 기다리고 있으리라고는 꿈에도 생각하지 못했다.

❦❂❦

무술 훈련 날이었다.

캇사는 창 보관 선반에서 단창을 집어들었다. 단창을 사용해도 되는 나이가 되면 훈련 때도 창날이 제대로 달린 진짜 단창을 사용한다. 시합이나 훈련에서는 창끝에 창날집을 씌우고 급소를 보호하기 위해 두툼한 가죽을 목에 감고 싸우지만, 그것만 해도 날 없는 막대기하고는 전혀 감각이 달랐다.

우선 무엇보다도 마주했을 때의 긴장감이 다르다. 태어나서 처음으로 단창을 거머쥐고 상대와 마주했을 때를 캇사는 또렷하게 기억한다. 상대가 거머쥔 창날집이 정확히 자기 목을 겨눈 순간, 목구멍부터 배까지 차가운 긴장이 흘러내렸다. 번개처럼 뻗어오는 창날집이 목구멍에 닿는 장면이 상상되었다. 처음으로 죽음을 지척에서 느낀 순간이었다.

어둑어둑한 학당에서 밖으로 나오자 눈부신 햇빛이 온몸을 뒤덮었다. 눈부시지만 한결 누그러진 가을 끝자락의 햇빛이었다.

"오늘은 전원이 시합에 참가한다."

소년 무술 지도를 담당하는 무르조는 올해로 마흔이 된 몸집 큰 남자였다. 어깨가 넓고 목소리가 크다. 처음으로 단창을 쥔 소년들은 마주 선 채로 움츠러들었다가도 무르조의 기합 소리가 가슴을 치면 곧바로 몸을 펴고 움직일 정도다.

소년들은 두 조로 나뉘어 마주 늘어섰다. 캇사를 포함해 열다섯 살 소년 여덟 명, 시시무를 비롯한 열여섯 살 소년 열두 명이 섞여서 하늘 조(組)와 땅 조로 나뉘는 것이다. 잠시 후에 널찍한 훈련장에 소년들의 날카롭고 높은 기합 소리가 울리기 시작했다.

캇사는 단창을 좋아했다. 단검으로 싸울 때는 팔이 긴 사람이 상당히 유리하다. 키가 작고 팔도 짧은 캇사는 좀처럼 상대의 가슴으로 파고들 수가 없어 항상 분하기 짝이 없었다. 하지만 단창이라면, 창을 자유자재로 굴릴 수만 있다면 신장이나 팔 길이는 문제가 되지 않는다. 오히려 우물쭈물 긴 팔로 휘두르는 상대보다 기민한 캇사가 훨씬 더 유리하다. 단창을 조종해 상대를 농락하면 캇사는 자유롭게 하늘을 나는 듯한 기분을 맛보곤 했다.

세 명을 꺾고, 캇사는 네 번째 시합에서 시시무와 대결했다. 마주 서서 시시무의 얼굴을 본 순간, 캇사는 간밤의 일을 떠올렸다. 키가 큰 시시무는 살짝 미소 지으며 캇사를 내려다보고 있었다.

여유롭게 미소를 띠는 게 당연했다. 시시무는 또래 중에서 창 솜씨가 가장 빼어났다. 아버지 유그로의 피를 이어받았으니 당연한 일이겠지만, 약한 자와 싸울 때마다 처음에는 장난스레 상대방의 실력에 맞추다가 마지막에 화려한 기술로 승부 짓기를 즐기기 때문에 별로 평판이 좋지는 않았다. 창피를 당하기 싫은 마음에 시시무와의 대결을 두려워하는 소년도 있을 정도였다.

캇사도 평소에는 시시무와 대결하고 싶어 하지 않았다. 씨족장 가문과 방계의 차이를 보여주는 것 같았기 때문이다. 하지만 오늘따라 신기하게도 마음이 차분했다. 시시무와 마주 선 순간, 뱃속이 묵직하게 가라앉는 느낌이 들었다. 주위 모든 소리가 멀어지더니 완전히 들리지 않는 것이었다. 대기를 가르는 기합 소리와 함께, 시시무의 창이 일직선으로 목을 향해 뻗어왔다. 장난기 없는 일격이었다. 이 일격에 단번에 기절한 소년을 본 적이 있다.

캇사는 시시무의 눈에 뭔가 번뜩였다고 생각한 순간 창을 살짝 위로 휘둘렀다. 캇사의 창이 시시무의 창을 쳐내고, 그대로 시시무의 코로 뻗어갔다. 생각해서 행동한 것이 아니라 그야말로 반사적으로 나온 동작이었다. 시시무는 간신히 얼굴을 틀어 피했지만, 귀 끝에서 피가 툭 튀었다.

시시무가 재빨리 뒤로 물러나 창을 고쳐 잡았다. 그 얼굴에 더 이상 미소는 없었다. 안색이 창백해졌다고 생각한 순간 시시무는 신음하더니, 단창을 땅에 붙이듯 낮게 내뻗었다가 건져 올리듯이 캇사의 얼굴로 들이밀었다. 그 창을 쳐내려 하자 캇사가 보내려던 방향으로 시시무의 창끝이 회전하더니, 휘어지듯이 얼굴로 돌아왔다. 이번에는 피할 수가 없었다. 캇사는 뺨에 뜨거운 통증을 느꼈다.

"중지!"

무르조의 목소리가 울려 퍼지며 투명한 막이 찢어진 듯 주위의 소리가 한순간에 돌아왔다.

"대단한데, 캇사. 제법이야!"

친구 라라카가 어깨를 쳤다. 캇사는 뺨의 상처를 손으로 누르면서 미소 지었다. 시시무가 이쪽을 보고 있었다. 귀에 댄 손에 피가 묻은 것을 보고는 옷에 문질렀다. 창백하던 얼굴에 혈색이 돌아왔다. 시시무는 한 차례 깊은 숨을 들이마시더니 입가에 미소를 머금었다.

"제법 강해졌는데, 캇사."

시시무가 캇사 옆을 지나쳐 가면서 어깨를 툭 쳤다.

"틀림없이 훌륭한 창술사가 되겠어. 왕의 창이 될 수 있는
집안에 태어났으면 좋았을 텐데 아깝구나. 평생 염소를 상대
해야 하다니. 보물을 갖고 있으면서 썩히는 꼴이로다."

시시무는 친구에게 손을 들어 보이며 다음 시합 상대를 향
해 멀어졌다. 캇사는 방금 전까지 몸속에서 펄펄 끓던 열기
가 한순간에 식는 느낌이었다.

'평생 염소나 상대해야 하다니.'

순간 끓어오른 분노는 허탈감에 묻혀 사라졌다.

점심때가 되어도 답답한 기분이 가슴속에 남아 있었다. 캇
사는 약속대로 아버지를 기다리면서 한숨을 쉬었다. 배가 꼬
르륵거려 견딜 수가 없었다. 아침에 어머니가 들려준 라가를
지나와 나눠 먹었지만, 그것만으로는 도저히 저녁까지 견딜
수가 없을 것 같았다.

'청광석 루이샤를 팔 수 있다면.'

캇사는 공상에 빠졌다. 우선 노릇노릇하게 구운 산가소 고
기를 매콤한 간라 소스에 찍어 먹는다. 그리고 부드럽고 달
콤한 웃카 열매를 듬뿍 넣고, 거기에다 라가를 넣은 롯소.

거기까지 생각하던 중에 캇사는 아버지를 발견했다. 평소의 구멍난 옷이 아니라 깨끗한 옷을 차려입고 있었다. 씨족장을 만나기 위한 차림새였다. 허리에 단검도 찼고 장화도 반짝반짝 깨끗했다. 아버지의 얼굴을 본 순간, 캇사는 아버지가 쓸데없이 무거운 짐을 짊어지고 고민하기 시작했다는 사실을 알 수 있었다. 어쩐지 서글픈 마음이 치밀어올랐다.

올봄에 열다섯이 되어 단검을 받으면서 캇사도 씨족 남자들이 모이는 자리에 나갈 수 있게 됐다. 그래서 그때까지는 몰랐던 아버지의 이면을 알게 된 것이다. 씨족 남자들 속에 있을 때 아버지는 왜 그렇게까지 하는지 이해가 가지 않을 정도로 주위 이목에 신경을 썼다. 그럴 때 아버지 얼굴에선 어릴 적부터 존경해온, 목동들을 모아놓고 지시를 내리는 커다란 남자의 흔적은 전혀 찾아볼 수 없었다.

학당 계단 아래에 이른 아버지가 캇사를 올려다봤다.

"기다리게 했구나. 자, 가자."

그때 향의 정문 쪽에서 높은 뿔피리 소리가 두 차례 울려퍼졌다. 아버지가 정문 쪽으로 몸을 돌렸다. 높은 곳에 올라서 있던 캇사에게는 저 멀리 정문 쪽에서 흙먼지가 이는 것이 희미하게 보였다.

"아, 유그로 님이 왕성에서 돌아오셨나보구나!"

뿔피리 소리 두 번은 씨족장의 직계 차남인 유그로의 신호였다. 유그로는 평소 왕의 무술지도관으로 왕성에서 생활한다. 왕의 창 중에서도 최강 창술가로 이름을 날리는, 무사 씨족의 긍지를 드높이는 인물이었다. 뿔피리 소리를 들은 사람들이 제각각 일터에서 튀어나왔다.

'어서 돌아오세요!' 하고 외치는 소리에 손을 흔들어 응답하면서, 열여덟 기로 이뤄진 무리가 유그로를 선두로 흰 돌 깔린 길을 전진해왔다. 아름다운 외국산 흑마에 올라탄 유그로는 '칸발 왕의 창'을 뜻하는 가느다란 쇠고리가 달린 단창을 오른쪽 어깨에 메고, 왼손으로는 고삐를 쥐고 있었다. 검은 머리에 새치가 살짝 섞이긴 했지만 마흔한 살로는 전혀 보이지 않을 만큼 활기차고 다부졌다. 가지런히 다듬은 턱수염, 독수리처럼 날카로운 눈빛.

캇사는 유그로를 볼 때마다 그의 전신에서 어떤 힘이 뿜어나오는 느낌을 받았다. 그러면서도 유그로에게는 사람을 끌어당기는 우아함도 있었다. 이런 인물이 아버지라면 뽐내고 싶기도 할 거라는 생각이 들었다. 그러나 수십 년이 지난들, 시시무가 이런 부친처럼 될 거라고는 도저히 생각할 수가 없었다.

다가오는 유그로의 단창에서 쇠고리가 날카롭게 번뜩였

다. 그 순간 캇사는 깜짝 놀랐다. 횃불 아래에서 언뜻 본 속죄 수행자의 단창을 떠올린 것이다. 그때는 정신이 없어서 깊이 생각할 틈이 없었지만, 그 자루의 문양은 무사 씨족장 직계의 남자들이 갖는 단창 문양과 똑같았다.

'그 사람은 도대체 누굴까?'

새삼 캇사에게는 그때 기묘한 꿈을 꾼 게 아닐까 하는 생각이 들었다.

기마단이 다가왔다. 유그로는 캇사와 아버지를 발견하고 미소를 지으며 고개를 까딱거렸다. 아버지는 만면에 미소를 띠고는 공손히 절했다. 유그로는 매제인 캇사의 아버지를 항상 다정하게 대했다. 캇사는 가슴이 뜨거워질 정도로 그 사실이 기뻤다.

유그로 바로 뒤에 있던 청년이 캇사에게 미소를 던졌다. 씨족장 카그로의 장남으로, 올해 서른한 살이 된 카무였다. 캇사도 씽긋 웃으며 공손히 절했다.

카무는 같은 씨족장의 직계라도 시시무 따위와 달리 늘 캇사나 지나에게 다정했다. 말은 없어도 올곧은 성품의 이 사촌 형을 캇사는 무척이나 좋아했다.

유그로 일행이 씨족장의 관사를 향해 사라져가는 것을 눈으로 배웅하며 톤노가 중얼거렸다.

"잘됐다. 하늘이 도왔구나. 카그로 님은 순수한 분이지만 융통성이 없는 편이라서 말이야. 유그로 님이 같이 들어주시면 마음이 든든하지."

두 사람은 기마단이 일으킨 먼지가 가라앉기를 기다렸다가 씨족장의 관사를 향해 걷기 시작했다. 기마단은 어느새 언덕길을 올라가 내성 문으로 사라졌다.

칸발의 향은 외성으로 둘러싼 형태의 마을이다. 그 안쪽에 내성으로 또 한 번 둘러싼 씨족장의 관사가 있다.

캇사는 전에 아버지하고 길 잃은 염소를 쫓아 높은 바위산에 올라갔을 때, 벼랑 위에서 자기가 사는 향을 내려다본 적이 있다. 그리고 삶은 달걀을 반으로 가른 것처럼 보인다고 생각했다. 캇사네 집은 흰자의 제일 바깥 부분에 있다. 그리고 시시무가 사는 관사는 노른자 속에 있다. 이렇게 길을 따라가며 다시 보아도 흙을 봉긋하게 돋우고 그 위에 올라선 관사는 역시 노른자가 분명해 보였다. 우스운 건, 바짝 긴장하고 있는데도 달걀노른자를 연상하자 입에 침이 고인다는 것이었다.

'여자들은 그래도 좀 낫지. 배가 고프면 밭에서 가샤 감자를 구워 먹으면 되잖아.'

그런 생각을 하는 사이에 언덕길에 이르렀다. 씨족장 관사는 흙으로 축대를 쌓고 그 위에 지은 건물이다. 만일 적에게 외성이 뚫릴 경우 최후의 보루가 되어야 하기 때문이다. 먼 옛날, 씨족들 사이에 분쟁이 심할 때는 그런 일이 더러 있었다고 한다. 하지만 근래 100여 년은 평화로운 나날이 이어졌고, 내성 관문의 두툼한 문짝은 열린 채로 고정된 것처럼 여겨졌다.

씨족장 관사는 거대한 저택으로, 매끄러운 잿빛 돌벽으로 둘러싸여 있다. 가파른 지붕은 푸른빛이 도는 얇은 잿빛 돌로 덮었다. 눈이 내려도 쉬 흘러내리게 하기 위해서다. 지붕 바로 아래에는 회랑을 빙 둘렀다. 활을 쏘기 위한 시설이다.

현관 옆 초소에서 톤노는 젊은 문지기에게 씨족장 카그로 님께 드릴 중대한 말씀이 있다고 전갈을 넣었다. 유그로와 카무가 돌아와서인지 관사는 은근한 활기로 술렁였다. 이윽고 문지기가 돌아와 들어가라는 시늉을 했다.

관사 안은 어둡고 썰렁했다. 폭이 넓은 복도는 천장까지 높아 양쪽 벽에 띄엄띄엄 걸린 수지 촛불이 크게 도움 되지 못했다. 높이 난 창문으로 비스듬히 들이치는 햇빛도 어둠을 몰아내기엔 역부족이었다. 장화 소리가 크게 울리는 가운데 캇사는 생각했다. 아무리 봐도 소박한 자기 집이 훨씬 따뜻하고 밝아, 이런 데보다 오히려 살기 편하다고.

카그로의 방은 관사의 서편, 안쪽에 자리하고 있었다. 방으로 안내받자 연기 냄새가 진동했다. 창문이 두 개뿐인 방도 복도처럼 휑했다. 북쪽 벽에 커다란 난로가 있지만 카그로는 한겨울에도 해가 있는 동안에는 불을 아주 최소한으로 피웠다. 카그로가 난로 옆 커다란 의자에서 일어섰다.

짧게 자른 회색 머리칼과 수염, 매부리코, 오른쪽 눈부터 턱까지에 걸쳐 보기 흉하게 뻗은 흉터. 이리의 거센 발톱이 남긴 흔적이다. 팔은 사냥 이후 병균에 감염돼 나중에 잘라 냈다고 들었다. 캇루를 걸친 모습만 보아서는 팔이 있는지 없는지 알 수 없었다.

"잘 왔네, 톤노, 캇사."

울림이 듣기 좋은 음성이었다. 왕의 창이 되지는 못했지만 일찍 세상을 떠난 아버지의 뒤를 이어 젊을 때부터 씨족장으로 살아온 터였다. 그래서인지 몸에 가득 밴 위엄이 자연스럽게 우러났다. 하지만 캇사는 동생 유그로가 태양이라면 카그로는 어두운 밤 같다고 생각했다. 톤노가 입을 열려는 순간 문을 두드리는 소리가 나더니 유그로가 방으로 들어왔다.

"형님. 어, 톤노, 실례했네. 이야기 중이었나?"

"아뇨, 유그로 님."

톤노가 흥분한 듯 유그로와 카그로 두 사람을 번갈아보며 말했다.

"바쁘시더라도 가능하면 두 분이 함께 들어주시면 좋겠습니다만."

유그로의 눈썹 언저리가 살짝 씰룩였다. 하지만 그는 이내 쾌활하게 고개를 끄덕이고는 손을 돌려 문을 닫았다.

톤노는 긴장한 목소리로 이야기를 시작했다. 아마도 미리 몇 번이나 생각해두었을 것이다. 이따금 캇사에게 확인도 하면서, 톤노는 조리 있게 이야기를 이어갔다. 초반에 한동안은 카그로와 유그로 모두 무표정했다. 하지만 속죄 수행자를 자칭하는 여성이 어둠의 수호자 효울과 싸워 이겼다는 대목에 이르자 얼굴이 흐려지기 시작했다. 마침내 이야기를 끝맺자 두 사람은 의심스러운 눈빛으로 캇사를 바라봤다.

"톤노, 이야기는 잘 들었네만."

유그로가 의미심장하게 웃음 지으며 말했다.

"미안하지만 좀 믿을 수 없는 이야기로군. 캇사가 적당히 지어낸 이야기로밖에 생각할 수가 없는데."

아버지는 속여도 나는 못 속인다는 눈으로 유그로가 캇사와 눈을 맞추며 웃어 보였다.

"아, 저도 처음에는 그렇게 생각했습니다. 다만 효울이 딸 위로 덮쳤을 때 옷깃에 떨어진 물건을 딸이 가지고 와서 말입죠."

톤노는 캇사를 흘끗 보면서 한 차례 숨을 들이마시고는, 품에서 헝겊에 싼 물건을 꺼내들었다. 톤노가 헝겊을 펼치자 희미한 푸른빛이 흘러나왔다. 카그로와 유그로가 동시에 숨을 멈추는 것이 여실하게 느껴졌다. 잠시 뒤 유그로가 다가와 조심스럽게 루이샤를 집어올렸다. 그러고는 그것을 형 카그로에게 내보였다.

"청광석 루이샤 아니냐."

놀라움이 가라앉자 형제는 서로 지그시 마주 보았다. 카그로가 톤노와 캇사에게로 시선을 돌리고는 낮은 목소리로 말했다.

"너희들의 이야기가 사실이라 해도 몇 가지 이상한 점이 있구나."

잠시 뭔가를 생각하듯 가만히 캇사를 지켜보더니, 이윽고 카그로가 다시 입을 열었다.

"원래는 씨족장의 직계 안에서만 오가는 이야기를 하려 한다. 너희도 내 여동생의 가족이니 말이다. 다른 사람한테는 절대 발설하지 않겠다고 약속해라."

톤노도 캇사도 긴장감에 침을 꿀꺽 삼키며 굳게 약속했다.

"우선 첫 번째 이상한 점은 효울이 그토록 지상 가까운 곳까지 나와 있었다는 점이다. 아이들이 동굴에서 자취를 감추는 일이 생기면 종종 효울에게 잡아먹혔다고들 말하지. 하지만 대부분은 단지 미로처럼 갈라진 동굴에서 헤매다가 발을 헛디뎌 물살에 빠지거나 해서 목숨을 잃는 것이다.

효울은 산왕의 부하다. 산왕의 영역 깊숙이까지 들어가서 나쁜 짓을 하지 않는 한, 지상의 인간에게 위해를 가하는 일은 없다. 아마도 지나는 뜻밖에 효울을 만나 놀라서 넘어졌을 것이다. 다만 캇사야, 너는 횃불을 갖고 들어갔다고 했지? 그건 매우 위험한 행동이다. 효울은 불꽃을 싫어한단다. 횃불을 끄려고 공격하는 것이지. 그래서 다치거나 죽는 일도 있다고 한다.

어쩌면 올해는 '산속 지하의 문'이 열리는 해일지도 모르겠다. 효울이 지상 가까이 출몰했다면 말이다. 청광석 루이샤가 그의 몸에서 떨어졌다고 하니, 너희가 만난 자가 효울인 것은 틀림없다고 봐야지. 그렇다면 조만간 왕에게 전갈이 올 것이다. 그렇다면 여기서 무엇보다 이상한 것이 바로 그 속죄 수행자다. 단창을 쥔 여자라고 했지, 캇사?"

"예."

캇사가 목에 무언가 걸린 듯한 목소리로 대답했다. 카그로의 매서운 눈빛을 마주 보기가 무서웠다.

"그리고 효울과 단창으로 싸워서 이겼다고?"

"아뇨, 사실은 횃불이 꺼져서 어두웠기 때문에 저도 지나도 무슨 일이 벌어졌는지 보지는 못했어요. 다만 발소리랄지 숨소리, 창이 허공을 가르는 소리가 들려서요. 그러다가 아무 소리도 나지 않더니, 희미하게 푸른빛을 발하던 효울이 동굴 속으로 사라져간 것만 어렴풋이 보였어요. 그리고 나서 그 여인이 저희에게 이제 괜찮다며."

"어둠 속에서 너희들을 데리고 바깥까지 인도했다고."

"예."

"동굴 속에 있을 때 횃불을 붙이라는 말은 하지 않았느냐?"

"예."

카그로가 유그로를 돌아보더니 미간을 잔뜩 찡그렸다. 좀체 동요하는 법 없는 동생의 얼굴이 마치 얼어붙은 듯이 하얗게 변해 있었기 때문이다. 유그로는 초점을 맞추려는 듯 눈을 깜박이며 형을 바라봤다.

"무슨 일이냐, 유그로."

"아, 아무것도 아닙니다, 먼 길을 오느라 피곤할 뿐…. 의자에 앉지요."

유그로는 카그로의 의자에 털썩 주저앉았다.

"죄송합니다. 저도 늙었나 봅니다. 계속하시지요."

카그로가 고개를 끄덕였다. 그리고 캇사에게로 시선을 되돌렸다.

"그 여자는 다른 나라의 옷을 걸쳤고, 칸발 말도 다른 나라 사람처럼 했다고?"

캇사가 끄덕였다. 그러고나서 문득 생각난 것을 말했다.

"저기, 아까 유그로 님의 창을 보고 생각났는데요. 횃불 불빛으로 마지막에 본 단창 자루에 유그로 님의 창과 똑같은 문양이 있었어요."

카그로의 이마에 자디잔 땀방울이 배어나기 시작했다. 그는 마치 유령이라도 보는 듯이 캇사를 바라보더니, 이윽고 동생을 향해 몸을 돌리며 나지막이 말했다.

"설마 그 녀석의 창일까?"

유그로는 대답이 없었다. 가만히 형의 눈을 응시할 뿐이었다.

5

음모의 정체

바르사는 의료원 안쪽에 있는 고모의 방으로 들어갔다. 고모가 환자를 보는 동안 창가 의자에 앉아 기다려야만 했다.

기분 좋은 방이었다. 윤기 나는 돌바닥에는 좋은 향기가 나는 마른풀을 깔았고, 칸발의 집치고 꽤 크게 난 창으로 융카의 향이 바람결에 섞여들었다. 움푹 팬 난로 바닥에는 타다 남은 장작이 벌겋게 달아올라 있었다. 난로 안쪽으로는 반질반질 잘 닦은 냄비가 매달려 있었다. 방 한가운데 자리한 식탁에는 옅은 녹색 천이 덮여 있고, 그 위에 책이 한 권 있었다. 고개를 들어보니 천장 대들보에는 약초 여러 다발이 매달려 바람에 흔들렸다. 그런 정경을 보고 있자니 소꿉친구인 약초사 탄다가 떠올랐다.

'나는 아무래도 의술가와 인연이 있나보구나.'

바르사는 씁쓸하게 미소를 지었다. 탄다의 태평한 얼굴을 떠올리며 바르사는 혼잣말을 했다.

'탄다, 여기 오지 않는 게 좋았을까? 어둠 속에 묻고 잊어버린 과거를 태양 아래로 끌어낸들, 그저 다른 사람에게 상처만 줄지도 모르는데.'

고맙게도 유카 고모는 지그로의 말대로 사려 깊은 사람 같았다. 그녀와 이야기를 해보면 과거는 묻어두는 편이 나을지 판단할 수 있을 것이다. 그런 결론이 나오면 지그로의 친척을 만날 것 없이 칸발을 떠나자. 그리고 두 번 다시는 고향에 돌아오지 않으리라.

누군가 걸어오는 기척에 바르사가 출입문을 쳐다봤다. 두 사람이 먹을 만한 라칼 주발과 과자를 들고 유카 고모가 들어왔다.

"기다리게 해서 미안해요."

아직 말을 어떻게 해야 할지 몰라 망설이는 듯했다.

"오늘은 환자가 적어서 다행이네. 그럼 라칼이라도 마시면서 천천히 얘기를 듣지요."

바르사는 권하는 대로 라칼 잔을 들었다. 여느 라칼과 다른 향이 입안에 퍼지는 순간, 향기에 이끌리듯이 먼 기억의 그림자가 스쳐 지나갔다. 깊은 곳에 묶여 있던 그리움이 움찔거려 코가 찡했다.

"친숙한 맛이에요. 감기 걸렸을 때 아버지가 마시게 하던."

고모의 호흡이 밭아졌다. 고모는 가만히 바르사를 쳐다보며 천천히 고개를 저었다.

"그런가? 정말로 바르사일지도 모르겠구나. 카르나 오라버니와 내가 왕도에서 공부할 때 고안해낸, 향신료 넣은 라칼을 기억하고 있다니. 몸을 따뜻하게 하는 약초를 넣어서 감기에 잘 듣지."

유카 고모가 깊이 한숨을 쉬었다.

"우물에 빠진 뒤에는, 지하에서 물길에 휩쓸려 떠내려간 뒤에는 어디서 누구의 도움을 받고 살아난 게냐?"

바르사가 고개를 저었다.

"우물에 빠진 게 아니었어요. 하지만 그 이야기를 하기 전에 듣고 싶은 게 있습니다. 고모님, 아버지의 별세에 대해 말씀해주시겠어요?"

고모가 탐색하듯 날카로운 눈빛으로 바르사를 쳐다봤다. 이윽고 고모는 다부지게 입을 열었다.

"오라버니가 살해당한 것은 네가 사라지고나서 열흘 후 일이다. 부엌일 하는 노파가 여느 날 아침처럼 나왔다가 뒷문

근처에서 오라버니의 시신을 발견했지. 칼에 찔려 이미 숨진 다음이었다. 왕도의 경비병은 도적의 짓이라고 하더구나. 집 안이 마치 폭풍이라도 휩쓸고 지나간 양 엉망진창이었다."

바르사가 잠시 눈을 감더니 잠시 숨을 고른 뒤 눈을 뜨고 차분한 목소리로 물었다.

"시신을 보셨나요?"

"물론이다. 너를 잃고나서 몹시 우울해 하던 오라버니가 걱정스러워서 나도 왕도의 숙소에 머물고 있었으니까. 오라버니의 집에 묵고 싶었지만 어쩐 일인지 절대 나를 집에 묵게 해주지 않더구나. 마치 도적이 들 것을 예상한 것처럼."

고모가 마음을 정한 듯이 강렬한 시선으로 바르사를 쳐다봤다.

"그래. 나는 오라버니의 시신을 똑똑히 봤다. 그리고 지금까지 줄곧 무슨 일이 일어난 것인지 생각해왔단다. 상처는 두 군데였지. 하나는 왼쪽 어깨 끝부터 배까지 난 긴 상처. 만일 정말로 도적이 벌인 짓이라면 그 정도로 심하게 베고난 뒤에는 더 이상은 손대지 않았을 게다. 그런데 목에도 깊은 상처가 있더구나. 그 상처를 본 순간 생각했다. 오라버니를 죽인 것이 누구든 물건을 훔치려 한 건 아니라고. 오로지 오라버니를 죽이기 위해 쳐들어온 거라고. 그건 확인사살, 확실히 숨통을 끊기 위한 일격이었으니까."

바르사가 고개를 끄덕였다.

"역시. 지그로도 걱정했어요. 고모님이 시체를 봤다면 틀림없이 이상하게 생각했을 거라며. 그것이 고모님의 불운으로 이어지지 않아야 한다면서."

갑자기 고모의 얼굴이 흐려졌다.

"지그로? 지그로 무사?"

고모의 깜짝 놀란 어조에 바르사가 고개를 들었다. 마치 더러운 독벌레의 이름이라도 부르는 것 같았기 때문이다.

"예. 지그로가 저를 살려주고 키워준 덕분에 살아남은 거예요."

고모의 눈빛이 눈에 띄게 흔들렸다. 이내 고모는 미간을 찡그리며 영문을 알 수 없다는 표정을 지었다.

"왠지 눈을 뜬 채로 악몽을 꾸는 것 같구나. 네 말은 미로처럼 묘하게 뒤엉켜 있어."

"그런가요?"

"그래. 왜냐하면 지그로 무사는 참으로 어리석은 사내였으니까. 자기 의지를 관철시키기 위해 수없이 많은 사람을 슬픔 속으로 몰아넣은 한심한 이거든. 나도 젊을 때부터 잘 알던 사내이기에, 그 정도로 미련한 사람이라는 걸 알았을 때는 배신감이 들었지. 소년 시절부터 융통성이 없긴 했지만 설마 그런 짓을 하리라고는."

바르사가 얕은 숨을 들이마셨다.

"뭘 했다는 건가요?"

고모의 얼굴이 완고하게 변했다.

"그것까지 이야기하려면 우선 당시 상황을 이해해야 한다. 지그로는 말이다, 로그삼 왕자와 사이가 아주 나빴단다. 왕성에 사는 사람이라면 누구나 알 정도였지. 당시에 지그로는 왕의 창 가운데 최연소임에도 불구하고 실력이 출중해서 이미 왕의 무술사범 중에서도 최고 지위에 올라 있었다.

지그로는 왕자들을 가르칠 때도 인정사정을 봐주지 않는 것으로 유명했지. 특히 영악한 로그삼 왕자를 못마땅하게 여겨, 훈련을 구실 삼아 연장자인 로그삼 왕자를 이따금 때려 눕히기도 했단다. 다른 사람이 옆에서 봐도 확실히 알 정도로 증오하는 사이였던 게야."

고모가 한숨을 쉬었다.

"로그삼 왕자가 교활하고 사악한 사람이었던 건 맞다. 하지만 그렇다고 해서."

고모가 바르사를 쳐다봤다.

"네가 이 나라의 왕위 계승에 대해 아는지 모르겠다만, 이 칸발 왕국에서는 말이다, 단지 선대로부터 왕위를 물려받는다고 해서 왕이 되는 것은 아니란다. 왕의 창들이 충성을 맹세해야 비로소 진정한 왕으로 인정받는 거지. 그렇기 때문에 칸발 왕이 세상을 떠나고 다음 왕이 즉위할 때는 특별한 의식을 치러야 한다. 우선 왕의 창들이 새 왕 주위를 둘러싸고 왕의 머리에 단창의 금고리를 댄 뒤에, 그 사람을 새로운 왕으로 인정한다고 외치는 의식이지."

"그건 처음 들었어요."

"지그로는 열여섯 살에 '루이샤 증정 의식'에 종자로 참가해 왕의 창들로부터 최강의 단창술사로 인정받은 영웅이다. 말수가 적어서 남에게 실력을 뽐내거나 나대지는 않았지만, 무척 자존심이 강했지. 한번 정하면 절대로 의지를 꺾지 않는 고집스런 사내였어."

바르사가 고개를 끄덕였다. 고모의 눈에는 단호한 빛이 서려 있었다.

"그건 무인으로서는 자랑할 만한 면이지. 하지만 긍지와 의지를 위해 여러 사람을 불행의 나락으로 떨어뜨리는 자는 명텅구리에 지나지 않아. 지그로는 말이다, 나그루 왕의 병이 악화되어 목숨이 위태로워지자 어이없는 일을 벌이고 말았다. 왕성 안쪽 방에 보관하던 왕의 창 아홉 명의 단창 금고리를 훔쳐서 나라 밖으로 도망쳐버린 거다.

금고리는 왕의 창의 상징이다. 아홉 씨족과 왕가의 유대관계를 상징하는 소중한 보물이지. 그것을 훔쳐서 도망친 거란다. 나그루 왕이 세상을 떠나면 로그삼 왕자가 왕이 될 거였거든. 지그로는 그걸 참을 수 없었던 것 같다. 아무리 그렇다 해도 금고리를 훔쳐 달아나다니, 터무니없는 처신이었어.

당시 이 사건은 칸발의 무인 계급 사람 사이에서만 은밀하게 알려졌단다. 지그로의 행동은 씨족과 왕가의 유대관계를 단절시키는 행위이기도 해서, 자칫 잘못하면 왕과 무인 사이의 불화로 보일 수도 있었거든. 그래서 이 사건을 입 밖으로 내는 것이 일체 금지되었지.

씨족장들은 자기들이 지그로와 다르다는 걸 입증해야 했어. 왕에게 충성을 맹세하고 금이 간 씨족과 왕가의 유대관계를 회복시키기 위해, 각 씨족 최고의 무인들에게 지그로를 뒤쫓게 한 거야. 모두들 번개신 요라무에게 맹세했다. 배신자 지그로와 일체 말을 섞지 않고 목숨만 빼앗겠다는 '벙어리-귀머거리 맹세'를 한 거지. 그러고서 이 땅을 떠났다. 하지만 그들 대부분은 참살당하고 말았어. 욘사 씨족에서도 왕의 창 종자였던 씨족장의 장남 타그루 님이 뒤쫓아갔지만, 돌아온 것은 단창의 창끝뿐이었지. 쾌활하고 선량한 젊은이였는데."

바르사는 볼로 흘러내린 머리카락을 천천히 쓸어올렸다. 어깨로부터 오싹한 한기가 등줄기를 타고 흘러내렸다.

"그 창끝, 무사히 돌아왔군요."

바르사가 들릴 듯 말 듯 중얼거렸다. 지그로가 돈벌이 나온 욘사 씨족 젊은이에게 추선공양을 해달라며 창끝을 건넨 게 벌써 24년 전이다.

지그로가 미움을 받으리란 정도는 예상하고 있었다. 그렇다고는 해도 설마 이 정도로 교묘하게, 게다가 이토록 불명예스러운 배신자로 추락시켰으리라고는 생각지 못했다. 그렇다면 자객들은 지그로의 추측과 달리 가족을 인질로 잡혀 행동한 것이 아니라는 뜻이다. 그 남자들은 왕에게 충성을 증명하고 명예를 지키기 위해 지그로를 뒤쫓은 거란 말인가.

격렬한 분노가 치밀었다. 역시 이대로는 지그로도, 지그로에게 목숨을 잃은 무사들도, 그리고 아버지도 편히 저세상으로 갈 수가 없으리라는 생각이 들었다. 거짓이 진실로 활개치는 현실을 참을 수가 없었다.

바르사는 자리에서 일어서 창밖을 본 다음 식탁을 빙 돌아 문을 향했다. 복도에는 아무도 없었다. 의자로 돌아온 바르사가 고모를 응시하며 목소리를 낮췄다.

"고모님, 묻고 싶은 게 있습니다. 정말로 지그로가 그렇게 어리석은 짓을 했다고 믿으십니까?"

고모의 눈빛이 흔들렸다.

"믿고 싶지 않았지만, 실제로 지그로는 가장 친하던 우리한테조차 아무 흔적을 남기지 않은 채 어느 날 갑자기 사라져버렸어. 달리 생각할 도리가 없었단다. 로그삼 왕자와 불화가 깊다는 걸 잘 알기도 했고."

"지그로는 그렇게 어리석은 사람이 아니었어요."

바르사가 차분하면서도 강렬한 시선으로 고모의 눈을 응시했다.

"지그로는 제가 여섯 살 때부터 스물넷이 될 때까지 키워줬어요. 그런 사람이 아니라는 것은 제가 가장 잘 알아요. 말수가 적어서 남에게 자기 행동을 설명하는 사람이 아니고, 놀라울 정도로 결단이 빠른 것도 맞아요. 하지만 지그로는 늘 주위 사람을 배려해가며 움직이는 사람이었어요."

고모가 입술을 꽉 깨물었다. 그 눈빛에 깊은 동요가 일렁였다.

"말씀하신 대로 지그로의 단창에는 금고리가 하나 달려 있었어요. 하지만 그 외에 다른 금고리는 갖고 있지 않았지요. 고모님도 칸발 사람들도, 모두 속은 거예요."

"속았다고? 누구한테 말이냐?"

"선대 왕 로그삼이겠지요."

고모의 입가가 가늘게 떨렸다.

"고모님. 아버지가 왜 살해당했는지, 왜 아버지가 저를 죽은 걸로 했는지, 그리고 왜 지그로가 씨족 젊은이들을 죽여야만 했는지 알고 싶으세요? 진실은 왕가의 음모와 관련 있습니다. 듣고 싶지 않으면 듣지 않는 편이 나을지도 몰라요."

"그 음모라는 것은 지금도 계속되는 게냐?"

"아뇨. 로그삼 왕의 죽음과 함께 의미를 잃었지요."

"그래? 만약 진행형인 음모라 해도 나는 일단 듣고 싶구나."

고모의 입가에 씁쓸한 웃음기가 번졌다.

"너는 어려서 몰랐겠지만, 카르나 오라버니와 나, 지그로는 왕도의 학원에서 만난 뒤로 그 비극의 해가 닥칠 때까지 줄곧 가장 친한 친구였다."

바르사는 자신이 태어나기 전, 세 사람의 젊은 시절을 그려보았다. 여기까지 얘기를 나누다보니 유카 고모의 시원시원한 배포와 단단한 의지를 짐작할 수 있었다. 틀림없이 세 사람은 마음이 잘 통하는 동료였을 것이다. 그런 나날이 어느 시점을 경계로 와장창 무너져내린 것이다. 오라비는 살해당하고 친구는 나라 밖으로 도망쳤다. 느닷없이 혼자 남겨졌을 때, 고모는 어떤 심경이었을까.

바르사는 담담한 어조로 로그삼 왕의 음모를 이야기했다. 오로지 한 남자의 추악한 야망이 이토록 많은 이들의 인생을 비틀어놓았다는 사실을 상기하면서. 이야기가 끝났을 때는 방 안 가득 석양빛이 흔들리고 있었다. 유카 고모가 길게 한숨을 내쉬었다.

"그렇구나. 이제야 꼬여 있던 의문들이 풀린 것 같다."

고모의 안색에 피로가 완연했다. 하지만 그 얼굴에는 오랜 세월 마음속에 박혀 있던 가시가 빠진 듯한 평온함이 깃들어 있었다.

"오라버니의 죽음에 대해 계속 의문을 품어왔다는 이야기를 했지. 지금 네 이야기를 들으니 마음에 짚이는 다른 일들이 몇 가지 떠올랐다. 나그루 왕이 돌아가셨을 때 오라버니의 태도가 많이 이상했단다. 시신이 부패하면 큰일이라며, 다른 의술가들에게 보이지도 않은 채 입관하고는 몹시 서둘러서 매장했지. 물론 봄날치고는 유난히 따뜻해서 다른 사람들은 오라버니의 주장을 일리 있게 받아들인 것 같았다. 하지만 오라버니를 잘 아는 나로서는 이상할 수밖에. 게다가 지그로가 사라진 것이 나그루 왕이 돌아가시기 사흘 전이었으니 더더욱 이상한 일이었다. 그럼 지그로는 나그루 왕이 돌아가실 것을 사흘 전에 확신한 셈이잖니. 게다가 로그삼 왕자에게 저항하기로 계획했다손 치더라도, 그런 속셈을 오라버니나 나에게 귀띔조차 하지 않고 종적을 감추다니. 지그로에게는 어울리지 않는 행동이라고 생각했단다.

그리고 지그로가 사라진 다음 날, 오라버니는 네가 죽었다고 했다. 천지가 요동치는 것처럼 기이한 기분이었지. 오라버니에게 무슨 일이 일어나고 있는 건지 사실대로 가르쳐달라고 청하려는 찰나에, 이번에는 오라버니마저 살해당하고 만 것이다. 오라버니의 시신을 봤을 때, 나는 견딜 수 없이 무서웠다. 암살 방법에서 누군가의 차가운 의지가 느껴졌거든. 설마 그것이 로그삼 왕의 의지이리라고는 생각지 않았다만."

유카 고모가 말을 멈추고 바르사의 단창을 쳐다봤다.

"대문에서부터 궁금했는데, 그건 지그로의 단창이니?"

"아뇨. 제가 열 살 때 지그로가 만들어준 단창이에요. 창끝은 몇 번이나 바꿨지만 자루는 아주 튼튼해서 바꾼 적이 없어요. 자루의 문양은 지그로가 세상을 떠났을 때, 지그로의 단창에서 베껴 새겼지요."

바르사가 벽에 세워둔 단창을 집어 고모의 손에 건넸다.

고모가 단창을 부드럽게 문질렀다. 오랜 손길에 매끌매끌해진 자루를 어루만지면서 고모가 나지막이 말했다.

"보기와 달리 상당히 무겁구나. 여자애가 열 살 때부터 이렇게 무거운 창을⋯."

고모가 눈물을 참지 못하고 눈을 감았다. 그러고는 혼잣말하듯 속마음을 쏟아냈다.

"얼마나 힘들었을까. 그 모진 세월을⋯. 지그로, 용케 바르사를 지켜주었구나. 믿을 수가 없다. 그토록 무뚝뚝하고 요령 없는 네가 남자 혼자 손으로 여자아이를 키웠다니."

바르사도 목울대가 뻐근해져 한동안 말을 이을 수가 없었다. 두어 차례 숨을 삼킨 뒤에야 마침내 빠른 어조로 입을 열었다.

"그래요. 지그로만큼 여자아이 키우는 데 안 어울리는 사람도 없죠. 그래서 제가 이렇게 여성적인 매력이라곤 없는 사람이 된 거예요."

유카 고모가 큭큭 웃었다. 그러고는 고개를 저었다.

"지그로 탓으로 돌리면 그 사람이 가엾잖니. 너는 태어났을 때부터 남자아이 저리 가라 할 정도로 왈가닥이었는걸 뭐. 카르나 오라버니가 종종 말씀하셨지. 딸내미가 어머니 뱃속에 중요한 걸 깜빡 두고 나온 게 틀림없다고 말이야."

바르사의 눈에서 한 줄기 눈물이 뚝 떨어졌다. 두 사람은 석양빛 속에 고개를 숙이고 웃어댔다. 이윽고 눈물을 닦아낸 고모가 단창을 바르사에게 돌려줬다.

"이제 어떻게 할 생각이냐? 지그로의 누명을 벗겨줄 셈이냐?"

손때 묻은 창을 어루만지며 바르사가 한숨을 쉬었다. 고모에게 털어놓은 것만으로도 마음 한구석의 응어리가 풀린 것 같았다. 조금 전에 느낀 격렬한 분노는 잿불 속 불씨 정도로 바뀌고, 포기라는 재가 슬며시 뒤덮는 듯했다.

"글쎄요."

바르사가 잠시 생각에 잠겼다.

"복수하려 해도 로그삼은 죽어버렸고, 이제 와서 당시의 음모를 언급할 마음은 없어요. 다만 지금까지 건드리기 두려워서 외면해온 상처를 어떻게든 해결하기 위해 여기 왔을 뿐…."

저물어가는 노을의 잔광이 바르사의 얼굴에 깊은 그림자를 만들었다. 미소를 띠었지만 그 미소에 드리운 그늘을 유카의 예민한 눈길이 놓치지 않았다. 지그로의 모습이 머릿속에 되살아나면서, 가슴 한켠이 무겁게 가라앉으며 차갑게 식는 느낌이 들었다.

지그로는 무뚝뚝하지만 다정했다. 혼자였다면 그는 틀림없이 칸발로 돌아와 로그삼과 끝장을 보려 했을 것이다. 하지만 그는 바르사를, 어린아이를 데리고 있었다. 지그로는 바르사와 자객이 된 친구들 사이에서 가슴 찢어지는 고통을 견뎠을 것이다. 그리고 바르사는 그 모든 일을 고스란히 목격했다. 자기를 살리기 위해 오랜 친구를 연이어 처치해야 했던 지그로를 바라보며 살아온 것이다.

유카가 두 손을 꽉 쥐며 바르사를 애처로워 할 때, 마치 유카의 마음이 전해지기라도 한 듯이 바르사가 온화한 목소리로 이야기를 시작했다.

"작년 가을에 기묘한 운명을 짊어진 아이의 호위무사를 했어요."

바르사는 어느 날 갑자기 '정령의 수호자'가 되어 '물 지킴이'라는 정령의 알을 지켜야만 했던 챠그무 이야기를 들려줬다. 신요고 황국의 제2황자이던 챠그무를 바르사는 지금도 어머니 같은 심정으로 사랑스럽게 여겼다.

"그 아이의 호위무사를 하는 동안 참으로 묘한 깨달음을 얻었어요. 목숨마저 위태로울 정도로 무시무시한데도 챠그무를 지키는 동안 저는 행복했거든요. 정말 행복했어요."

바르사가 미소를 지었다.

"그런 식으로 제 인생을 쓰는 것도 나쁘지 않다는 걸 알았지요."

바르사가 크게 심호흡했다.

"저는 이제까지 될 대로 되라는 식으로 살아왔어요. 지금까지 살아남은 것만으로도 기적 같은 일이고, 게다가 그토록 많은 이들의 피로 대가를 치르며 얻은 기적이니 앞으로의 인생 같은 건 꿈꿀 자격도 없다고 생각한 거예요. 그런데 챠그무를 만나서 그게 얼마나 어리석은 생각인지를 깨달은 거지요. 이런 심정으로 살아서는 지그로도 마음 편히 저세상에 가지 못할 거다, 지그로가 애써 지켜준 목숨을 즐기며 살아야겠구나, 그렇게 생각하게 됐다고나 할까요."

바르사가 빙그레 웃어 보였다.

"하지만 아무래도 마음이 안정되지 않았어요. 빚이 남은 것 같아서요. 그래서 칸발로 돌아온 거예요. 만일 지금도 지그로의 행방을 궁금해 하는 사람이 있다면 그 사람들에게 사실을 전하자, 칸발에서 갑자기 사라져버린 지그로의 인생을 제대로 칸발에 되돌려주고 끝을 맺자, 그렇게 해야 비로소 제 안에 있는 지그로의 망령이 사라질 거라고 생각했죠."

이미 고모의 표정을 구분하기 어려울 정도로 방은 어두웠다. 바르사가 말을 마치자 고모는 조용히 일어서서 난로에

불을 피웠다. 바르사도 일어나 창문을 닫았다. 고모가 돌아다니며 수지 양초에 불을 붙이자 방 안은 조금 밝아졌다.

"네가 돌아온 이유를 잘 알았다. 왠지 25년을 하루에 다 산 것 같구나."

두 사람은 서로 마주 보며 미소 지었다.

"이야기는 끝이 없겠지만 이제 배가 고프네. 좀 도와다오. 저녁을 먹자."

고모는 정원사와 의료원의 심부름꾼 외에는 사람을 쓰지 않는 듯했다. 혼자 사는 게 마음 편하고 성미에도 맞으니까, 하고 고모가 웃었다. 두 사람은 냄비에 고기와 가샤 감자를 넣고 염소젖에 졸였다. 거기에 향기로운 풀을 뿌려 라르우 스튜를 만든 것이다. 해가 지면서 쌀쌀한 기운에 몸이 오싹오싹 움츠러들었기에, 뜨거운 라르우는 아주 적절하고 맛도 좋았다.

"네 마음을 잘 알았다. 아마도 지그로의 일가 중에 더 이상 지그로를 걱정하는 사람은 없을 게다. 부모님은 사건 전에 돌아가셨고, 여동생은 지그로가 도망쳤을 때 아직 어렸기 때문에 오라비에 대한 기억이 별로 없지. 형 카그로 님도, 동생 유그로 님도…."

말을 하다 말고 문득 고모가 바르사를 향해 얼굴을 돌렸다.

"어머, 이상하네."

"뭐가요?"

고모가 미간을 찌푸렸다.

"이상해. 지그로가 금고리를 훔쳐 도망쳤다면, 대체 왜 유그로 무사는….'"

고모가 숟가락을 놓고 바르사를 쳐다봤다.

"넌 지그로가 병이 나서 죽었다고 했지? 그게 확실하니?"

"예. 저하고 제 소꿉친구 약초사가 함께 임종을 지켰는걸요."

"유그로와 싸운 상처가 도져서 죽은 게 아니고?"

"유그로? 아뇨, 그렇지 않아요."

먼 기억 속에 유그로라는 이름이 분명 있었다. 하지만 그는 자객이 아니었던 걸로 기억한다. 고모가 얼굴을 찌푸렸다.

"그럴 리가. 지그로에게 무려 여덟 씨족의 젊은이들이 당했지만, 마지막 자객으로 간 그의 동생 유그로가 지그로를 분명히 처리했다고 했거든. 유그로가 도난당한 금고리 아홉 개를 전부 되찾아왔지. 그러고서 칸발의 영웅이 되어 지금은 모든 씨족을 아우르는 최고 권력자인걸."

고모가 뭔가를 곰곰 생각한 뒤에 말을 이었다.

"돌이켜 생각하니 유그로 무사가 화려하게 귀환한 해에는 이런저런 일들이 꽤나 많이 일어났었구나. 로그삼 왕이 죽을 병에 걸렸다는 사실을 안 게 그해 봄이었고, 죽을 날을 예감한 로그삼이 살아 있는 동안에 남동생이 아니라 아들 라달 왕자에게 왕위를 물려주고 싶다고 언급한 것이 그해 여름이다. 그리고 마지막 자객이 된 유그로 무사가 금고리를 갖고 귀환한 건 로그삼 왕이 돌아가시기 고작 한 달 전쯤이었지. 장례는 왕도에서 성대하게 치렀어. 나도 보러 갔으니 똑똑히 기억한단다. 로그삼 왕은 새 왕이 될 라달 왕자와 영웅 유그로 무사의 손을 잡고, 이제 아홉 씨족과 왕이 새로운 유대관계를 맺었다고 선언했지."

고모가 바르사와 눈을 맞추며 낮은 목소리로 말을 이었다.

"어쩌면 음모는 네가 아는 것보다 뿌리가 깊은 건지도 모르겠구나."

방 안의 한기가 더 심해진 느낌이 들었다.

제2장

움직이기
시작한 어둠

1
동굴 속 돌 냄새

캇사와 지나는 뭐라 표현할 수 없을 만큼 유쾌한 기분으로 스라 랏살 안을 걸었다. 친구 라라카와 욧사 등도 함께여서 마치 축제 때처럼 즐거웠다. 갓 튀겨 맛있는 롯소를 실컷 먹었고, 이제 설탕에 절인 과일을 핥던 참이다. 맛있는 것을 배불리 먹을 뿐만 아니라 친구들에게까지 사준다는 사실이 뿌듯해서 견딜 수가 없었다.

그날 씨족장 카그로는 이렇게 말했다.

"청광석 루이샤는 칸발 왕의 보물이다. 이 세상에서 이 보석을 팔 수 있는 이는 칸발 왕뿐이다."

그러고는 대뜸 보석을 거둬들이더니 왕에게 전해드리라며 유그로에게 건네버렸다. 당연히 그래야 한다고 알고 있었지만 눈앞에서 보석을 빼앗기니 무척이나 기분이 상했다. 다행히도 그런 두 사람의 기분을 알아차렸는지, 유그로가 잠깐 기다리라 하고는 잠시 자리를 비웠다가 나타났다. 손에는 은화가 잔뜩 든 주머니를 들고 있었다. 유그로가 묵직한 주머니를 아버지에게 건네며 말했다.

"루이샤에 대한 대가로는 턱없이 부족하겠지만, 3천 날을 주지. 씨족의 위기와 관련 있을지도 모르는 귀중한 정보에 감사하는 표시로. 자, 이렇게 하세나. 캇사와 지나가 강에서 우연히 녹백석을 주워서, 그것을 나한테 가지고 온 걸로 하는 거다. 녹백석이라면 극히 드문 일이긴 하지만 강에서 발견되었다고 해도 이상하지 않은데다 3천 날 정도의 가치가 있지. 그렇게 말을 맞춘다면 사람들이 의심하지 않고 단순한 행운이라고 납득할 것이다."

아버지는 3천 날을 손에 들었을 때부터 얼굴이 벌겋게 상기되어 있었다. 3천 날이면 가족 모두가 2년은 넉넉히 살 정도의 거금이다. 유그로가 꿰뚫는 듯한 시선으로 아버지와 캇사를 바라봤다.

"그 대신 맹세해다오. 루이샤나 속죄 수행자에 대해서는 절대 아무에게도 발설하지 않기로. 지나를 비롯해 가족들에게도 단단히 일러야 할 것이다."

두 사람은 한 목소리로 약속했다.

지나는 백마석을 시시무에게 들이대 반격할 수 없다는 게 아무래도 못마땅한 것 같았지만, 역시 넘어져도 그냥 일어나는 법이 없는 만큼 얼른 생각을 바꾸었다.

"참, 그렇지. 지난번 밤이 아니라 다른 날에 동굴에 들어간 걸로 하면 되겠구나! 조금 기다렸다가 열기가 식고나면 반격하지 뭐!"

어찌 되었건 뜻하지 않은 행운인지라, 아버지는 집으로 돌아오자마자 큰소리를 쳤다.

"올해는 돈벌이를 가지 않아도 되겠다!"

어머니와 할머니의 얼굴에 뭐라 형용할 수 없는 반가운 기색이 떠올랐다. 그날은 한밤중까지 어디에 돈을 쓸지 궁리하느라 즐거운 상상이 이어졌다. 아버지는 캇사와 지나에게 낭비하지 않겠다는 다짐을 받으며 기나긴 설교와 함께 200날씩을 내주었다. 1날이면 롯소 스무 개를 살 수 있다. 둘은 날아오를 듯 기뻐서 어쩔 줄을 몰랐다.

캇사는 문득 목동들에게도 먹을 걸 사다줘야겠다고 생각했다. 시시무 같은 씨족장 직계의 무인들은 목동들과 접촉하는 법이 거의 없다. 그저 염소를 맡기고 젖이나 털 등 수확물에 따라 보수를 건넬 뿐이다. 하지만 캇사 같은 방계 무인들은 태어날 때부터 목동들과 가족처럼 지낸다.

부리는 사람과 일하는 사람의 차이는 분명히 있었다. 우선 목동은 학당에서 공부를 할 수 없다. 목동으로 태어난 이는 무인 계급은 물론, 평민 계급하고도 결혼할 수 없다. 목동은 평생 목동인 것이다.

하지만 캇사는 학당이 끝나면 그다음에는 하루 대부분을 목동들과 함께 바위산에서 지내고, 지나와 어머니도 목동의 아내나 딸들과 모여 털로 직물을 짜거나 밭일을 한다. 어머니 리나는 지나가 그런 것처럼 아주 활달했다. 씨족장의 딸로 태어났으면서도 집안 여자들과 지내기보다는 밖에서 일하는 쪽을 더 좋아했다.

캇사와 지나는 각자 롯소를 서른 개씩 사서 봉지에 담았다. 두 아이의 행운 이야기는 이미 스라 랏살 전체에 퍼진 터였다. 지나치는 가게마다 두 아이에게 말을 거는 바람에, 처음의 흥분이 가라앉을 무렵에는 캇사도 지나도 빨리 랏살에서 벗어나고 싶었다.

캇사는 지나를 친구들과 함께 놀러 보내고 혼자 바위산에 오르기 시작했다. 가을날의 맑은 대기에서 눈 냄새가 약하게 느껴졌다. 목동들은 겨울을 제외한 한 해의 대부분을 바위산에서 지낸다. 방목지 옆에 있는 허름한 오두막에서 다른 목동과 함께 지내는 것이다. 아내와 가족은 캇사네 향의 외성 밖에 살면서 따로 일한다. 가족이 모여 생활하는 때는 눈이 수북이 쌓인 겨울뿐이었다.

바위산을 오를수록 세상이 넓어졌다. 파도가 굽이치듯 저 멀리까지 뻗은 대지를 보면서, 캇사는 문득 이 천지를 창조한 번개신 요라무가 감탄스러웠다. 참으로 아름다운 세상이라는 생각이 저절로 들었기 때문이다.

처음 세상에는 오직 어둠만이 소용돌이쳤다고 한다. 거기에 최초의 빛이 번쩍였다. 그것이 번개신 요라무였다. 요라무는 또한 '등 없는 신'으로도 불린다. 몸의 절반은 '위대한 빛', 나머지 절반은 '위대한 어둠'으로 불리는 신의 모습이기 때문이다. 요라무는 찰나의 눈부신 빛과 그 번개를 만들어내는 어둠의 신인 셈이다.

이후 위대한 빛의 신으로부터 아홉 씨족의 선조가 탄생했다. 신의 몸을 이루는 무사(오른쪽 귀), 욘사(왼쪽 귀), 무로(오른쪽 눈), 욘로(왼쪽 눈), 나(코), 무가(오른손), 욘가(왼손), 무토(오른발), 욘토(왼발)로부터 각기 다른 씨족이 나온 것이다. 마지막으로 신의 이마를 뜻하는 칸발에서 왕의 씨족이 세상에 나왔다. 그리고 이 왕족은 유사 산맥에 칸발 왕국을 세운 것이다.

한편 위대한 어둠의 신에게서도 아홉 씨족과 왕의 씨족이

태어났다. 이 위대한 어둠의 아이들은 유사 산맥 지하에 '산
왕국'을 세웠다고 한다.

열 개 씨족은 신이 나누어준 토지에 씨족령을 만들었다.
처음에 씨족 시조들이 각자 자기 영토를 찾아나섰을 때만 해
도 세상은 풀도, 나무도, 물도 없는 바위산이었다. 그러나 시
조들이 첫발을 들여놓은 순간 풀이 나고, 나무가 자라나고,
샘과 여울이 생겨났다. 자그마한 사람과 염소도 이때 생겼다
고 한다. 사람들은 염소를 키워 젖을 얻었고, 이 수확물을 씨
족의 시조에게 바쳤다. 시조는 감사의 표시로 이 땅과 여기
속한 사람들을 지키겠노라 맹세했다.

이런 전설을 떠올릴 때마다 캇사는 항상 궁금한 게 있었
다. 대체 상인은 언제 태어난 걸까? 몸집이나 생김새로 보면
상인들도 틀림없이 같은 씨족 출신이다. 그런데 언제부터 씨
족 가운데 무인 계급이 생겨나고 그 아래로 상인과 공인(工
人)으로 이루어진 평민 계급이 탄생한 걸까?

느닷없이 드높은 휘파람소리가 휘익 들려왔다. 고개를 번
쩍 들자 바위 뒤에서 목동 요요가 얼굴을 내밀었다. 요요는
캇사와 열다섯 살 동갑내기지만 키는 캇사의 가슴까지밖에
오지 않았다.

캇사는 단검을 갖는 씨족 소년들 중에서는 가장 꼬맹이였

지만, 목동들과 있으면 항상 거인이 된 것 같았다. 목동들은
다 자라 어른이 되어도 키가 캇사의 어깨 정도였다. 하지만
체구가 작아도 구릿빛 얼굴에 새집처럼 푸석푸석한 잿빛 머
리, 납작한 코와 빙글빙글 잘도 움직이는 눈에 애교가 넘친
다. 또 무척 건강해서 한겨울이 아니면 가죽 반바지 이외에
아무것도 걸치지 않았다. 발바닥이 단단해 맨발로 바위산을
뛰어다니고, 염소에게 뒤지지 않을 만큼 몸놀림이 민첩하다.

　이들은 '독수리 쫓는 지팡이'를 들고 다녔다. 끝에 돌날을
붙여 만든 가느다란 작대기를 휘둘러 독수리로부터 염소를
지키는 것이다. 언젠가 한번은 쇠 창날을 사다줄까 물은 적
이 있는데, 모두 말도 안 된다며 손을 내저었다. 쇠 같은 것
은 녹이 슬어 싫다는 거였다.

　"맛있는 냄새가 나는데!"

　요요가 큰소리로 말했다. 캇사가 빙긋 웃으며 롯소 봉지를
보여줬다.

　"서른 개나 사 왔어. 다 같이 나눠 먹어."

　요요의 눈이 동그래졌다. 꿀꺽 침 삼키는 소리가 들렸다.

　"굉장한데! 쉬기 딱 적당한 때니까 '웅덩이 샘'으로 가자."

　요요가 '휴우, 효, 효, 휴우이' 하고 휘파람을 불었다. 높은
소리가 바위산에 메아리치자, 꼬리를 물고 여러 종류의 휘

파람소리가 되돌아왔다. 목동 특유의 휘파람 솜씨다. 간단한 대화는 이런 정도로도 충분했다.

관목 수풀에 둘러싸인 바위 웅덩이에서 솟아오르는 '웅덩이 샘'은 요요를 비롯한 목동들의 휴식처였다. 수풀을 헤치고 들어가자 이미 목동 네다섯이 편한 자세로 앉아 놋키 나무뿌리를 씹고 있었다. 요요의 아버지와 숙부가 돌화로 셋에 불을 피워 젖을 끓이고, 그 옆에는 토토 장로가 말없이 자리 잡고 놋키를 씹는 중이었다. 토토는 무사 씨족령의 목동 중 가장 나이가 많았다.

"할아버지, 캇사가 롯소를 서른 개나 사 왔어!"

오오, 남자들이 술렁였다. 라 속에 코르카라는 향신료 잎을 넣어 만든 라코르카를 나무그릇에 담고 롯소를 나눠 먹으며, 목동들과 함께하는 즐거운 잔치가 시작되었다.

캇사는 대체 무슨 일이 있었느냐는 질문에 유그로가 정해준 대로 답했다. 거짓말을 한다는 게 아무래도 마음에 걸리긴 했지만 맹세를 어길 수는 없었다. 씨족 사람들은 유그로가 지어낸 이야기를 순순히 믿었기 때문에 목동들도 의심하지 않을 거라고 생각했다.

그러나 캇사의 이야기를 듣던 목동들은 묘한 표정을 지으며 입을 다물었다. 누구 하나, 심지어 요요조차도 캇사의 이

야기를 믿지 않는다는 걸 표정만 봐도 알 수 있었다. 당황스
런 일이었다.

"캇사 도령."

장로 토토가 놋키를 무릎에 내려놨다.

"그런 거짓말은 입속에 넣어두도록 해라. 사실을 말하라고
는 하지 않겠다만, 우리는 거짓말은 듣고 싶지 않구나."

캇사의 얼굴이 새빨갛게 달아올랐다.

"왜 거짓말이라고 생각하는 거지?"

모두가 쓸쓸하게 웃었다. 요요가 어깨를 으쓱했다.

"캇사한테서는 녹백석 냄새가 안 나기 때문이야."

"녹백석 냄새? 돌에서 냄새가 나?"

목동들이 히쭉히쭉 웃었다.

"아아. 큰 사람들은 못 맡을지도 모르지만, 우리에게는 동
굴 속 돌 냄새가 확 풍기거든."

캇사가 코를 찡그렸다.

"나를 놀리는 거지? 녹백석 냄새가 안 나는 게 당연하잖
아? 이미 유그로 님께 드렸으니까."

토토 장로가 벅벅 소리를 내며 가슴팍을 긁었다.

"동굴 속 돌 냄새는 하루이틀 정도로 사라지지 않는다. 캇
사 도령, 지금 백마석을 갖고 있지?"

캇사는 가슴이 철렁했다. 그날 밤 품에 넣은 백마석을 지금도 갖고 있기 때문이다. 토토 장로의 졸린 듯한 눈이 조금 커지며, 뚫어지게 캇사를 응시했다.

"그것만이 아니구나. 너한테서는 청광석 루이샤 냄새가 난다. 네가 이 풀밭에 들어섰을 때부터 알아차렸다."

캇사는 문득 이 작은 사람들이 무서워졌다. 어릴 적부터 함께 생활해온 목동들이 생판 모르는 사람처럼 보였다. 토토 장로가 탁 소리를 내며 독수리 쫓는 지팡이를 짚고 일어섰다.

"자, 언제까지 쉴 거냐! 해님 넘어가실라!"

그러자마자 그 자리의 공기가 다시 부드럽게 일렁였다. 목동들은 제각기 캇사에게 맛있는 음식 고맙다며 인사를 건네고는 각자의 위치로 흩어졌다. 순식간에 모두 사라지고, 웅덩이 샘에는 불을 지키는 토토 장로와 캇사만 남게 되었다. 캇사는 왠지 으스스하고 서글픈 심정으로 멍하니 서 있었다.

"캇사 도령."

토토 장로가 다가와 캇사의 팔꿈치를 붙잡았다. 허리가 꼬부라진 토토 장로는 고작 캇사의 허리에 닿을 정도였다. 팔꿈치를 잡은 장로의 손에 힘이 들어갔다. 눈빛 역시 진지한 기운을 담고 있었다.

"캇사 도령, 롯소 고마웠다. 넌 착한 아이다. 어떤 이유든 너처럼 착한 아이에게 그런 거짓말을 시키는 녀석은 믿지 말거라. 알겠냐? 잊지 말아라. 만약 너희 씨족 사람들을 믿을 수 없게 되거든 우리를 떠올리도록 해라. 우리는 네 편이니까."

토토 장로가 팔꿈치를 놓자 캇사는 아무 대답도 하지 못한 채 풀밭을 나갔다.

'바보 같으니라고. 목동 주제에 뭘 안다고. 씨족 사람들을 믿을 수 없을 때라니, 그런 날이 올 리가 없잖아!'

바위 턱으로 나오자 차가운 바람이 얼굴에 부딪쳤다. 캇사는 이를 악물었다. 유그로 님이 파랗게 질려 떤 이유는 뭘까? 왜 카그로 님까지 유령이라도 본 듯 넋이 나갔던 걸까? 그 속죄 수행자는 대체 누구일까? 모든 게 캇사에게는 비밀인 것이다. 씨족장 형제는 뭔가 중대한 비밀을 숨기고 있다. 눈 아래로 펼쳐진 풍경이 갑자기 희미하게 멀어지는 기분이었다.

"그 여자에 대해 짚이는 데가 있느냐?"

의자에 깊이 눌러앉은 카그로가 창가에 선 동생에게 물었다. 유그로는 창틀에 몸을 기댄 채로 카그로를 바라보았다.

석양을 등진 그의 얼굴은 잘 보이지 않았다.

"예. 지그로를 쳐 죽였을 때, 그 광경을 지켜보던 젊은 여자가 있었어요."

카그로가 얼굴을 찌푸렸다.

"그런 얘기는 처음 들었구나! 누구지, 그 여자는? 지그로의 연인이냐?"

"글쎄요. 그런 것치고는 나이 차가 좀 많았던 것 같습니다."

"그래서? 그 여자를 어떻게 했지?"

"어떻게 하기는요. '지그로는 내 형이기 이전에 대역죄를 범한 도둑이고 배신자다. 나는 그런 자를 처단하기 위해 왔다'고 말하고는 헤어졌어요. 그뿐이에요. 달리 어떻게 하면 좋았을까요? 나중에 재앙의 불씨를 남기지 않기 위해서 아무 죄도 없는 처녀를 지그로와 함께 죽였어야 한다는 건가요?"

카그로가 입을 열려다 말고 고개를 저었다. 이내 고개를 숙인 채 골치 아프다는 듯 이마를 눌렀다.

"그렇다면 틀림없구나. 그 여자가 캇사와 지나가 만났다는 속죄 수행자일 것이다."

카그로가 고개를 들고 동생에게 물었다.

"지그로를 위해 속죄 수행을 하는 걸까? 그런데 왜 10년이나 지나서 여기에 왔을까?"

유그로는 눈을 가늘게 뜨고 창밖을 보다가, 이윽고 천천히 난로로 걸어갔다.

"돈이 궁해졌는지도 모르죠."

카그로가 미간을 찌푸렸다.

"꽤나 생뚱맞은 소리구나. 돈이라니."

"아닙니다, 형님. 그 여자가 단창으로 효율과 맞섰다는 건 지그로에게 무술을 배웠다는 거겠지요. 배운 게 무술만이 아니라면? 동굴 속 깊이 잠든 보석, 뭐, 루이샤까지는 아니더라도 녹백석을 캐러 동굴로 들어가려 했대도 이상할 것이 없습니다. 돈이 궁하다면 한번 시도해볼 만하지요. 지그로에게서 동굴에 대해 들었다면 실행에 옮기는 것도 가능할 겁니다."

카그로가 납득했다는 듯 느리게 고개를 끄덕였다.

"흠, 그럴 수도 있겠구나. 캇사의 이야기를 떠올려보면 그 여자는 지그로의 단창과 같은 문양을 따라 신요고 황국에서 무사 씨족령으로 들어왔다고 생각할 수밖에 없지."

"그래요, 형님. 그렇게 이쪽으로 오다가 우연히 캇사와 지나를 만난 거지요. 그래서 속죄 수행자인 척하며 두 아이에게 비밀로 해달라고 부탁했을 겁니다. 모든 것이 앞뒤가 맞지요."

카그로가 한숨을 쉬며 고개를 저었다. 가슴속 저 바닥에 묻혀 있던 상처에서 둔한 통증이 전해왔다.

"참으로 골치 아픈 형제지간이다. 씨족 전체가 수치를 견뎌야 했던 그 지옥 같은 15년으로 부족하다는 걸까. 이런 불씨까지 남기고 가다니!"

토하듯이 내뱉은 카그로는 오른팔이 있던 어깻죽지를 문질렀다.

"이 팔만 있었다면, 유그로, 너에게 그런 괴로운 경험을 시키지 않아도 되었을 것을."

카그로는 눈을 감고 있었기 때문에 유그로의 얼굴에 옅게 번지는 웃음을 보지 못했다.

"다 지난 일이에요, 형님. 저는 씨족의 치욕을 씻어냈을 따름이에요. 어쨌든 그 여자 일은 저한테 맡겨주십시오."

카그로가 얼굴을 들었다.

"어떻게 할 생각이냐?"

유그로의 얼굴에 난롯불의 그림자가 어른거렸다.

"녹백석을 가지러 동굴로 들어가는 것은 중죄입니다. 은밀히 조사하고 만일 그 여자가 정말로 녹백석을 가지러 간 거라면 처형해야지요. 물론 다른 사람들에겐 지그로와의 관계가 새어 나가지 않도록 주의하겠습니다."

카그로가 얼굴을 더욱 일그러뜨렸다.

"그 방법밖에 없겠다."

유그로가 불꽃을 보면서 맞장구쳤다.

"그렇습니다. 그 방법밖에 없습니다."

❧⦾❧

유그로는 카그로의 장남 카무와 함께 오랜만에 관사에 돌아왔다. 관사는 이들을 환영하는 잔치 준비로 한창 떠들썩했다. 향 사람들 모두에게 과자와 술을 나눠 주고 밤이 깊도록 너나없이 흥에 취했다.

유그로는 두 사람에게 신호를 보냈다. 조카인 카무와 유그로의 처남이자 경비대장인 도무였다. 세 사람은 잔치 중에 남들 모르게 빠져나갔다. 방으로 두 사람을 불러들인 유그로는 육중한 문을 닫았다. 술렁거리는 바깥 소음이 파도가 멀어지듯 사라졌다. 유그로가 두 사람에게 의자를 권했다.

"잔치 도중에 불러내서 미안하구나. 조금 성가신 일이 생겨서 말이다."

카무와 도무의 안색이 진지해졌다. 카무가 긴장한 목소리로 물었다.

"성가신 일이라니요, 숙부님?"

유그로가 희미하게 웃음 지었다.

"사실은 말이다. 지그로의 단창을 가진 여자가 영내에 침입한 듯하다."

두 사람의 얼굴에 놀라움이 스쳤다. 이미 먼 옛날에 사라진 망령의 이름이 어둠 속에서 떠오른 것 같았다.

"아니."

도무가 굵은 목소리로 중얼거렸다. 도무는 장신인 유그로보다도 머리 하나가 더 컸다. 가슴팍이 두툼하고 몸집이 큰 사내다. 둔해 보이는 외양에 비해 머리가 좋지만, 성질이 아주 급했다. 유그로는 캇사와 지나의 이야기를 들려준 뒤 카그로에게 한 말을 반복했다. 유그로가 이야기를 마치자 도무가 어깨를 흔들었다.

"알았어요, 매형. 당장 실력 있는 경비를 다섯 명쯤 추격대로 보내 여자를 뒤쫓지요. 뭐, 타국에서 온 여자 하나쯤이야 흰 염소 속에 섞인 검은 염소 아니겠습니까. 금세 붙잡힐 거예요."

유그로가 천천히 고개를 저었다.

"네 말대로 행방은 곧 알 수 있겠지. 하지만 추격은 너와 카무가 직접 맡았으면 한다."

유그로는 몸을 앞으로 내밀고 목소리를 낮춰 속삭였다.

"나는 누구보다도 너희를 신뢰한다. 부탁할 수 있는 것은 너희들뿐이구나."

카무도 도무도 유그로를 영웅으로 여기고 열렬히 따르는 심복이다. 그런 유그로에게서 가장 신뢰한다는 말을 듣다니, 두 사람의 뺨에 피가 확 돌았다. 유그로가 거듭 목소리를 낮췄다.

"신중하게 처리해야 하는 이유는 두 가지다. 하나는 이 사건으로 인해 또다시 세상 사람들이 무사 씨족의 치욕을 떠올리게해서는 안 된다는 것이다. 하물며 이토록 중요한 시기라면 더더욱 말이다."

두 사람은 깊이 고개를 끄덕였다.

"그리고 또 하나. 하찮은 이유지만, 그 여자는 나를 무척 증오하고 있다."

유그로의 입술에 음흉한 웃음이 번졌다.

"당연한 일이지. 내가 지그로를 죽였을 때 그 여자가 복수하겠노라고 소리쳤거든. 나의 명예를 땅에 떨어뜨리고야 말겠다며. 그래봐야 한낱 여자의 원망일 터, 신경조차 쓰지 않고 돌아왔는데."

유그로가 눈을 번뜩이며 힐끗 두 사람을 바라봤다.

"비록 아무리 하찮은 일이라도, 이 시점에 내 명예에 금이

갈 만한 소문이 나서는 곤란하지 않겠느냐? 너희라면 알아
들을 것이다."

카무와 토무가 또다시 깊이 고개를 끄덕였다. 유그로는 두
사람을 뚫어지게 응시했다.

"여자를 발견해도 데려올 필요는 없다. 재판 같은 건 필요
없어. 지그로에게 단창을 배웠을 테니 요령껏 성질을 건드려
먼저 덤벼들게 해라. 그때 처리하는 게 좋을 것이다. 재앙의
불씨를 뿌리기 전에 없애는 것이다."

2

포획대

바르사는 날 밤늦도록 고모와 이야기에 열중했다. 두 사람 모두 흥분한 것이리라. 몹시 피곤한데도 좀처럼 잠자리에 들 생각이 들지 않았다.

"이렇게 천천히 돌이켜보니 20년 사이에 칸발이 많이 변했구나."

식탁에 턱을 괸 고모가 말했다.

"옛날에는 씨족마다 자치령을 유지해서 왕가라도 씨족에는 간섭할 수가 없었는데. 그런데 로그삼 왕 시대부터 왕의 권력이 조금씩 강해지더니, 지금은 씨족장 피가 흐르는 젊은이 대부분이 열여덟 살을 넘기면 왕성으로 나가 생활하게 되었다. 그들은 왕과 유그로 무사를 중심으로 '왕의 고리'라는 조직을 만든다더구나."

바르사가 어깨를 으쓱했다.

"나라 전체로서는 씨족이 흩어져 있는 것보다는 그런 식으로 횡적 연대가 생기면 더욱 강해지겠지요?"

칸발에서 각 씨족은 자그마한 나라와 같다. 혼인도 각 씨족 안에서만 할 수 있다. 여러 나라를 떠돌아다닌 바르사에게는 답답한 노릇이었다. 게다가 힘은 분산되면 약해지게 마련이다. 씨족으로 나뉜 것보다는 나라로 통합하는 편이 안정되리라고 생각한 것이다. 하지만 유카 고모는 눈살을 찌푸렸다.

"평등한 연대라면 괜찮겠지. 하지만 실제로는 왕과 유그로 무사의 권력만 엄청나게 커지고 있으니. 나는 그것이 수상쩍단 말이다."

바르사는 덜커덕덜커덕 덧문을 흔드는 바람소리에 귀를 기울이며 유그로라는 남자를 떠올렸다.

지금과 비슷한 계절이었다. 청무 산맥 깊은 골짜기의 오두막에서 주술사 토로가이와 그 제자인 탄다, 그리고 지그로와 바르사 네 사람이 함께 살던 때다. 어느 날 한 남자가 찾아왔다. 남자를 바라보던 지그로의 표정은 말로 설명할 길이 없다. 참으로 기이한 지그로의 표정에 혹시라도 그 남자에게 지그로가 목숨을 내맡기지는 않을지 불안했을 정도다.

그때까지 찾아온 자객 여덟 명은 모두 번개신 요라무에게 벙어리-귀머거리 맹세를 한 상태였다. 벙어리-귀머거리 맹세란, 적을 만난 순간 모든 말을 신에게 바침으로써 신의 힘을 나눠 받는다는 믿음으로 생겨났다. 말하자면 일종의 서원(誓願) 같은 것이다. 더러워진 죄인과 말을 섞으면 그 오욕이 옮겨온다고 믿어, 그런 의미에서도 칸발에서는 자객도 죄인과 말을 하지 않았다. 그렇기 때문에 지그로가 무슨 말을 하든, 아무리 설득하려 해도 그들은 일체 들으려 하지 않고 묵묵히 덤벼들기만 한 것이다.

그런데 유그로라는 이는 놀라울 만큼 길게 이야기했다. 지그로의 동생이라면서 쾌활한 어조로 먼저 바르사에게 말을 걸고, 로그삼 왕이 죽을병에 걸렸다느니, 앞으로 살날이 몇 달 남지 않았다느니 하면서 고향 이야기를 늘어놨다.

지그로와 유그로는 한껏 소리를 낮춰 꽤 오랫동안 수군거렸다. 그러고나서 유그로는 한 달 가까이나 집에 머물며, 밤이 되면 지그로와 함께 어디론가 나갔다가 새벽에야 들어와 늦잠을 자는 생활을 되풀이했다. 아마도 형제만의 비밀이 있나보다고 여기고 굳이 물어본 적은 없었다. 그러던 어느 날 밤, 아무래도 신경이 쓰였던 바르사가 두 사람의 뒤를 따라간 적이 있다. 그리고 그 광경을 보고야 만 것이다.

두 사람은 어둠 속을 등불도 없이 걸었다. 강변 자갈밭까지 내려간 두 사람은 발 딛기도 힘든 돌밭에서 단창을 거머쥐고 마주했다. 희미한 초승달이 단창 끝에 하얗게 반사됐다. 두 사람은 아무런 말 없이 격렬하게 창을 놀렸다. 찌르고, 교차시키고, 비틀고, 쳐냈다. 모든 움직임이 마치 춤을 추는 것처럼 아름다웠다.

이윽고 유그로가 작별을 고하고 떠난 뒤, 지그로가 불쑥 바르사에게 말했다.

"형님이 이리에게 당해 오른팔을 잘라냈다고 한다. 하마터면 무사 씨족장 가문에 전해오는 비장의 기술이 끊길 뻔했는데, 믿을 수 없는 행운으로 동생에게 전할 수 있었다. 어깨에 짊어진 짐을 하나 덜었구나."

❧❀❧

'지그로는 동생에게 속은 것일까?'

그러고보니 지그로의 단창에서 금고리가 사라진 것도 그때였다. 당시에는 단지 동생에게 창술을 전수한 증표로 금고리를 넘겨준 거라고 생각했는데, 지금 생각해보니 어쩌면 그 금고리에는 더 큰 의미가 담겨 있었을지도 모르겠다. 죽이지도 않은 형을 죽였다고 왕에게 고하고, 지그로가 훔치지도 않은 금고리를 되찾은 것으로 영웅이 된 남자.

"지그로가 훔치지도 않은 금고리 여덟 개를 유그로가 갖고 있었다면, 실상 유그로가 금고리를 훔친 건지도 모르겠네요."

고모가 고개를 저었다.

"그건 있을 수 없는 일이다. 왜냐하면 지그로가 도망쳤을 무렵 유그로는 고작 열여섯 살이었다. 아직 무사 씨족령에 살 때라 왕성에 없었어. 훔칠 수 없는 상황이었지."

"확실한가요? 열여섯이라면 지그로하고 상당히 나이 차가 나네요."

"그래. 분명히 열여섯이었다."

고모가 한숨을 쉬었다.

"네가 지낸 남쪽 나라는 여기보다 훨씬 풍족하겠지만, 칸발에서는 아이를 열 낳아도 별 탈 없이 잘 크는 건 넷 정도가 고작이다. 그 정도 나이 차는 이상할 것도 없어. 그건 그렇고, 지그로를 뒤쫓을 첫 번째 자객 후보는 형 카그로가 아니었을까? 하지만 카그로는 부상을 크게 당해 오른팔을 잃었으니 임무를 수행할 수 없었던 거지. 다음 후보로 당연히 동생 유그로를 생각했겠지만, 아직 열여섯이라 지그로의 상대가 되지 않으므로 제외됐겠지. 그래서 우리 씨족의 타그루 님이 첫 번째 자객이 된 거다. 그러니 틀림없다."

"그렇다면 아무리 생각해도 유그로에게 아홉 씨족의 금고 리를 건넬 인물은 한 사람밖에 없네요."

유카 고모가 어두운 표정으로 고개를 끄덕였다.

"로그삼 왕 말이구나."

바르사가 주먹을 부르쥐고 매서운 눈초리로 응시했다.

"지그로를 매장시키기에는 더없을 그야말로 교묘한 수법이 네요. 그리고 유그로를 영웅으로 만들어 자기편으로 만들었 다…."

"추측이라면 얼마든지 가능하지. 하지만 진실을 밝히기에 는 손에 든 패가 부족하구나."

유카 고모가 한숨을 쉬며 일어섰다.

"야반의 뿔피리가 울리고도 이미 한참이 지났다. 이제 슬 슬 자자."

바르사도 고개를 끄덕이며 일어섰지만, 문득 떠오르는 생 각이 있어 고모를 향해 몸을 돌렸다.

"고모님, 이 의료원에 환자가 묵는 방도 있나요?"

유카 고모가 왜 그러냐는 듯이 바르사를 쳐다봤다.

"있지만 왜? 이미 손님방에 네 잠자리를 준비해놨는데."

바르사는 세워둔 단창을 집어들었다.

"아니에요. 만일 빈 침대가 있다면 환자가 묵는 방에서 자게

해주세요. 다른 사람들한테 저는 오랜 지인의 딸로, 다른 씨족 령에서 지병을 치료하러 왔다고 얘기해두시는 게 좋을 것 같아요 노파심일 수도 있지만, 만의 하나라도 고모님께 폐를 끼치고 싶지는 않으니까요. 아침에 만난 노인에게도 입단속을 해두시는 게 좋겠어요."

"바르사, 무슨 말을 하는 거냐?"

바르사가 미소를 지어 보였다.

"염려증이 있거든요, 제가. 항상 최악의 경우를 가정하곤 해요. 운명의 여신에게 조롱당하는 것이 싫어서요."

단창을 손에 쥔 순간 바르사에게서 살벌한 무인의 냄새가 배어나왔다. 바르사의 삶을 말로 설명하는 것보다 한층 분명하게 드러내는 강렬한 기운이었다. 유카는 잠자코 조카의 말을 따르기로 했다.

바르사는 그날로부터 사흘 동안 유카 고모 곁에서 지냈다. 유카는 지그로가 말한 대로 대단히 영민하고 웬만한 남자보다 배짱도 두둑했다. 환자들은 바르사를 유카의 왕도 학원 시절 친구 딸로 알았고, 전염되는 병일지도 몰라 독방에 격리한 것으로 여겼다.

다행스럽게도 정원사 노인은 말 그대로 유카 고모에게 충실한 사람이라, 고모의 말투에서 말 못할 사정을 감지하고는 아무것도 묻지 않았다. 바르사가 유카의 조카라는 것은 노인만 알 뿐이었다.

"근데 말입니다, 유카 님."

정원사 노인이 목을 긁적이면서 말했다.

"두 분이 눈치 못 채시는 게 이상합니다만, 두 분 무척 닮으셨어요. 웬만하면 남들 앞에서 나란히 계시지 않는 편이 좋겠습니다요."

바르사도 유카도 화들짝 놀랐다. 두 사람 다 여자치곤 외모에 관심이 없는 성격이라, 그 말을 들을 때까지 서로 닮았을 거라고는 생각조차 해본 적이 없었다. 바르사는 정원사에게 감사를 표하고 쓸데없이 남 앞에 나서지 않기로 했다. 어쩐지 마음속 깊이 따뜻한 것이 솟아오르는 기분이었다. 닮은 사람이라니. 이제까지 맛보지 못한 푸근함이었다.

평화로운 나흘 동안, 유카는 생각나는 대로 띄엄띄엄 부모와 지그로의 젊은 시절 이야기를 풀어놓았다. 답례로 바르사는 지그로와 지낸 나날을 들려주었고, 두 사람은 매일 밤이 깊도록 멀어져버린 시간을 뒤쫓으며 세상 떠난 이들을 그리워했다. 바르사에게는 꿈결 같은 나날이었다.

평화는 오래 지속되지 않았다. 유카의 의료원 대문을 들어선 지 닷새째 되던 날, 점심 무렵에 지하 창고에서 라가를 갖고 올라가던 바르사가 발걸음을 멈췄다. 바람결에 말발굽소리가 들려왔기 때문이다. 그것도 꽤 여러 마리가 내는 소리였다.

황급히 창밖을 내다보니 향 쪽에서 기마객이 열 사람이나 달려오고 있었다. 일곱 기는 왼쪽 가슴에 번개신의 왼쪽 귀를 그린 온사 씨족 문장을, 두 기는 오른쪽 가슴에 번개신의 오른쪽 귀를 그린 무사 씨족의 문장을 달고 있었다. 상인처럼 보이는 남자도 섞여 있었다.

'스라 랏살의 옷가게 사람이로구나.'

"바르사!"

유카 고모가 허둥지둥 뛰어 들어왔다.

"경비병이다. 뒷문으로 도망쳐라!"

바르사가 고개를 저었다.

"이 상태에서 도망치는 것은 무리예요. 여기는 절구처럼 생긴 골짜기 밑바닥이라 도망쳐봐야 한눈에 들어오는걸요. 게다가 어떤 이유를 꾸며냈는지도 모르는데, 도망치면 죄가 있다는 걸 인정하는 셈이잖아요?"

유카가 미간을 찌푸렸다.

"그래도 붙잡히면 무슨 짓을 당할지…."

"잡으러 왔다는 건 유그로가 제 정체를 알았다는 뜻이고,

제가 방해가 된다는 의미겠지요. 고모, 저는 유그로의 음모를 알고 싶어요. 그 사건의 이면을. 그러니까 지금은 흘러가는 상황에 맡겨볼게요. 제 능력으로 빠져나갈 수 없게 되면 그때 가서 방법을 찾지요."

바르사가 고모의 어깨에 손을 얹었다.

"나흘 동안 즐거웠어요. 감사드려요. 이제 다시 남남으로 돌아가요."

유카가 단호한 목소리로 말했다.

"무슨 말을 하는 거냐! 말도 안 되는 소리다. 하나뿐인 조카를 내버려두다니."

"고모님."

바르사가 손에 힘을 주었다.

"혼자라면 어떻게든 할 수 있어요. 저에게 고모님 걱정을 시키지 말아달란 뜻이랍니다."

유카가 바르사를 쳐다봤다. 바르사도 지그시 마주 보고 있었다.

"남이라고 해두는 편이 좋아요. 명심해주세요."

유카는 바르사가 말하는 의미를 깨달았다. 그 말대로 지금 이 순간 유카가 바르사를 위해 할 수 있는 일은 없다. 오히려 바르사에게 약점이 될지도 모를 일이다.

말에서 내린 병사들이 두 조로 나뉘더니 단창을 손에 들고 뒷문과 정면을 막아섰다. 대문을 열고 네 남자가 현관으로 다가왔다. 수염이 짙고 체격이 당당한 욘사 씨족 경비병과 놀라울 정도로 거구인 무사 씨족 경비병, 무사 씨족장의 직계임을 나타내는 녹색 머리띠 차림의 젊은 무인, 그리고 키가 크고 피부가 무두질한 가죽 같은 상인이었다. 유카가 굳은 표정으로 현관문을 열었다.

"스사 경비장, 무슨 일로 이 난리인 거죠?"

스사라고 불린 털보는 주먹을 가슴에 대며 유카에게 경의를 표했다.

"유카 님. 소란스럽게 해서 죄송합니다. 이쪽은 무사 씨족의 경비장 도무 씨, 이쪽은 무사 씨족장 카그로 님의 장남인 카무 님입니다. 두 분이 죄인을 쫓아 욘사까지 오셨는데, 아무래도 이 의료원으로 도망친 것 같다는군요."

유카가 흘끗 스사를 쳐다봤다.

"죄인이라고? 도대체 어떤 죄를 지은 사람이지?"

"무사 씨족령의 동굴에 무단으로 침입해 녹백석을 훔친 여자가 이쪽으로 도망쳤다고 합니다."

"그런 말도 안 되는. 그런 사람은 이 의료원에는 없어요."

도무라는 거구의 무인이 한 발짝 앞으로 나와 유카를 내려다봤다.

"그 여자가 당신을 속였을 겁니다. 내부를 수색하겠습니다. 없으면 그걸로 된 거지요. 다만 그 자가 여기 있을 경우 자칫 자극받아 다른 환자를 다치게 하면 곤란하지 않겠습니까? 부디 진정하시고 협력해주셨으면 합니다."

"유카 님, 부탁드립니다. 욘사 씨족의 명예를 걸고, 우리한테는 무사 씨족에게 협력할 의무가 있거든요."

유카는 세 무인의 얼굴을 지그시 바라봤다. 긴장감에 바짝 군은 젊은이 외에는 도무도 스사도 빈틈없는 표정으로 유카의 시선을 받아냈다.

"알았어요. 자, 마음대로 수색해보세요. 다만 중병 환자도 있으니까 조용히 해야 합니다."

그들은 지체하지 않고 재빠르게 의료원을 수색했다. 바르사가 몸을 숨긴 독실에 다다르기까지가 유카에게는 견딜 수 없이 길게 느껴졌다. 마침내 그들이 독실에 이른 순간 유카도 결심했다. 지금은 바르사를 도우려들지 않는 게 낫다. 도울 방법도 없었다. 바르사에게 맡길 수밖에.

"여기는?"

"내 오랜 벗의 딸이 자고 있어요. 원인 모를 두통이 오래 계속되다보니 모친이 여기로 보냈지요."

두터운 나무문이 열리기 직전, 유카는 행여나 바르사가 단창을 들고 덤벼드는 건 아닐까 생각했다. 하지만 병실은 조용했다. 자못 문 열리는 소리에 눈을 뜬 것처럼 바르사가 침대에서 일어났다. 유카는 바르사의 침착한 태도에 내심 혀를 내둘렀다. 표정마저도 너무나 자연스러워, 붙잡힐까 염려하던 기색은 조금도 보이지 않았다.

"무슨 일이죠?"

  바르사가 의아하다는 표정으로 남자들을 바라봤다. 병사들은 방으로 들어가자마자 창문과 방문을 막아서더니 상인을 쳐다봤다. 상인과 바르사의 눈이 마주쳤다. 상인의 얼굴에 일순 긴장이 스쳤다.

"이, 이 여자입니다. 틀림없습니다."

  상인의 말이 채 끝나기도 전에 무인들이 난섬을 뽑았다. 거구 도무가 쩌렁쩌렁 울리는 목소리로 소리쳤다.

"여봐라! 무사 씨족령의 동굴에 무단으로 침입해 보석을 노린 것은 이제 분명히 밝혀졌다. 녹백석에 손대는 건 대죄다! 얌전히 포승을 받아라!"

  바르사는 영문을 모르겠다는 표정으로 흐트러짐 없이 대꾸했다.

"뭐라고요? 무슨 말을 하는 건가요. 그 사람은 확실히 본 적이 있는 사람이긴 하네요. 스라 랏살의 옷장수죠? 하지만 그렇다고 제가 왜 그런 죄를 지은 사람이 되지요?"

도무가 웃었다.

"시치미 떼지 마라. 네가 동굴 속에 있었다는 사실을 두 아이가 증언했다."

바르사는 속으로 한숨을 쉬었다.

'그 아이들, 꽤나 일찍 말해버렸군.'

"예. 말씀하신 대로 동굴에 들어갔어요. 하지만 뭐, 보석을 가지러 들어간 것은 아니에요. 사정이 있어서 신요고 황국에서 무사 씨족령으로 들어와야 했기에 동굴을 거쳤을 따름이에요."

태연자약한 바르사의 말에 스사의 눈빛이 흔들렸다. 의문이 생긴 시선으로 스사는 무사 씨족 두 사람을 쳐다봤다. 도무도 카무도, 스사의 눈길을 피해 바르사를 노려보고만 있었다.

바르사는 양손을 보이는 곳에 두고 느긋하게 일어섰다. 그러고는 도무와 카무에게 날카로운 시선을 돌리면서 은근슬쩍 속마음을 떠봤다.

"대화를 나누자고 손을 내밀기 전에 이런 짓부터 하는군요, 당신들을 보낸 사람은⋯. 뭐, 좋아요. 그러나 내가 여기 온 이유는 무사 씨족장 앞에서 이야기하지요. 욘사 씨족 사람 앞에서 이야기하기는 곤란하잖아요?"

도무와 카무의 얼굴이 순간 빨개졌다. 카무가 처음으로 입을 열었다.

"얌전히 우리를 따라 무사 씨족장 앞에 가서 재판을 받으면 된다. 변명할 것이 있으면 재판 받는 자리에서 말해라. 하지만 명심해라, 아버지는 엄격한 분이시니 아무리 둘러대도 통하지 않을 것이다."

바르사는 얌전히 손을 뒤로 돌려 묶인 채로 방에서 끌려 나갔다. 도무가 오랏줄을 잡았고 카무가 침대 밑에서 바르사의 단창과 짐을 꺼내 들고 뒤를 따랐다. 욘사 씨족의 경비병 스사는 뭔가 석연치 않은 표정이었지만, 그래도 여하튼 법석을 떨지 않고 바르사가 얌전히 붙잡힌 것을 다행이라 여기는 것 같았다.

양쪽 방에서 겁에 질린 표정으로 지켜보는 환자들의 시선이 복도를 걸어가는 바르사에게 쏟아졌다. 현관에서 기다리던 유카에게 바르사는 가볍게 고개를 숙였다.

"유카 씨. 폐를 끼쳐서 죄송해요. 이 사람들은 뭔가 착각하고 있는 거예요. 의심이 풀리면 돌아와서 치료비를 지불할게요."

무슨 말로 용기를 북돋울까 생각하던 유카는 바르사의 눈을 보고 가슴이 서늘해졌다. 손을 뒤로 묶인 채 끌려가면서도 바르사의 눈은 마치 싸움판에 나가는 싸움닭의 눈동자처럼 번쩍였기 때문이다.

3
독 묻은 창끝

바람이 강한 날이다. 경비병들의 캇루 자락이 요란스럽게 펄럭였다. 바르사를 태워가기 위해 자그마한 말 한 마리가 기다리고 있었다. 도무와 카무는 바르사를 묶은 오랏줄의 양 끝을 잡고, 바르사를 사이에 두고 말을 몰았다. 유카의 시선이 등에 와닿았지만 바르사는 뒤돌아보지 않았다.

눈부신 햇살과 바람에 날리는 모래를 가리기 위해 눈을 가늘게 뜨면서, 바르사는 이 상황을 곰곰 생각했다. 잠시 속내를 떠본 결과 도무와 카무는 유그로로부터 어느 정도 사정을 들은 게 분명했다. 그리고 욘사 씨족 경비병들은 아무것도 모른 채 바르사를 그저 도둑으로 여긴다는 것도.

약 30론(약 한 시간)이 걸려 욘사 씨족령과 무사 씨족령의 경계에 이르는 동안 입을 여는 사람은 아무도 없었다. 경계 초소까지 다다르자 스사 경비장이 떨떠름한 표정으로 주위를 둘러봤다.

"마중 나온 병사가 없군요. 괜찮다면 두 기 정도 보내드릴까요?"

도무가 웃으며 손을 내저었다.

"아니, 아닙니다. 호의는 고맙지만 고작 여자 하나 끌고 가는데 무인이 둘 이상 붙는다는 건 무사 씨족의 불명예이지요. 신경 쓰지 않으셔도 됩니다."

카무가 덧붙였다.

"스사 나리, 정말 고마웠습니다. 은혜는 잊지 않겠습니다."

스사는 씨족장 아들의 솔직한 감사에 기분이 나아진 듯했다.

"아니, 당연한 일을 했을 따름입니다. 그럼 조심해서 가십시오."

욘사 병사가 자기네 씨족령으로 사라지자, 도무가 뒤에 우두커니 선 상인을 손짓해 불렀다. 상인은 어떻게든 바르사의 눈을 보지 않으려고 애쓰며 다가왔고, 도무는 그의 손에 은화 몇 닢을 짤랑 떨어뜨렸다.

"수고했다. 네 덕에 죄인을 잡았다. 여기서부터 너는 골짜기로 해 스라 랏살로 돌아가면 된다. 우리는 산길을 이용해 돌아갈 테니까."

상인은 불안한 표정으로 눈을 치켜뜨고 도무를 보며 속삭였다.

"이 여자가 보복하러 오는 일은 없겠지요?"

도무가 빙긋이 웃었다.

"없다. 절대로."

상인이 머리를 조아리고는 허둥지둥 말을 몰아 사라졌다.

"자, 갈까?"

도무가 커다란 손으로 힘껏 바르사의 등을 때렸다. 손을 끌어당기는 동작을 보고 미리 대비하지 않았다면 바르사는 영락없이 말에서 떨어져 땅바닥에 패대기쳐졌을 것이다. 맞기 직전에 살짝 몸을 낮춰 충격을 피했는데도 숨통이 울릴 정도로 아팠다.

"오, 잘 피하는데."

도무가 비웃는 소리가 들려왔다.

"지그로에게 꽤나 얻어맞아 익숙한가 보구나."

얻어맞은 통증보다도 그 말이 더 아팠다. 하지만 바르사의 표정은 흔들리지 않았다. 분노를 표출해서는 안 된다는 것을 직감했기 때문이다.

카무가 등 뒤에서 이를 악물고 있었다. 아무리 존경하는 유그로 숙부의 명령이라 해도, 이런 식으로 사람을 괴롭혀서 덤벼들게 만들고는 그걸 빌미 삼아 죽이는 건 야비한 방법 같았다.

하지만 도무는 오히려 이 상황을 즐기고 있는 것 같았다. 드문드문 나무가 난 바위투성이 길을 따라가면서, 도무는 계속 지그로의 험담을 늘어놓거나 일부러 말을 부딪쳐 바르사를 떨어뜨리려 했다. 그렇지 않아도 바위가 많아 말을 몰기 힘든 곳이다. 낙마하면 큰 부상을 입거나 자칫하다가는 머리를 크게 다칠 수도 있다. 우연찮게 그런 일이 일어나기를 도무가 내심 바라고 있다는 사실을 바르사도 충분히 눈치챈 참이었다.

날이 저물어 나무 그림자가 바위에 길게 드리울 무렵, 세 사람은 맑은 물이 졸졸 흐르는 풀밭에 이르렀다. 바르사는 온몸이 땀에 젖은 채 헐떡였다. 바람이 강하고 대기가 건조해서 목이 따끔거렸다.

"카무 나리, 여기서 조금 쉬었다 갈까요? 죄수도 지친 것 같으니까요."

도무가 바르사를 말에서 내리게 하더니 나무에 건성으로 묶었다. 카무는 들고 있던 바르사의 단창을 그 옆 나무 밑동에 내려놓았다. 두 사람은 맑은 물에 얼굴을 들이박고는 시원스럽게 물을 마셨다. 카무가 가죽 물주머니를 물에 담그자 도무는 의아해하며 쳐다봤다.

"향까지 이제 30론(약 한 시간) 정도입니다. 물은 필요 없지 않을까요?"

"저 여자에게 물을 마시게 하려는 거다."

카무가 대답한 순간 도무가 물주머니를 빼앗아 땅바닥에 내동댕이쳤다.

"뭐하는 겁니까?"

도무는 카무에게 얼굴을 들이댔다.

"카무 나리, 저건 여자가 아닙니다. 우리의 비장한 염원에 방해가 되는 해충이라고요."

카무의 얼굴에 핏대가 섰다.

"벌레가 아니다! 설령 죽이더라도 이런 비열한 방식은 난 싫다!"

바르사는 숨을 고르며 두 사람이 주고받는 대화에 귀를 기울였다. 현기증이 사라지고 시야가 또렷해지자, 느슨한 오랏줄에서 슬쩍 손을 빼 무뎌진 손을 주물렀다.

바르사는 이마의 땀을 닦으면서 마주 보는 남자들에게로 시선을 돌렸다. 화를 내는 카무의 옆얼굴에 문득 지그로의 모습이 겹쳐 보여 가슴이 철렁했다. 그래, 카무가 지그로의 조카지. 새삼 상기하게 된 것이다. 지그로의 가족과 싸우게 되다니, 얼마나 얄궂은 운명의 장난인가. 하지만 이대로 얌전히 죽어줄 수도 없다.

'자, 시작할까.'

바르사는 고개를 한 차례 흔들고는 두 사람에게 들리도록 탁탁 소리를 내며 손을 털었다. 언쟁 중이던 두 사람이 흠칫 놀라며 바르사를 쳐다봤다. 땀범벅이 된 얼굴로 바르사가 웃었다.

"꽤나 성가신 방법을 생각했구나. 여하튼 내가 덤벼들었다는 명분이 필요한 거지? 이대로 덤벼들지도 도망치지도 않으면 어쩔 셈이지?"

도무가 단창으로 손바닥을 탕탕 쳤다.

"뭐, 결과는 마찬가지지. 덤벼든 걸로 하면 그만이다. 우리 말고는 보는 사람도 없으니까. 나는 빨리빨리 해치우고 싶은데 여기 씨족장님 아드님의 기분을 배려해드렸을 뿐이다."

카무가 깜짝 놀란 표정으로 도무를 쳐다봤다.

"내 기분을 생각해준 거라고?"

"그럼요. 유그로 님은 카무 님에 대해 아주 잘 아시죠. 뭐, 아직 젊으시니까 어쩔 수 없지만. 카무 나리, 건방진 설교를 해드리자면, 중요한 목적이 있을 때는 손에 피 묻히는 걸 주저해서는 안 됩니다."

카무는 이를 악물더니 내뱉었다.

"내가 생각한 건 그런 게 아니다! 설령 죽이더라도 저 여자에게 창을 쥐어주고 정정당당하게 승부를 겨루는 게 옳다는 말이다! 명예롭게 죽게 해줘야 한다."

바르사가 머리를 쓸어올렸다.

"카무 나리는 어쩜. 거기 덩치 큰 녀석보단 한결 제대로 된 인간 같지만, 그래도 한 가지 엄청난 착각을 하고 있구나."

바르사가 지그시 카무를 응시했다.

"정당한 승부든 뭐든, 살해당한 자에게 명예 따위는 아무 상관이 없다. 그건 사람을 죽인 자의 변명에 불과하지. 네 숙부 지그로는 그걸 잘 알고 있었다."

그리고 도무를 올려다봤다.

"어이, 거기 덩치. 무사히 유그로 있는 데까지 갈 수 있다면 참으려고 했는데, 어차피 여기서 죽일 생각인 것 같으니 참을 필요도 없겠구나."

도무의 입술이 비뚤어지며 비열한 웃음이 떠올랐다.

"그래? 먼저 덤벼줄 테냐? 거 고맙군. 카무 나리, 잘됐군요. 나리가 좋아하는 정당한 승부가 될 것 같습니다."

바르사가 웃었다.

"누가 싸운다고 했지?"

그러고는 단창을 줍더니 얼른 나무숲 뒤로 뛰어 들어가버렸다. 도무의 얼굴에 핏대가 섰다.

"아니 이게…."

도무가 당황하며 바르사의 뒤를 쫓아 숲으로 달려갔다. 그 순간 뭔가가 꿈틀거리며 공중을 날아 도무의 눈을 때렸다. 찰싹 소리와 함께 도무가 신음하며 펄쩍 뛰어올랐다. 도무의 눈을 때린 것은 바르사를 묶고 있던 오랏줄이었다.

카무의 시야에 숲에서 튀어나오는 바르사의 모습이 잡혔다. 도무도 예상한 일이기에 창을 겨누려 했지만 바르사가 훨씬 빨랐다. 바르사는 창을 반 바퀴 돌려 도무의 창을 당기듯 쳐내더니, 그대로 손바닥을 굴려 창끝으로 도무의 코를 내리쳤다. 코뼈 부러지는 소리가 와작 나며 도무는 뒤로 쓰러졌다.

하지만 도무도 알아주는 무인이었다. 그냥 쓰러질 인물은 아니다. 커다란 덩치답지 않게 아주 기민한 동작으로, 쓰러지면서도 창을 옆으로 내뻗었다. 재빨리 공중으로 뛰어올라 몸을 피한 바르사는 허공에 뜬 채로 체중을 실어 도무의 어깨에 창을 꽂았다. 어깨를 깊숙이 찔린 도무가 큰 소리로 비명을 질렀다.

바르사는 눈썹 하나 까딱하지 않고 도무의 팔을 밟고는 창을 뽑았다. 카무는 얼어붙은 듯 꼼짝도 하지 못하고 싸움을 보고 있었다. 도무가 이렇게까지 일방적으로 당하는 건 처음 본 데다, 본인은 그동안 훈련만 했을 뿐 실전은 처음이기도 했다. 카무는 바르사가 도무의 숨통을 끊지 않았다는 사실조차 깨달을 여유가 없었다. 극심한 통증으로 땅바닥을 구르며 괴로워하는 도무 곁을 떠나, 바르사는 카무를 향했다.

"자, 어떻게 할까? 해볼 테냐?"

카무는 이를 악물고 바르사에게 창을 겨누긴 했지만 무릎이 와들와들 떨리는 걸 숨길 수는 없었다. 바르사는 고개를 끄덕이더니 종종걸음으로 간격을 좁히기 시작했다.

카무가 스스로 용기를 끌어올리기 위해 뱃속부터 기합을 넣는 순간, 바르사 뒤쪽에 널부러져 있던 도무가 바르사를 향해 창을 던졌다. 아무리 바르사라 해도 미처 예상하지 못한 일이었다. 도무가 왼팔로 던진 창은 바르사가 피하는 순간 카무에게 날아갈 것이었다. 그렇게 위험한 일을 저지르리라고는 생각지 않았던 것이다. 그런 이유로 등쪽에 살기를 느낀 순간에도 살짝 몸을 비트는 게 고작이었다. 도무의 창이 바르사의 어깨를 스치면서 힘을 잃자, 카무가 간신히 자기 창으로 쳐 떨어뜨렸다. 도무의 비웃음이 들렸다.

"넌 이걸로 끝장이다. 토갈 독을 발라둔 창이란 말이란 말이지."

아니나 다를까, 바르사의 찢어진 어깨 언저리가 묘하게 저리기 시작했다. 도무의 말이 사실이었다. 더는 여유를 부릴 수가 없었다. 바르사는 단창을 거머쥐고 카무를 향해 재빨리 다가갔다. 카무가 깜짝 놀라 바르사의 창을 쳐내며 빠져나가려 했으나, 바르사가 틈을 놓치지 않고 창으로 힘껏 그의 명치를 내리쳤다.

실이 툭 끊어지듯 카무는 땅바닥으로 무너져내렸다. 정신을 잃은 것이다. 바르사는 뒤돌아보지 않고 얕은 강을 저벅저벅 건너 바위산으로 뛰어 들어갔다.

해는 이미 저물었지만 아직은 푸르스름한 빛이 남아 있었다. 어깨 상처로부터 등을 지나 가슴에까지 마비가 퍼졌다. 피에 섞여 조금이라도 독이 흘러나가기를 바라며 지혈도 하지 않은 채, 바르사는 쉬지 않고 바위산을 올랐다. 그나마 남아 있던 빛도 사라지고 산은 이윽고 밤의 어둠에 파묻혔다. 이따금 바르사의 기척에 놀란 칸발 염소들이 발굽소리를 울리며 도망치는 것 외에는 적막하기 그지없었다.

곧 발까지 마비가 퍼져 뻣뻣해졌다. 한쪽 발을 바위에 올려놓는 순간 온몸이 주르륵 미끄러졌다. 아차 싶었으나 몸을 빼낼 수가 없어, 바르사는 바위 사이에 끼인 채로 무력하게 쓰러지고 말았다. 한쪽 바위에 옆구리를 기댄 채 정신을 잃은 것이다.

4
족제비를 쫓는 사냥꾼 티티란

'방심하지 말라고 그토록 일렀거늘. 쓰러뜨렸다고 생각해도 절대 적에게 등을 보이지 마라!'

지그로가 귓전에서 호통치는 소리에 바르사는 화들짝 눈을 떴다. 세상이 온통 부옇게 보였다. 몸통이 단단한 물건 사이에 낀 느낌이었다.

서서히 의식이 돌아오자 비로소 어디에 있는지 생각이 났다. 바위 사이로 미끄러져 그 자세 그대로 누워 있는 것 같았다. 마비는 여전했지만 분명 살아 있는 것을 보니 고맙게도 독은 치사량엔 못 미쳤던 모양이다.

바르사는 몸에 깔린 오른손을 천천히 움직였다. 그럭저럭 움직일 만했다. 거친 숨을 내쉬면서 바르사는 버거운 몸을 일으켰다. 그러고서 바위에 등을 기대고는 제대로 말을 듣지 않는 다리를 끌어당겼다. 호흡이 가빴다. 울퉁불퉁한 바위 능선이 희부옇게 빛났다. 달이 뜬 것이리라.

왠지 세상이 이상했다. 독 때문일까. 희미한 달빛뿐인데도 세상이 유난스레 밝고 또렷했다. 이따금 들쥐인가 싶은 무언가의 달음질 소리가 들렸고, 그걸 쫓아 내려앉는 올빼미의 날갯짓소리도 났다.

'자, 이제 어쩐다?'

달빛 아래 빛나는 신비로운 세상을 바라보며 궁리하기 시작했다. 붙잡혔을 때만 해도 유그로 앞에만 갈 수 있다면 끌려가볼 생각이었다.

'너무 방심했어.'

생각해보면 유그로가 아무리 사소할지라도 영웅의 가면이 벗겨질지 모르는 위험을 무릅쓸 리가 없다. 앞으로도 바르사에게 변명할 기회 같은 건 주지 않을 것이다. 오히려 어떻게든 그럴 듯한 이유를 붙여 없애려들 게 분명하다.

권력을 쥔 자는 강하다. 지겹도록 겪어온 사실이다. 실력이 있다 해도 권력을 손에 쥔 유그로를 혼자 힘으로 응징할 방법은 없다. 그럴 수 있다면 지그로도 아버지도, 그리고 자기 자신도, 이런 삶을 살지는 않았을 것이다.

'할 수 있는 게 겨우 당하지 않기 위해 도망치는 것뿐인가.'

지그로와 함께 도피해온 긴 세월, 놈들의 생각대로 살해당하지 않고 살아남는 것만이 유일한 저항이었다.

'얼마나 보잘것없는 인생인가?'

사무치는 슬픔에 가슴이 뻐근해졌다.

'생명을 낳지도 않고 뭔가를 만든 것도 아니고, 그저 올빼미한테서 도망치는 들쥐처럼 오로지 살아남기 위해 살다니.'

그 순간이었다. 바르사의 예리한 눈에 건너편 바위 뒤에서 자그마한 빛이 포착됐다.

'반딧불이인가.'

처음엔 그런 생각이 들었지만 이 추운 계절에, 게다가 물가도 없는 바위산에 반딧불이가 있을 리 없다. 푸른빛이 빠른 속도로 잔광의 꼬리를 남기며 사르륵 미끄러지기 시작했다. 팔짝거리는 듯, 통통 튀는 듯, 바위에 올라갔나 싶으면 이미 다른 바위로 옮겨가 있었다. 문득 어릴 적 어머니가 해준 옛날이야기가 뇌리에 떠올랐다.

"달이 아름다운 밤에는 절대 바위 많은 곳에 가지 말거라. '족제비를 쫓는 사냥꾼' 티티란이 사냥에 나설 테니까. 티티란은 작지만 무섭지. 사냥을 방해하면 저주를 내려 광기에 사로잡히게 된단다."

'설마.'

유심히 보니 움직이는 빛은 이쪽저쪽에 몇 개나 있었다. 바르사는 기척을 죽인 채 가만히 주시했다. 다른 때 같으면 어두워서 보이지 않을 광경이 독에 취한 지금은 또렷하게 보였다. 꿈처럼 신비로운 광경이었다.

맞은편 바위에 자그마한 족제비가 있었다. 매끄러운 털이 달빛 아래 성에처럼 빛을 발했다. 족제비의 등에는 아주 자그마한 사람이 타고 있었다. 오른손에는 길고 가는 창을 들고 왼손으로는 등불의 긴 손잡이를 잡고 있었다. 정신을 집중해가며 다시 보니 긴 손잡이로 보인 것은 꽃 줄기였다. 그 끝에 달린 꽃에 대체 뭐가 들었는지, 꽃 전체가 은은히 빛났다.

잠시 바람의 흐름으로 냄새를 잡는 듯 족제비도 난장이도 고개를 쳐들었다. 그들이 사람 냄새를 맡지 못하기를 바랄 뿐이다. 족제비와 난장이는 동시에 먹잇감을 발견한 듯했다. 바짝 긴장하는 기색이었다. 잠시 뒤에 푸른빛에 이끌린 풍뎅이가 그들 쪽으로 날아들었다. 그러자 사냥꾼의 창이 눈에 잡히지도 않을 만큼 빠른 속도로 풍뎅이를 꿰뚫었다. 그러나 티티란에게 풍뎅이는 너무 큰 포획물이었다. 몸의 절반에 달하는 풍뎅이가 발버둥치자 티티란은 이를 붙잡아두려고 기를 쓰는 기색이었다. 그때 희미한 날개 소리가 다가오는 듯했다. 바르사는 얼른 시선을 하늘로 옮겼다. 올빼미가 티티란을 노리고 쉬익 소리를 내며 내려오는 중이었다.

생각할 틈도 없었다. 바르사는 손에 잡힌 돌멩이를 집어 올빼미를 향해 던졌다. 제대로 맞추지는 못했지만 올빼미는 놀라 날아가버렸고, 그 날갯짓 소리에 티티란과 족제비도 올빼미의 존재를 알아차린 것 같았다. 순식간에 티티란이 바위 아래로 사라졌다.

바르사는 깊이 한숨을 내쉬었다. 지금 본 것이 실제일까, 아니면 독 때문에 생긴 환영일까?

열이 나는 것 같았다. 오한도 나는지 몹시 추웠다. 그렇다고 불을 피울 수는 없다. 하다못해 캇루라도 있으면 좋으련만. 땀을 흘린 만큼 밤의 냉기가 전신에 파고들었다. 바르사는 주르르 미끄러져 흙바닥에 몸을 뉘었다.

꾸벅꾸벅 졸았을까? 희미한 기척에 다시 눈을 떴다. 살기는 아니어서 벌떡 일어날 필요는 없었다. 슬그머니 눈을 뜨자 눈앞에 푸른빛이 보였다. 아주 자그마한 얼굴과 함께.

하얀 머리에 눈이 빨간 소년이 바르사를 가만히 들여다보고 있었다. 손바닥에 쏙 들어갈 정도로 작았지만, 균형이 잘 잡힌 아름다운 얼굴이었다. 희한한 옷을 입고 있었는데, 얼핏 보아선 풀로 짠 직물에 곤충 날개로 만든 옷 같았다. 벌레가 우는 것처럼 가느다란 목소리가 들려왔다.

"'커다란 사냥꾼' 투란이여."

칸발이었다. 바르사가 눈을 깜박여 듣고 있다고 신호했다. 말을 했다간 작은 얼굴이 놀라서 사라져버릴 것만 같았다.

"목숨을 구해줘서 고맙구나. 티티란은 생명의 은인에게 반드시 은혜를 갚는다. 그대의 생명을 구할 기회가 있을 것이다."

티티란의 시선이 바르사의 상처에 머물다가 돌아왔다.

"토갈 냄새로구나. '커다란 형제' 투칼이 독수리와 싸울 때 사용하는 독이다. 그들에게 해독제가 있으니 데려오지."

바르사가 고개를 저었다. 그리고 가능한 한 작게 속삭였다.

"마음은 고맙지만 나는 투란에게 쫓기는 몸이다. 그들을 부르지 않는 게 좋겠다."

티티란이 빙그레 웃었다.

"커다란 사냥꾼 투란이 아니라 커다란 형제 투칼을 부르겠다고 한 것이다."

티티란은 그렇게 말하고서 몇 발짝 물러났다. 그러고는 손가락을 입에 대더니 '휘이' 하고 손피리를 불었다. 저 멀리 어딘가의 바위 뒤에서 비슷한 소리가 응답했고, 마치 전령을 보내듯 멀리까지 손피리 소리가 꼬리를 물고 울렸다.

조금 뒤, 티티란의 소리보다 큰 휘파람소리가 돌아왔다. 그리고 몇몇이 겹친 발자국소리도 들리기 시작했다. 바르사는 몽롱하게 열에 달뜬 가운데 누군가가 자기를 들여다보고 있다고 느꼈다. 체구가 어린아이 정도인 노인이었다.

　'아아, 목동이로구나.'

　어릴 적에 함께 바위산에 올라 어울려 놀던 목동 소년을 떠올렸다.

　"족제비를 쫓는 사냥꾼 티티란이여."

　노인의 속삭임이 들렸다.

　"손피리 소리를 듣고 왔다만, 이 사람은 누구냐?"

　티티란이 대답했다.

　"모른다. 하지만 올빼미의 공격에서 나를 구해준 이다. 살려주고 싶구나. 토갈에 당한 듯하다. 쫓기고 있다는 말도 했다."

　상처에 조심스럽게 손이 닿는 느낌이 있었다.

　"아아, 토갈 냄새다. 그리고 쇠 냄새가 난다. 창으로 당했구나. '자그마한 형제' 치루칼이여, 이 사람은 우리가 맡겠다. 달이 아름다울 때 사냥을 계속하라."

　"감사하오, 커다란 형제 투칼이여. 그대의 염소들이 건강하게 바위산을 누리기를!"

그 목소리를 마지막으로 바르사는 다시 정신을 잃었다. 그리고 전신에 독이 퍼져 열이 오른 상태에서 꿈속을 오갔다.

바르사는 스물네 살로 돌아가 죽어가는 지그로를 지켜보고 있었다. 병에 정기를 빼앗긴 지그로의 얼굴은 야위고 초췌했다. 그것이 견딜 수 없이 괴로웠다. 한평생 자기를 위해 희생한 사람의 최후가 고통스런 병이라니, 가혹한 일이었다.

바르사는 눈을 감은 지그로의 귓가에 절박한 목소리로 말했다.

"아버지, 아버지가 지은 죄는 내가 갚을 테니 안심하고 잠드세요. 내가 기필코 여덟 명을 살리고 속죄할게!"

그러자 지그로는 마지막 남은 기운을 모아 힘겹게 눈을 뜨고 바라봤다.

"사람을 구하는 건 사람을 죽이는 것보다 어렵다. 잘난 척할 일이 아니다."

지그로의 입가에 엷은 미소가 번졌다.

"나는 위대한 유사 산맥의 지하로 들어가 스스로 속죄할 것이다."

바르사는 지그로의 손을 꽉 쥐고는 이를 악물었다. 지그로가 손에 힘을 주어 바르사의 손길에 화답했다.

"바르사, 나는 꿈을 꾸면서 생각했다. 내가 어딘가에서 다른 길을 선택했다면 좀 더 나은 인생이 펼쳐졌을까 하고."

바르사의 놀란 표정에 지그로의 눈이 웃음기를 머금으며 가늘어졌다.

"답은 말이다, 다시 소년시절로 돌아가 새 삶의 기회를 얻는다 해도 나는 분명 같은 길을 걸었으리라는 것이다. 나는 반드시 선택할 수밖에 없는 길을 선택해서 살아왔다. 후회하지 않는다."

지그로의 손에 더욱 힘이 들어갔다.

"단 하나 후회가 있다면, 그것은 너를 자유롭게 해주지 못했다는 것이다. 네 안에 담긴 무거운 내 그림자를 지울 수 없었다는 것이지."

바르사가 맞잡은 지그로의 손에 다른 손을 포갰다.

"그건 내가 알아서, 스스로 노력할게."

지그로의 미소가 깊어졌다.

"어릴 적부터 네 안에는 억누를 수 없는 분노가 있었다. 그 분노가 네게 구원이기도 하고 저주이기도 했지. 언젠가 그 분노를 극복한다면 비로소 편해질 게다."

바르사는 흔들흔들 몸이 들린 채 땅 밑으로 내려가는 꿈을 꾸었다. 여기저기서 소근대는 속삭임이 들렸고, 쓰디쓴 물이 입으로 들어왔다. 그 물이 목을 타고 내려가 몸으로 스미면서 차츰 몸이 가벼워지는 느낌이 들었다.

싸늘한 새벽녘, 괴괴한 기운 속에서 바르사가 눈을 떴다. 사위가 어두웠지만 왼쪽 바위 틈새로 하늘이 보였다. 부옇게 밝아오는 여명. 지켜보고 있으려니 마음이 투명할 정도로 맑아지는 것 같았다.

'정면돌파다.'

바르사가 중얼거렸다. 올빼미의 발톱에서 도망칠 것이 아니라, 발톱 위로 올라가 올빼미의 목을 물어뜯자. 그래야 비로소 올빼미도 들쥐의 고통을 깨달을 것이다.

'그럴 듯한 이유 따위는 없다. 단지 내 고통에 대해 복수하고 싶을 뿐이다.'

쓰디쓴 웃음이 새어 나왔다. 이제야 확실히 깨달았다. 그런 유치한, 하지만 억누를 길이 없는 혼자만의 기분에 끝까지 장단을 맞추기로 하자. 그리고 정면돌파 뒤에 무엇이 남는지 한번 보자.

여기까지 생각한 뒤 바르사는 깊은 잠으로, 꿈도 없는 깊은 잠으로 빠져들었다.

제3장

산왕의
백성

1
왕의 사신

  씨족장의 장남 카무와 경비장 도무가 심한 부상을 입고 돌아왔다는 소문이 순식간에 향에 퍼졌다. 스라 랏살의 옷장수가 겁에 질려 소문을 퍼뜨린 터라, 씨족장 카그로는 더 이상 이야기가 확대되지 않도록 막기 위해 무인들을 모아들였다.

  캇사도 단창을 지닌 남자인 만큼 연회실 구석 자리에 앉아 있었다. 어른들이 웅성거리는 가운데 캇사는 눈으로 사촌형 카무를 찾았다. 마침내 형을 발견하고서 캇사는 흠칫 놀라고 말았다. 상처는 늑골에 금이 간 정도인 듯 배에 넓은 가죽띠를 둘러 맸을 뿐이지만, 카무는 홀쭉하게 야위었을 뿐 아니라 전혀 딴사람처럼 표정이 어두웠다. 도무는 보이지도 않았다.

  카그로가 돌바닥에 지팡이를 탕탕 두드려 소란을 가라앉혔다. 술렁이던 사람들이 한순간에 입을 다물고 카그로를 향해 시선을 집중했다. 카그로의 낮은 목소리가 듣기 좋게 울려퍼졌다.

"무사의 무인들이여. 이미 들었듯이 우리 씨족의 명예와 관련된 중대 사태가 발생했다. 자세한 사정을 유그로가 설명할 것이다."

유그로가 한 발짝 앞으로 나섰다. 좁은 창으로 들어오는 빛이 유그로의 몸을 지나갔다.

"무사의 무인들이여, 서른 살이 넘은 자라면 누구나 기억할 오래된 망령이 또다시 무사에 나타났다. 일찍이 내 손으로 처치한 그 망령이."

연회실 전체가 다시 술렁이기 시작했다. 캇사는 아버지의 얼굴이 눈에 띄게 굳는 것을 지켜봤다.

"그렇다. 씨족장 님도 나도 형제로서 늘 수치로 여긴 사내다. 칸발에서 가장 비열한 이, 바로 지그로의 망령이다."

유그로가 한숨을 쉬었다.

"지그로가 왕가와 씨족의 유대를 상징하는 왕의 창 금고리를 훔쳐 도망쳤을 때, 나는 막 열여섯이 되었다. 아버지는 병으로 돌아가시고 형 카그로가 안타까운 사고로 오른팔을 잃은 상태였다. 그런 불행이 겹치지 않았다면, 내가 만약 스무 살을 넘긴 청년이었다면, 칸발의 여덟 씨족에서 가장 돋보이던 젊은이들이 무참하게 죽는 일은 없었을 것이다.

지그로는 확실히 강했다. 무시무시했다. 마지막으로 창을 맞댄 내가 가장 잘 안다. 하지만 마음이 썩어 있었다. 그렇기 때문에 나는 피를 나눈 형이라도 주저하지 않고 죽일 수 있었다."

모두가 적막에 휩싸였다. 나이 많은 남자들은 수치심을 견디며 살았던 당시 일을 떠올렸고, 그 치욕을 씻어내고 눈부신 영웅이 되어 돌아온 유그로의 그 시절 모습을 새삼 자랑스럽게 회상하고 있었다. 젊은이들도 이미 잘 아는 이야기였지만, 이렇게 유그로의 입을 통해 직접 듣기는 처음이었다. 모두가 빨려들듯 귀를 기울였다.

"지금껏 누구에게도 말한 적이 없다만, 내가 지그로와 싸울 때 그 자리에 한 사람이 있었다. 스물두셋 정도 된 처녀였다. 나는 지그로가 명예롭게 세상을 떠나도록 정당하게 승부를 가렸지만, 처녀는 이 모든 과정을 지켜보다가 지그로가 살해당하자 나를 저주했다."

가슴에 찌르르한 통증이 왔다. 카무는 부러진 늑골 언저리를 문질렀다.

'정당한 승부든 뭐든 살해당한 자에게 명예 따위는 아무

상관 없다. 그건 사람을 죽인 자의 변명에 불과하지. 네 숙부 지그로는 그걸 잘 알고 있었다.'

"정당한 일 앞에서도 여자라는 족속은."

유그로가 음흉하게 미소 지었다.

"그것을 알지 못한다. 모두들 경험이 있겠지만."

남자들 사이에 잔물결처럼 웃음소리가 퍼졌다. 하지만 카무는 웃을 수가 없었다. 창을 거머쥐고 섰던 그 여자의 모습은 지금 숙부가 웃음거리로 삼은 모습과는 거리가 멀었기 때문이다.

"여하튼 그 여자는 나를 저주했다. 언젠가 반드시 나를 조롱거리로 만들어 보이겠다며. 내 명예를 짓밟아 보이겠다며. 그러나 나는 신경 쓰지 않았다. 까마득히 잊고 있었던 것이다. 그런데 급기야 그 여자가 실제로 나타났다. 우연한 기회에 알게 된 사실이다. 톤노, 캇사!"

유그로가 갑작스럽게 호명하는 바람에 캇사는 자리에서 벌떡 일어섰다. 아버지가 캇사에게 손짓을 했고, 두 사람은 앞으로 나가 유그로 곁에 섰다. 모두가 몹시 궁금하다는 듯 흥미진진한 표정으로 바라보고 있었다. 당황한 캇사는 어떻게 유그로 옆까지 갔는지도 기억나지 않았다. 유그로가 캇사의 어깨에 손을 얹었다. 커다랗고 묵직한 손이었다.

"모두 잘 알 것이다. 이 캇사와 여동생 지나는 내 누이의 자식들이다. 제 엄마를 닮아 배짱 좋은 녀석들이다."

캇사 또래 소년들 사이에서 웃음소리가 새어 나왔다.

"그 지나가 내 아들의 코를 납작하게 해주려고 담력 시험 삼아 동굴에 들어갔다. 그리고 오빠인 캇사가 지나를 구하려고 뒤따라 들어갔다. 거기서 두 아이가 그 여자를 만났다고 한다. 여자는 신요고 황국 쪽에서 동굴 속을 걸어온 참이었다."

캇사는 깜짝 놀랐다. 유그로의 말에 거짓은 없지만, 어둠의 수호자 효울에게 당할 뻔한 자기들을 여자가 구해주었다는 부분이 빠졌다. 그게 가장 중요한 부분인데. 캇사가 황급히 입을 열려는 순간, 어깨에 얹힌 유그로의 손에 힘이 들어갔다. 유그로의 눈빛은 어른들의 이야기에 쓸데없는 말을 더 하지 말라는 듯했다. 캇사가 도움을 청하듯 아버지를 돌아봤지만, 아버지도 살짝 고개를 저을 뿐이었다.

"여자는 캇사와 지나에게 자기를 속죄 수행자라고 말했다. 동굴에서 만난 것을 비밀로 해달라고 부탁한 듯하다. 하지만 아직 어리다고 해도 캇사는 역시 무사 씨족의 무인, 동굴 안쪽에 나타난 타지 사람을 보고 위험하다 느꼈기에 곧장 우리에게 알려주었다. 나는 귀한 정보에 대해 포상을 내렸다. 그러면서 당부했다. 백성들 사이에 말이 퍼질 것을 염려해 녹백석을 주운 것으로 하라고 일러둔 것이다."

캇사는 어안이 벙벙해 아무 말도 할 수가 없었다. 나쁜 꿈을 꾸는 기분이었다. 이것이 어른의 깊은 생각인 것일까? 유그로의 입에서 나오는 말은 사실과는 거리가 있었다. 참으로 교묘하게 지어낸 이야기였다. 하지만 그게 아니라고 말할 수가 없었다. 이 많은 어른들이 모두 자기만 쳐다보고 있으니 그 눈빛들이 사뭇 무서웠고, 유그로 님에게 뭔가 깊은 생각이 있으리란 짐작에 방해해서는 안 될 것 같다는 느낌이 들었기 때문이다.

"이번 일로 나는 캇사를 다시 봤다. 아직 몸집은 작지만 배짱 두둑하고 영민한 아이다."

유그로가 캇사에게 미소를 던졌다. 캇사는 마지못해 미소로 답했다. 자리로 돌아가라는 유그로의 손짓에 캇사는 떨리는 몸으로 남자들 사이를 빠져나갔다. 돌아가는 동안 잘했다고 어깨를 두드리는 어른도 있었지만, 정신이 없어 일일이 인사할 수가 없었다.

"여하튼 이렇게 해서 그 여자가 속죄 수행자로 변장하고 칸발에 잠입한 것을 알았기에, 나는 즉각 카무와 도무에게 여자의 뒤를 쫓으라고 지시했다. 두 사람은 욘사 씨족령에 숨어 있던 여자를 찾아냈다. 그것이 어제 일어난 일이다."

유그로가 카무에게 손짓했다. 이에 카무가 그 옆으로 다가섰다.

"모두들 잘 알듯이 카무와 도무는 일류 창술사다. 카무는 아직 젊지만 머지않아 일류가 될 수준에 와 있다. 그래서 나는 안심하고 둘을 보냈는데."

유그로는 한숨을 쉬며 카무를 한번 쳐다본 뒤 사람들에게로 시선을 돌렸다.

"아무래도 이리처럼 교활한 여자인 것 같다. 바위산으로 접어들었을 때 일부러 말에서 떨어져서는 부상당한 시늉을 했다고 한다. 그래서 도무가 놀라 봐주려고 했는데, 여자가 느닷없이 도무와 카무의 말을 위협했다. 그 바람에 도무는 낙마해서 코뼈가 부러지고 카무는 늑골에 금이 갔다. 도무가 여자를 붙잡으려 했지만 도리어 여자가 도무의 어깨를 창으로 찌르고 도망쳤다. 그렇지, 카무?"

카무는 새파랗게 질린 얼굴로 숙부를 올려다보았다. 구역질이 날 것 같은 거짓말에는 이제 넌덜머리가 났다. 어린 시절부터 숙부를 존경해온 터다. 중요한 일 앞에서는 거짓말을 할 필요가 있다는 것도 안다. 하지만 올곧은 카무로서는 이런 식으로 거짓 위에 거짓을 덧칠하는 것이 견딜 수 없었다.

유그로의 눈매가 가늘어졌다. 카무의 망설임을 민감하게 감지한 것이리라. 이런 데는 무서울 정도로 예민한 자였다.

"네가 아무것도 하지 않았다고 책망하려는 게 아니다."

부드러운 어조로 유그로가 말했다.

"너는 아직 젊어서 경험을 더 쌓아야 하고, 늑골에 금이 가 많이 아팠겠지. 그러니까 코뼈가 부러진 채로 싸운 도무를 돕지 못했다고 해서, 여자가 도망치게 놔두었다고 해서 부끄러워할 필요는 없다."

카무는 어안이 벙벙해 숙부를 쳐다봤다. 그리고 옆에 선 아버지의 얼굴도. 아버지는 아들의 행동을 수치스러워하며 인상을 찡그리고 있었다.

"그렇지 않아요! 그건 도무가…."

막 입을 열려는 카무를 아버지 카그로가 가로막았다.

"부끄러운 줄 알아라, 카무! 이 자리에 없는 도무를 핑계 삼으려는 게냐!"

깜짝 놀라지 않을 수가 없었다. 도무의 부상이 심한 건 사실이지만 이 자리에 못 나올 정도는 아니다. 숙부 유그로가 도무에게 연회실에는 오지 않아도 좋다고, 푹 쉬라고 일렀다는 말을 들은 바 있다.

카무는 이를 악물었다. 자기도 모르는 사이에 주위를 감싼 새끼줄이 갑자기 좁아지는 것 같았다. 불안했다. 무슨 말을 해도 변명으로밖에 들리지 않을 것이다. 잠자코 있는 것 말고는 도리가 없다.

"형님, 카무는 아직 젊지 않습니까. 화내지 마시지요."

유그로가 온화하게 말하더니 남자들 쪽으로 돌아섰다.

"이야기가 장황해졌다만, 여하튼 이런 사정으로 무사 씨족령에 그 여자가 숨어 다니는 것은 분명하다. 캇루도 짐도 없는 상태로 도망쳤다고 하니 이 계절에 그리 오래 견디지는 못할 테지만, 실력 뛰어난 무인 50명을 선발해 여자를 잡는 게 좋겠다. 목동들에게도 협력하라 할 것이다."

유그로가 여유로운 미소와 함께 덧붙였다.

"모두에게 말해두겠다. 그 여자의 교활함과 창술 실력을 얕봐서는 곤란하다. 나에 대한 모함과 책략 역시 교묘할 터, 넘어가지 않기를 바란다."

사람들이 소리 내 웃었다. 그 웃음소리가 채 멎기도 전에 높고 긴 뿔피리 소리가 울려퍼졌다. 일순 연회실에 침묵이 흘렀다. 곧이어 술렁이는 소리가 파도처럼 퍼졌다. 뿔피리 소리는 칸발 왕의 사신을 알리는 신호였기 때문이다.

이윽고 문 두드리는 소리가 나고 문지기가 문을 열었다. 무인 두 사람이 연회실로 들어서자 남자들은 숨소리를 죽였다. 방문자는 칸발 왕의 사신임을 나타내는 보랏빛 망토를 걸치고, 은실로 짠 머리띠를 두르고 있었다. 그리고 유그로와 카그로를 향해 무두질한 염소 가죽을 말아 밀랍으로 봉한 편지를 들어 보였다.

"무사 씨족, 카그로 무사 님과 유그로 무사 님, 인사 올립니다."

사신이 맑게 울리는 목소리로 말했다.

"칸발 왕께서 유그로 무사 님께 보내는 긴급 전갈입니다."

남자들이 숨을 멈추고 지켜보는 가운데 사신이 앞으로 나가 유그로에게 편지를 건넸다. 유그로는 절을 한 번 하고 편지를 받아 그 자리에서 봉인을 찢었다. 말없이 편지를 다 읽은 유그로가 사신에게로 시선을 돌렸다.

"먼 길 오시느라 고생 많으셨습니다. 확실하게 잘 받았습니다. 곧 준비해서 모레에는 왕도로 떠날 터이니, 그때까지 관사에서 편히 쉬시기 바랍니다."

유그로가 종자 젊은이에게 신호하자 젊은이가 앞장서 사신들을 데리고 연회실에서 나갔다. 유그로는 다시 한 번 사람들을 향해 말했다.

"씨족 남자들이여, 왕의 전갈이다. '산속 지하로 통하는 문'이 열렸다."

모두가 약속이라도 한 듯 한순간에 호흡을 멈췄다.

왕도의 성 안쪽에는 바위산과 동굴이 있다. 그 동굴에는 자연이 만든 바위 문이 있고, 그 문은 안쪽에서만 열린다. '산속 지하로 통하는 문'이 열렸다는 것은 곧 산왕이 올겨울에 '루이샤 증정 의식'을 거행한다는 뜻이다.

가장 최근에 루이샤 증정 의식이 치러진 것은 이미 35년 전의 일이다. 이 자리에 모인 남자들 중에서 그 의식을 기억하는 사람은 절반도 되지 않았다. 사람들은 환호성을 질렀다. 드디어 의식이 거행되는 것이다.

루이샤 증정 의식의 주기는 간혹 조금씩 달라질 때도 있지만 대개 20년 정도였다. 그런데 마지막 의식을 치르고 나서 20년이 지나고 30년이 지나도 다음 의식과 관련된 아무런 기미가 보이지 않아, 칸발 사람들은 형편도 기울고 불안해지기도 했던 것이다.

마지막 의식에 참가한 지그로가 왕과 '왕의 창'의 유대를 의미하는 금고리를 훔쳐 나라 밖으로 달아나는 도저히 믿을 수 없는 배신을 저질렀기 때문에, 사람들은 산왕과의 신성한 관계도 부정을 탄 거라고 쑥덕이곤 했다. 하지만 아무리 불안해 한들 소용없었다. 청광석 루이샤는 산왕이 마음 내킬 때 선사하는 보석이다. 산왕이 움직이지 않는 한 칸발 사람들은 어쩔 도리가 없다.

 그런데 마침내, 35년째에 산왕이 의식을 예고한 것이다. 산왕과의 유대는 끊어지지 않았다! 사람들의 얼굴에 뭐라 형용할 수 없는 기쁨의 빛이 떠올랐다. 칸발 왕이 산왕으로 부터 청광석 루이샤를 받으면 어마어마한 곡물이 칸발로 들어올 것이다. 여러 씨족에게도 왕의 하사품이 내려올 것이고, 그렇게 되면 적어도 몇 년 동안은 겨울 식량을 걱정하지 않아도 되는 것이다! 가난한 칸발 사람들에게 루이샤 증정 의식은 오랜 세월 기다리던 행복한 꿈과 같다. 드디어 그때가 도래한 것이었다.

 "큰일은 겹쳐서 일어난다는 말이 맞구나. 자, 무인들이여, 갑자기 바빠졌지만, 두 조로 나눠 일에 착수하자. 내일 낮까지 산왕에게 보낼 무사 씨족의 선물을 준비해야 한다."

 다시금 웅성웅성 소란이 일었다. 유그로는 지팡이를 탕 내리쳤다.

 "한 가지 더 생각났다. 모두가 승인해주었으면 한다."

 유그로가 옆에 대기하던 큰아들 시시무를 불렀다. 홀쩍 큰 시시무는 이미 아버지와 어깨를 나란히 할 정도였다.

 "여느 때라면 카무를 종자로 데리고 왕도로 출발하겠지만, 보다시피 카무는 부상을 입었다. 이런 상태로 말을 타고 열

훨씬 여행하기는 무리다. 따라서 일단 모레 나의 아들 시시무를 종자로 동행해 왕을 알현할 생각이다. 시시무는 올해 열여섯, 이제 왕성에서 다른 씨족장의 아들들과 함께 훈련받아도 될 나이다. 어떠한가?"

카무가 파랗게 질려 숙부와 아버지를 돌아봤다. 하지만 카그로는 씁쓸한 표정으로 유그로에게 고개를 끄덕여 보였다. 다른 남자들이 이의를 제기할 이유도 없었다.

"카무, 걱정하지 마라. 산속 지하로 통하는 문이 열리고서 루이샤 증정 의식을 거행하기까지는 항상 스물닷새 정도 여유가 있다. 그러니 상처를 치료하고 뒤따라오면 된다."

카무에게 그렇게 말한 유그로는 씨족 남자들을 향해 큰 소리로 말했다.

"무사 씨족의 무인들이여, 모두 나가 맡은 일을 시작하라!"

수군거리면서 연회실에서 빠져나가는 무리에 휩쓸리며 캇사는 마지막으로 한 번 더 카무를 뒤돌아봤다. 나오기 직전에 본 카무의 어두운 표정과 상기되어 반짝이던 시시무의 얼굴이 눈에 각인돼 좀처럼 사라질 줄 몰랐다.

2
지그로의 조카들

왕의 사신이 도착한 이후 이틀간은 넋이 나갈 정도로 분주했다. 여자들은 질 좋은 직물을 꼼꼼하게 말고, 정갈한 천으로 라가를 쌌다. 남자들은 왕도에서 다른 씨족의 수레에 뒤지지 않도록 최선을 다해 수레를 치장했다.

이틀 뒤, 유그로가 아들 시시무를 비롯해 말 탄 종자 서른 명을 거느리고 향을 떠났다. 카무는 아버지 카그로와 함께 씁쓸한 기분으로 사람들의 환성 속에 멀어지는 화려한 일행을 배웅했다.

늑골 부상은 그리 대단하지 않았지만 아무도 만나고 싶지 않아 요 이틀 동안 방 안에 틀어박혀 있었다. 영 침울하긴 해도 이런저런 일을 차분히 생각하기엔 좋은 기회이기도 했다.

카무는 숙부 유그로에게 배반당한 기분이었다. 어려서부터 경외하며 아버지보다도 더 많은 시간을 함께 보낸 숙부였기에 상처로 인한 아픔이 더 컸다.

'숙부는 의식을 치를 때 시시무에게 종자를 시킬 생각인지도 몰라.'

처음으로 그런 의심이 마음에 싹텄다. 억측일지도 모른다고 생각했지만, 그날 그 방에서 숙부가 한 말은 아무리 생각해도 카무를 창피 주고 깎아내리는 것이었다. 아들 시시무를 왕도로 데려가도 이상해 보이지 않도록 모두를 납득시키는 작업으로밖에 여겨지지 않았다.

칸발 최고의 무인이라 할 수 있는 왕의 창이 되기 위해서는 소년기에 씨족 왕의 창에게 뽑힌 종자로서 루이샤 증정 의식에 참가해야 한다. 그리고 '산속 지하'의 어둠 속에서 왕의 창들과 함께 단창 기량을 겨루어야 한다고 들었다. 종자가 되어 산속 지하에서 살아 돌아온 자는 스무 살이 되면 왕의 창 지위를 얻는 것이다. 예외는 한 가지였다. 종자로 의식에 참가한 소년이 다음 의식 이전에 죽거나 창을 휘두를 수 없는 지경에 처한 경우다. 그럴 때는 특별히 왕의 창이 모두 모여 후보를 잃은 씨족의 왕의 창 후보자를 새로 선발했다. 열예닐곱에 종자로 의식에 참가한 자가 20년 뒤에 삼십대 후

반이 되면, 지력과 담력을 모두 갖춘 장년의 무인, 왕의 창으로서 의식에 다시 참가한다. 이것이 오랜 세월 이어진 전통이다.

하지만 의식이 35년이나 거행되지 않은 데다, 지난 번 의식에 참가했던 종자가 전원 지그로에게 당해 세상을 떠나고 말았기 때문에 전통을 이을 수 없는 상황이었다. 이에 따라 제도도 수정됐다. 10년 전, 지그로를 처단하고 살아 돌아온 영웅 유그로를 중심으로 모든 씨족장 가문 남자들이 왕 앞에서 시합을 벌였고, 그 결과 왕의 창을 완전히 새로 선발한 것이다.

본래 같으면 카무는 정확히 열여섯 살에 의식에 참가했을 것이다. 그러나 카무는 올해 서른한 살이다. 종자로 참가하기에는 나이가 너무 많다. 그런가 하면 자신이 돌아오기를 왕도에서 아내와 함께 기다리고 있는 장남 카무로는 이제 막 아홉 살이 되었으니, 도저히 종자가 될 나이가 아니다.

'그에 비해서 시시무는 열여섯, 종자로 적합한 연령이다.'

카무는 이를 꽉 깨물었다.

'나에게는 아버지의 뒤를 잇는 씨족장 지위를 주고, 시시무를 왕의 창으로 삼을 생각일지도 모른다.'

평소 같으면 카무는 왕의 창이 될 수 없는 것이 유감스럽더라도 씨족장 직을 이으면 된다는 생각으로 기꺼이 포기할 수 있었을 것이다. 하지만 이번 의식은 경우가 달랐다. 유그로 숙부가 끌어안고 있는, 아버지 카그로조차 알지 못하는 엄청난 비밀을 실행에 옮기는 의식이기도 하다. 카무는 숙부의 계획을 위해 이제까지 그 수족이 되어 일해왔다. 그런데 지금 이 시점에 계획에서 제외된다는 것은 받아들일 수 없었다.

그리고 또 한 가지, 가슴이 쓰릴 만큼 의심스러운 일이 떠올랐다. 카무는 도무가 창끝에 토갈을 발랐다는 사실을 전혀 몰랐다. 토갈 독을 바르다니, 믿을 수 없을 정도로 치사한 수법이다. 그건 도무가 독단으로 한 짓이었을까? 그렇다면 도무는 왜 자칫 카무에게 맞을 수도 있다는 걸 알면서 창을 던진 걸까? '여차하면' 하는 생각을 한 것은 아닐까?

'설마. 억측이다.'

카무는 머릿속에서 생각을 떨쳐냈다. 만일 카무가 토갈로 죽으면 그 여자를 정식 재판에 회부하지 않고 처치하려 한 것이 들통 나고 만다. 아무리 다급해도 숙부가 자기를 죽이려고 할 리가 없다.

'어찌 되었든 그 여자, 창술 실력이 대단했어.'

솔직히 말해 왕성에 모인 칸발 최고의 창술사, 즉 왕의 창들에게서도 그런 움직임은 본 적이 없다.

'지그로가 가르쳤다면, 지그로는 정말 무시무시한 경지까지 이른 사람이었구나.'

문득 오래전에 아버지 카그로가 한 말이 떠올랐다.

관사 앞 광장에서 유그로가 씨족 무인들에게 창술 훈련을 독려하고 있었고, 카무는 아버지와 함께 그 모습을 지켜보고 있을 때였다. 두 번 다시 창을 휘두를 수 없게 된 아버지는 훈련 장면을 볼 때마다 자기도 모르게 표정이 어두워지곤 했다. 그 모습을 바라보는 카무 역시 서글퍼지는 게 당연했다.

유려하게 시범을 보이는 유그로는 마치 실력을 뽐내는 것이 기뻐서 어쩔 줄 모르겠다는 듯했다. 카그로가 불쑥 말했다.

"불필요한 동작이 많구나."

카무는 아무 대답도 하지 않았다. 아버지가 숙부에게 질투하는 거라고 생각했기 때문이다. 하지만 아버지의 옆얼굴에는 질투와 다른, 먼 곳을 향한 듯 의미심장한 표정이 담겨 있었다.

"지그로는 훨씬 강했다."

카무는 심장이 멎을 정도로 놀랐다. 지그로라는 이름은 무사 씨족 사람들 사이에서는 더 이상 입에 담아서는 안 될 금기나 다름없었기 때문이다. 특히 아버지는 동생 지그로의 행동을 수치스러워해 절대 입에 올리지 않았다. 카무는 귀를 의심했다.

"믿어지지 않을지도 모르겠다만, 나는 유그로보다 훨씬 강했다. 하지만 지그로는…."

아버지는 하나뿐인 눈으로 유그로의 움직임을 쫓으며 독백하듯 중얼거렸다.

"천재였지. 아마도 100년에 한 번 나타날까 말까 한. 그래서 루이샤 증정 의식 때도 아버지가 장남인 나 대신 지그로를 종자로 선택한 것이다. 그리고 녀석은 아버지의 기대에 멋지게 부응했지. 고작 열여섯 살 나이에, 게다가 종자에 불과했는데도 '춤추는 자'가 되었으니까."

'춤추는 자'란 증정 의식 마지막 순서로 어둠의 수호자 효울과 대적하는 칸발 최강의 무인을 뜻한다. 의식에서는 산왕궁전 앞 식장에서 왕의 창과 종자 전원이 기량을 겨루는데, 그 가운데 가장 뛰어난 자가 '춤추는 자'가 되어 산왕의 부하인 어둠의 수호자 효울과 겨루는 것이다.

춤추는 자가 어둠의 수호자 효울을 이겨야 비로소 산왕은 마지막 문을 열고, 칸발 왕과 왕의 창, 그리고 종자들을 궁전으로 들여보낸다고 한다. 그 문 너머에 자리한 궁전은 이 세상에서 가장 아름다운 보석 청광석 루이샤로 지은 것이라고 했다. 그런데 고작 열여섯 살짜리 종자가 춤추는 자를 맡았다는 것은 그야말로 전대미문의 사건이었다. 지그로는 타의 추종을 불허하는 비범한 단창술사였던 것이다.

"하지만 그 재능이 씨족에 도움이 되기는커녕 나라의 재앙이 되고 말았다."

아버지가 깊이 한숨을 내쉬었다.

"솔직히 내가 자객으로 갔다 해도 지그로에게 이길 수 있었으리라고는 생각지 않는다. 그러니까."

카그로의 목소리가 더욱 낮아졌다.

"아마도 지그로가 일부러 유그로의 창에 맞아준 것이 아닐까. 내 생각은 그렇다."

그때 카무는 무척 기분이 나빴다. 아버지가 동생의 공적을 시샘해 폄하하는 거라고 여겨서다. 하지만 이제 와 그 말을 돌이켜보니, 그때와는 다른 생각이 떠올랐다. 아버지에게 천재라는 말까지 듣고, 여자를 그 정도의 단창술사로 키운 지그로는 도대체 어떤 사람이었을까? 그 여자는 유그로와 지그로가 싸울 때 과연 무엇을 보았을까?

문득 심장 고동이 빨라지는 것 같았다.

'만일 그 여자가 본 것이 숙부님이 자랑스럽게 떠벌린 승부와는 전혀 다른 것이라면. 그렇다면 숙부가 창에 독을 발라서까지 여자를 없애려 한 이유를 이해할 수 있다.'

카무는 눈을 감고 숨을 골랐다. 스스로 침착하자고 타이르고 또 타일렀다.

'아무리 그래도 지나친 상상이다. 젠장, 단 한 번 부당한 대접을 받았기로서니 이런 생각까지 하다니, 나도 한심하구나.'

유그로 숙부는 실제로 지그로로부터 금고리를 되찾아 돌아왔다.

'숙부가 그렇게 비열할 리 없어.'

카무는 고개를 저었다. 창에 독을 바르는 비겁한 짓은 숙부에게 어울리지 않는다.

'도무라면 그러고도 남겠지.'

역시 도무가 독단으로 벌인 일이리라. 카무는 거기서 생각을 정리했다. 그리고 천장을 가로지르는 굵직한 대들보를 멍하니 응시했다. 연기에 그을어 거뭇거뭇했다. 카무는 곡물을 흥정하러 떠나는 유그로를 따라 남쪽 신요고 황국과 산갈 왕국에 간 적이 있다. 칸발에서는 곡물 수매가 왕의 중요 업무이기에, 왕의 신임이 두터운 유그로가 대표로 해마다 한 차례씩 남쪽나라로 가곤 했다. 청광석 루이샤를 들고 가 협상을 하고 곡물을 사들이는 것이다.

'씨족장 관사조차도.'

카무는 대들보가 노출된 천장을 보면서 중얼거렸다.

'이 정도인 것이다.'

신요고 황국 대신들의 관사는 껍질을 벗겨 매끄러운 나무로 짓고, 벽에는 보통 비단을 둘렀다. 상인들마저도 곱게 짠 비단옷을 멋들어지게 걸친다. 산갈 왕국도 마찬가지였다. 평범한 관리의 집에도 숨이 멎을 정도로 아름다운 벽화가 있었다. 야광조개로 만든 장식이었다. 풍요롭다는 것이 과연 어떤 것인지 근본적인 격차를 절감한 경험이었다.

어느 나라든 평민은 그다지 풍요롭지 않았다. 요고에서도 특히 야쿠 선주민 마을은 무척 가난해 보였다. 하지만 흉작일 때는 더러 굶더라도 남쪽 나라들에는 반드시 머지않아 풍작이 찾아온다. 요고에도 산갈에도 매해 다른 나라로 돈벌이를 나가는 무인은 없다. 칸발에서는 무인 계급 집에서조차 남자라면 대부분 겨울마다 돈을 벌기 위해 다른 나라로 떠난다. 더러는 요고에 그대로 눌러앉아 돌아오지 않는 이들도 생겼다.

산간지대에 위치한 칸발은 경작할 만한 땅이 아주 협소하다. 북쪽으로는 1년 내내 눈이 녹지 않을 만큼 까마득히 높은 산밖에 없고, 남쪽으로 낮게 펼쳐진 침엽수림도 면적이 얼마되지 않는 데다 몹시 척박해 개간을 하더라도 수확량이 형편

없다. 간신히 밭농사를 지을 만한 중간고지대에 띄엄띄엄 향이 자리한 셈인데, 그마저도 강풍에 흙이 날려 해가 갈수록 척박해지고 있다. 그나마 추위에 강하고 기름지지 않은 땅에서도 자라는 가샤 감자 정도가 안정적인 곡물이었다.

다만 감사하게도 물은 풍부하다. 산 지하의 풍부한 지하수가 여기저기서 샘솟아, 연중 어느 때고 물이 부족한 일은 없다. 이 물이 없었다면 강풍이 휩쓸고 지나가는 중간고지대에서는 밭농사조차 불가능했을 것이다. 척박한 환경에서도 자라는 가샤 감자와 바위산에서도 곧잘 사는 염소의 젖이 전부인 가난한 산간. 청광석 루이샤로 사들이는 곡물이 없다면 칸발은 나라로 존속할 수 없을지 모른다. 저절로 긴 한숨이 새어 나왔다.

'왕과 유그로 숙부가 그 계획을 실행하기로 결심한 것이 역시 옳았어.'

씨족장들조차 모르는 극비 계획이었다. 칸발의 천지를 뒤엎는 것이나 다름없을 만큼 장대한 발상이다. 35년 전 루이샤 증정 의식에 참가한 과거 왕의 창들은 이미 세상에 없지만, 만일 욘사 씨족의 라르구처럼 아직 생존하는 원로 무인이 이 계획을 안다면 분명 목숨을 걸고라도 저지하려 할 것이다. 산왕에 대한 존경심이 뼛속까지 새겨진 구세대에게 절대 이 계획을 누설해서는 안 되는 이유다.

'증정 의식까지 앞으로 20여 일.'

카무도 시시무에게 그 자리를 빼앗기지 않는다면 유그로 숙부의 종자로 지하의 어둠 속으로 내려간다. 운명은 칸발 왕과 산왕 중 누구의 편을 들까? 카무는 지그시 눈을 감았다.

🙖💥🙘

도망친 여자를 찾기 위해 무인 여럿이 바위산을 탐색했다. 그러나 어찌 된 일인지 여자의 발자국은 산속 자그마한 웅덩이에서 뚝 끊겨져, 사흘이 지나도 흔적을 찾을 수가 없었다. 참으로 기이한 일이었다. 향은 평소와 달리 들떠 있건만, 캇사는 울적한 나날을 보내고 있었다.

그날 연회실에서 돌아오는 길에 캇사는 아버지를 추궁했다. 약속한 대로 그 여자를 변호하지 않았기 때문이다. 그러나 아버지는 잘된 일이라는 말만 되풀이했다.

"너도 어른 대접을 받게 되었으니 잘 기억해둬라. 유그로 님이 오늘 하신 일은 풍파를 일으키지 않고 씨족을 지키기 위해 내린 정치적 판단 때문이란다."

그 정도는 아버지가 말하지 않아도 안다. 하지만.

아버지나 어머니에게도, 하물며 친구에게도 말할 수 없어 캇사는 하는 수 없이 같은 비밀을 안고 있는 여동생 지나에게 울분을 토했다. 인기척 없는 풀밭에서 캇사가 연회실에서 있었던 일을 이야기하자, 지나가 눈살을 있는 대로 찌푸렸다.

"왠지 거짓말이 들통 나지 않도록 점점 거짓말을 덧칠하는 것만 같아."

"응. 나도 그런 느낌이 들어. 그래서 싫어. 그 거짓말의 발단이 우리라는 것도 참을 수가 없어."

지나가 몸을 숙였다.

"있잖아, 우리, 이대로 가만히 있어도 되는 걸까? 그 여자는 우리 목숨을 구해줬잖아. 그런데도 우리가 약속을 깨는 바람에 그 사람은 쫓기는 신세가 되어버렸잖아."

"하지만 한편으로 그 사람은 도둑 지그로를 위해 유그로 님에게 해를 끼치려는 이야. 그래서 동굴로 침입…."

지나가 말을 끊었다.

"잠깐, 오빠. 그건 유그로 님의 설명이잖아. 나는 말이야, 어찌 되었든 우선 직접 보거나 느낀 걸로 판단하고 싶어."

캇사는 깜짝 놀라 말끄러미 여동생을 바라봤다. 지나는 아직 열두 살이지만 이따금 이런 식으로 똑 부러지게 의견을 말하곤 한다.

"남한테 들은 건 사실인지 아닌지 모르니까, 일단은 옆으로 밀어두고 말이야. 돌이켜서 생각해봐. 오빠, 그 사람, 나쁜 사람으로 보였어?"

캇사가 고개를 저었다.

"그렇지? 게다가 만약 유그로 님이 말하는 목적으로 왔다고 해도 그 사람은 곤경에 처한 우리를 내버려두지 않았어. 그렇지? 목적이 중요했다면 우리의 비명 따위 상관할 필요가 없잖아. 우리가 효울에게 잡아먹혔다면 오히려 그 사람에 대해 고자질할 사람이 없었을 테니까. 무슨 목적으로 칸발에 왔든 간에, 여하튼 그 사람이 목숨 걸고 우리를 구해줬다는 점에는 변함이 없어."

캇사가 가볍게 고개를 끄덕였다. 며칠 만에 처음으로 머리가 맑아졌다.

"네 말이 맞다, 지나. 제법인데."

지나가 쑥스럽다는 듯 웃었다.

"하지만 그렇다고 해도 우리가 할 수 있는 게 뭐가 있지?"

그때, 휘익! 하고 휘파람소리가 들려왔다. 아주 가까운 데서 들려온 소리에 두 아이는 소스라치게 놀랐다. 바위 뒤에서 요요가 얼굴을 내밀었다.

"캇사, 안 되지. 이런 곳에서 큰 소리로 그런 이야기를 하고 있어서는. 사람 목소리라는 건 제법 멀리까지 가거든. 특히 이렇게 바위가 많은 곳에선 더더욱. 바로 저쪽에 탐색대

무인들이 돌아다니고 있어. 그 사람들이 들었다간 큰일 난
다."

캇사는 가슴이 꽉 조여오는 듯 불안해졌다.

"요요! 넌 어디서부터 얘기를 듣고 있었던 거냐?"

요요가 지나에게 손을 들어 인사하더니 속삭였다.

"전부. 몰래 엿들어서 미안하지만, 나에게도 좀 사정이 있거
든."

캇사가 굳은 얼굴로 목동 소년을 바라봤다.

"요요, 우리도 부주의했지만 이건 정말로 극비에 해당하는
얘기야. 절대로 다른 사람에게, 네 일족 그 누구에게도 말하
지 말아줘."

요요가 턱 언저리를 벅벅 긁었다. 그러고 나서 고개를 갸
웃하며 캇사를 봤다.

"있잖아. 너희들 정말로 그 사람을 생명의 은인으로 생각하
냐?"

캇사의 뺨이 붉어졌다.

"물론이지."

"그럼, 이제 두 번 다시 그 사람을 배신하지 않을 테냐?"

캇사가 얼굴을 찌푸리며 요요를 바라봤다.

"나는 절대로 안 해."

지나가 대답했지만 캇사는 잠시 생각한 뒤에야 작은 소리로 말했다.

"그 사람이 무사 씨족에게 해를 입히지 않는 한."

요요가 지그시 캇사의 얼굴을 보며 생각하더니 이윽고 어깨를 으쓱했다.

"토토 장로는 대단해. 장로가 예상했던 대로 대답했어, 둘다."

그러고는 따라오라는 손짓을 했다.

"따라와. 최대한 조용히. 그리고 절대로 목소리를 내지 마."

캇사와 지나는 얼굴을 마주 본 뒤, 꽤 빨리 걷기 시작한 요요의 뒤를 쫓아갔다. 요요는 평소에 캇사가 다니던 산길을 피해 경사가 급한, 바위 사이를 꿰매놓은 듯한 좁은 길을 따라가기 시작했다. 이것이 목동 길이리라. 바위산을 꿰고 있는 목동들은 이처럼 길이라 하기 어려운 통로를 훤하게 알고 있다. 이윽고 세 사람은 커다란 바위 밑으로 나왔다.

"자, 도착했어. 여기야."

요요가 그렇게 말했지만, 캇사도 지나도 뭐가 여기라는 건지 도통 알 수가 없었다. 커다란 바위 밑에는 가시투성이 관목이 자랄 따름이었다. 요요는 독수리를 쫓는 지팡이로 관목 옆에 있는 자그마한 바위를 탕, 탕, 탕 두드렸다. 그러자 놀랍

게도 바위가 안쪽에서 밀리듯 바깥쪽으로 쓰러졌다. 그러고
는 요요의 아버지 도도가 얼굴을 내밀었다.

"다른 사람은 없지?"

"괜찮아. 철저하게 조심했어."

요요의 대답에 도도가 끄덕이며 캇사와 지나에게로 눈길
을 돌렸다.

"좋아. 캇사 씨, 지나 씨, 발밑을 조심하며 들어와요."

도도가 안으로 들어가자 캇사는 그 구멍 가장자리에 앉아
발을 들이밀었다. 도도가 발을 잡아주고, 몸집에 비하면 상상
도 할 수 없을 정도로 강한 힘으로 캇사를 안아 내려줬다. 곧
바로 지나도 같은 식으로 내려오자, 요요가 바깥쪽에서 바위
를 닫았다.

"요요는 안 와?"

목소리가 울리는 것으로 보아 생각보다 훨씬 넓은 공간인
듯했다.

"그렇다. 밖에서 바위문을 닫을 녀석이 필요하니까."

어둠에 눈이 익숙해지자, 구멍 안이 어렴풋이 밝아 보였
다. 바위 밑에 붙은 반짝이끼에서 희미한 빛이 나오는 것이
었다.

"자, 지나 씨, 내 손을 잡아요. 캇사 씨는 지나 씨의 손을 잡

고.”

세 사람이 손을 잡자, 도도가 둘을 이끌고 천천히 걷기 시
작했다. 지나와 도도는 몸을 굽히지 않아도 걸을 수 있었지
만 캇사는 이따금 정수리가 바위에 쓸려 살짝 몸을 숙여야
했다. 신기하게도 얼굴에 약한 바람이 느껴졌다. 커다란 바
위 밑바닥을 따라 오른쪽으로 꺾은 순간, 눈앞이 밝아졌다.

캇사와 지나는 저도 모르게 숨을 멈췄다. 눈앞에 어른 열
명은 편히 앉을 법한 공간이 펼쳐진 것이다. 커다란 바위 사
이에 생긴 자리인 듯, 정면에는 얼굴을 내밀 정도로 좁고 긴
구멍이 있고, 거기서 눈부신 햇빛이 들이쳤다. 그 구멍 덕분
에 신선한 바람이 들어와 하나도 답답하지 않았다.

창을 대신하는 구멍 옆에 누군가가 등을 기대고 앉아 있었
다. 역광에 눈이 익숙해진 뒤에야 그 사람을 알아볼 수 있었다.

“안녕.”

여자가 가볍게 손을 들었다. 캇사와 지나는 얼어붙은 듯이
꼼짝하지 못했다.

“앗, 저기.”

캇사가 목에 뭔가 걸린 것처럼 쿨럭거리자 지나가 당황하
며 끼어들었다.

“죄송해요! 우리가 아버지와 어머니에게 동굴에서 있었던

일을 말해버렸어. 말할 생각이 아니었는데 청광석 루이샤가 옷깃 있는 데 떨어져 있어서, 아마도 효율이 떨어뜨린 거라고 생각하지만, 그래서."

"잠깐 기다려라."

지나는 갑자기 손을 붙잡혀 소스라치게 놀랐다. 거기 있는 줄 몰랐던 장로 토토가 옆에 앉아 있었던 것이다.

"목소리가 크구나. 저기 바위창이 있어서 말이다, 밖으로 목소리가 새어 나간다. 속삭이듯 소리를 낮춰라."

지나와 캇사는 번갈아가며 자기들이 약속을 지키지 못한 데 대한 변명을 늘어놓았다. 바르사는 빙그레 미소를 띤 채 듣다가 이야기가 끝나자 고개를 끄덕였다.

"그렇구나, 그런 사정이 있었구나. 뭐, 나도 거짓말한 부분이 있고 하니 비긴 걸로 하자꾸나."

캇사와 지나가 크게 한숨을 쉬었다. 다리가 맥없이 떨렸다.

"버티고 서 있지 말고 앉아라."

장로 토토가 캇사의 엉덩이를 툭 쳤다. 둘은 마른 바위 위에 걸터앉았다.

"캇사하고 지나라고 했지? 새삼스럽지만 본명을 말하지. 나는 바르사, 욘사 씨족 카르나의 딸이다."

조금 안정을 찾은 캇사는 그제야 바르사의 얼굴을 똑똑히 봤다. 햇볕에 그을었고, 눈가에는 잔주름이 보였다. 하지만 바르사의 얼굴에서 무엇보다 눈에 띄는 것은 눈동자였다. 똑바로 사람을 보는 그 눈에는 강렬한 정기가 깃들어 있었다.

"다쳤어요?"

바르사의 왼쪽 어깨에 헝겊이 감긴 것을 발견하고 지나가 물었다. 바르사가 대답하기 전에 장로 토토가 끼어들었다.

"토갈을 바른 창이 스쳤다. 너도 알다시피 우리는 독수리를 죽일 때 토갈을 쓰기 때문에 해독 방법을 알고 있단다."

"덕분에 마비가 완전히 풀렸단다. 여기는 불을 때지 않아도 잘 수 있을 정도로 따뜻하기도 하고. 맛있는 라가랑 라칼 덕분에 체력도 완전히 회복되었다. 토토 씨를 비롯해 모두들 얼마나 고마운지 몰라."

캇사가 미간을 찌푸렸다.

"낙마했을 때의 부상이 아닌가요?"

바르사가 의아하다는 표정을 지었다.

"낙마? 아니. 나는 말에서 떨어지지 않았는데. 덩치 큰 무사가 뒤에서 던진 창을 미처 쳐내지 못했단다. 보여줄까?"

바르사가 선뜻 헝겊을 벗겨내자, 심한 상처가 나타났다. 분명히 창에 찔린 상처였다. 게다가 독이 퍼져 상처 주위가 보랏빛으로 변해 있었다.

"독이라니."

캇사가 중얼거렸다. 바르사를 붙잡아 데리고 오는데 도무와 카무는 창끝에 독을 발랐단 말인가? 무엇 때문에? 답은 하나밖에 없다. 캇사는 가슴 한가운데서 시작된 전율이 점차 밀려올라오는 것을 느꼈다. 그날 연회실에서 유그로가 한 말이 머릿속을 맴돌았다. 도대체 그 이야기에 유그로는 몇 가지 거짓말을 섞은 것일까? 이 사람이 나쁜 짓을 하려 했다 치더라도, 왜 씨족장 앞에서 정당하게 재판을 열기도 전에 없애려 한 걸까?

"오빠?"

지나의 목소리에 캇사의 정신이 돌아왔다. 캇사는 이마에 송송 맺힌 식은땀을 훔치며 바르사를 응시했다.

"칸발로 돌아온 이유가 무엇입니까?"

바르사는 잠시 잠자코 있었다. 그리고 한 차례 깊은 숨을 쉬고 대답했다.

"내 안의 망령을 칸발에 묻기 위해서다."

바르사가 빙그레 웃었다.

"나는 여섯 살 때 음모에 휘말려 고향에서 떠나야만 했다. 아버지 친구가 나를 데리고 도망쳐준 것이지. 너희들과 만난 그 동굴을 빠져나가 신요고 황국으로 탈출했는데, 그렇게 도망친 뒤로 어느새 25년이 흘러버렸다. 나를 키워준 양아버지는 병을 얻어 세상을 떠났지만, 나는 그 사람이 나 때문에 자기 인생을 희생했다는 생각을 떨칠 수가 없었다. 몇 년이 지나도록 마음에 걸리는 일이었지. 그래서 오래된 상처를 외면하기만 할 것이 아니라 제대로 돌아보자는, 그야말로 개인적인 이유로 이 나라에 돌아온 것이다. 여섯 살 때 울면서 먼 여정에 오른 그날, 손을 붙잡힌 채 빠져나간 그 동굴을 이번에는 나 혼자 힘으로 통과해서 돌아가자…, 그런 심정으로 그곳을 지나가다가 너희를 만난 거야.”

캇사는 뭐가 뭔지 알 수가 없어졌다.

“그, 그 곁에서 키워줬다는 양아버지가 지그로?”

놀라서 바르사의 눈이 휘둥그레졌다.

“어떻게 알았지?”

얼굴을 찌푸린 채로, 캇사가 낮은 목소리로 말했다.

“유그로 님이 씨족 무인들을 모아놓고 설명하셨어요. 지그로가 유그로 님한테 살해당한 것에 당신이 원한을 품어, 유그로 님에게 복수하러 여기 왔다고.”

바르사의 얼굴에 납득했다는 표정이 떠올랐다.

‘그럼 이걸 어쩌나.’

바르사가 속으로 생각했다. 설마 유그로가 이런 식으로 캇사 같은 소년에게까지 지그로와 바르사의 관계를 얘기하리라고는 생각지 않았다. 오히려 기를 쓰고 감추려 할 거라고 생각했다. 아무래도 유그로는 바르사가 생각한 것보다 머리가 좋은 사람인지도 모른다. 모두를 홀리는 거짓말 재주가 뛰어난 게 분명하다.

바르사도 여기서 캇사와 지나에게 모든 사실을 밝힐 생각은 없었다. 두 아이는 무사 씨족 사회에서 살아갈 사람이다. 아직 순진한 아이들이 쓸데없는 것까지 알게 되면 씨족 사회 안에서 살아가기 힘들어지고 만다.

처음부터 아이들을 끌어들일 생각은 없었다. 처음에는 목동 누군가에게 부탁할 생각이었다. 자기가 쓴 편지를 바위산에서 주운 것으로 해 씨족장 카그로에게 전해달라고. 그러나 장로 토토가 그 계획에 반대했다. 씨족 남자들은 이미 전부 바르사를 해롭고 교활한 여자로 알고 있다. 누구한테 편지를 건네더라도 함정이 되리라는 것이었다.

토토는 그보다 캇사를 만나 이야기를 해보라고 권했다. 만일 바르사가 둘을 구했다면 이들은 바르사를 생명의 은인으로 여길 것이다. 게다가 캇사도 지나도 나이는 어리지만 총명하고, 씨족장 여동생의 자식인 만큼 씨족장 가계에서 가장 신뢰할 만한 사람을 알고 있을 거라며. 그러니까 편지를 전하려거든 어느 정도 사정을 이야기하고 캇사에게 맡기는 편이 가장 좋을 거라는 의견이었다.

'지그로에 대해 알고 있다면, 어느 선까지 이야기를 하는게 좋을까?'

잠자코 생각에 잠긴 바르사의 얼굴을 보는 동안, 캇사는 문득 지긋지긋하다는 생각이 들었다. 유그로와 이 사람 사이에는 뭔가 커다란 비밀이 있다. 마치 어른들로부터 따돌림당하는 아이처럼 그 비밀 밖으로 밀려나고, 심지어 거짓말에 속아 우왕좌왕하는 것이 참을 수 없이 싫었다.

"바르사 님! 난 거짓말을 하는 것도, 거짓말에 속는 것도 더는 싫습니다. 그러니까 사실을 말해주세요. 정말로 유그로 님께 복수하고 웃음거리로 만들기 위해서 여기 온 건가요?"

바르사가 말끄러미 캇사를 바라보더니 이윽고 고개를 끄덕였다.

"그래. 여기로 올 때는 유그로에게 관심이 없었다만, 지금은 확실히 내가 당한 것을 갑절로 갚아주고 싶은 심정이다. 다만."

바르사가 진지한 얼굴로 캇사를 응시했다.

"유그로가 지그로를 죽여서 그런 게 아니다."

"그럼 뭔가요?"

바르사가 한숨을 쉬며 고개를 저었다.

"그걸 너한테 얘기할 생각은 없다."

캇사가 얼굴을 찌푸렸다.

"그렇다면 난 당신이 여기 있다는 사실을 씨족장에게 알려야만 한다!"

지나가 깜짝 놀라 오빠를 마주 봤다.

"오빠?"

"씨족에게 재앙을 가져올 사람을 가만둘 수는 없다. 나는 단검을 받을 때 씨족을 위해 최선을 다하겠다고 맹세했다."

소년의 둥근 얼굴에 굳은 각오가 떠올랐다. 바르사가 미소 지었다.

"알았다. 하고 싶은 대로 하면 된다. 다만 내 체력이 회복되어, 목동들에게 피해가 가지 않게 될 때까지 기다려주었으면 한다. 나에게 그 정도 빚은 졌다고 생각하는데, 어떠냐?"

캇사는 필사적으로 공격해 들어간 창이 상대에게 가로막힌 느낌이었다.

"오빠, 나는 이 사람 편이야! 오빠가 꼭 고자질해야겠다면, 내가 어떻게든 막을 테야."

"지나, 쓸데없는 말 하지 마!"

"쓸데없지 않아. 나는 생명을 구해준 은혜는 목숨 걸고 갚을 거야!"

"바보 같으니라고. 나도 뭐 좋아서 고자질하겠다는 게 아냐. 제대로 이유를 얘기해주면, 그것이 납득할 만한 이유라면, 나도 목숨 걸고 협력할 거야."

"어이, 목소리 낮추라고 했지?"

토토 장로가 둘의 머리를 톡톡 쳤다.

"잘 들어라, 캇사 도령. 이 사람은 말이다, 너희를 배려하고 있는 거다. 아무 죄도 없는 너희를 끌어들여서 불행하게 만들고 싶지 않다는 뜻이지. 뭐 어차피 아직 하루이틀은 이 사람도 만족스러울 정도로 움직이지 못한다. 초조해하지 말고 천천히 서로를 알아가고, 그런 다음에 판단하면 된다."

캇사는 숨을 크게 내뱉으며 고개를 끄덕였다.

※

남매가 바위산을 내려와 향으로 돌아온 것은 이미 해가 저물 무렵이었다. 지나는 저녁 준비에 늦었다고 소리치며 서둘러 집으로 뛰어 들어갔지만, 캇사는 월동용 염소우리에 기대 멍하니 석양을 보는 남자를 발견하고 발을 멈췄다. 캇사가 다가오는 것을 알아차리고 카무가 뒤를 돌아봤다.

"잘 있었니?"

캇사가 머리를 꾸벅 숙였다. 카무가 미소를 지었다.

"방금 전에 고모님을 찾아뵙고 오는 길이다. 여기서 만날 수 있어서 다행이구나. 사실은 너를 만나러 왔거든."

캇사는 깜짝 놀라 사촌 형을 올려다봤다. 카무는 말이 없는 편이고, 선이 굵은 얼굴에 눈썹이 짙어 그야말로 남자다운 얼굴이다. 하지만 겉모습만 봐서는 상상할 수 없을 정도로 속마음이 다정하다는 사실을 캇사는 잘 안다. 어릴 적에도 얼마나 잘 놀아주었는지. 하지만 카무가 가족과 함께 왕도에 살게 된 뒤로 요 몇 년은 거의 이야기할 기회조차 없게 되어버렸다.

"나를 만나러 왔다고?"

"응."

카무가 쑥스러운 듯 얼굴을 일그러뜨렸다. 석양의 잔광이 카무의 뚜렷한 얼굴을 도드라져 보이게 했다.

"내일 왕도로 떠난다. 떠나기 전에 너에게 말해두고 싶어서. 일전에 연회실에서 너만은 나를 걱정해주는 것 같았기에."

캇사가 깜짝 놀라며 카무를 쳐다봤다.

"다친 데는 이제 괜찮아?"

"응. 원래 그리 대단한 부상은 아니었다."

캇사는 사촌 형의 얼굴을 바라보며 형이 과연 창에 독을 바르는 비열한 짓을 했을까 생각했다. 도리에 어긋나는 일을 무엇보다 싫어하는 이 형이? 하지만 직접 물어볼 수는 없었다. 대신 캇사는 입속으로 우물거리며 말했다.

"일부러 나를 만나러 와주어서 고마워."

카무가 피식 웃었다. 그런 다음 진지한 얼굴로 나지막이 말했다.

"있잖아, 캇사. 넌 칸발이 좋니?"

캇사는 무슨 소리냐는 표정으로 사촌 형을 올려다봤다.

"응. 왜?"

카무는 멀리 해가 저물어가는 저지대의 숲을 바라보고 있었다.

"나는 여러 나라를 가봤지 않니. 그러다보니 이 칸발이 얼마나 가난한 나라인지 분명하게 알게 됐다. 그런데도 이 나라는 참 아름답구나."

캇사는 울퉁불퉁하긴 해도 완만하게 이어지는 대지(臺地)와 그 건너편 낭떠러지, 그리고 골짜기 바닥에 펼쳐진 침엽수림을 바라보고 있었다.

"얼마 후면."

카무가 조용히 말했다.

"루이샤 증정 의식이 거행된다. 칸발의 운명이 이 의식에 걸려 있지."

카무는 숲을 응시한 채로 말을 이었다.

"만일 내가 산속 지하에서 돌아오지 않거든, 나는 이 아름다운 칸발을 좋아해서 죽은 것이라 생각해다오. 그리고 내 아들 카무로를 사랑해주기 바란다."

캇사는 눈이 휘둥그레졌다.

"무슨 그런. 의식에서 죽는 경우도 있어?"

카무가 쓴웃음을 지으며 캇사를 봤다. 카무의 쓴웃음 속에서 캇사는 두려움을 읽어냈다.

"만약의 경우를 얘기한 거다. 산속 지하에서는 무슨 일이 일어날지 모른다고 하니까."

카무는 캇사의 어깨에 손을 얹고는 살짝 흔들었다.

"쓸데없는 말을 해서 미안하구나. 그럼 이만."

캇사는 황혼의 어스름 속으로 걸어가는 카무의 등을 보며 꼼짝 않고 서 있었다.

지금 그건 뭐였을까? 마치 유언과도 같았다. 캇사는 어둠 속으로 사라져가는 카무의 뒷모습을 배웅하면서 부르르 몸을 떨었다.

3

목동의 비밀

　목동들이 제공한 은신처에서 지내는 동안, 바르사는 칸발 사람들이 목동이라 부르는 이 자그마한 사람들에게 이상한 습관이 아주 많다는 사실을 알게 되었다. 예를 들어 이들은 휘파람을 언어처럼 사용한다. 길 잃은 염소를 찾을 때, 멀리 떨어진 산속 동료와 꽤나 복잡한 휘파람을 주고받는 걸 들은 적이 있다.

　"저건 뭐라고 하는 거죠?"

　방목을 나가지 않고 하루 종일 불을 지키는 토토 장로가 놋키 가지를 입에서 꺼냈다.

　"염소가 어디 있는지를 알려주는 거다. 어느 길을 따라 내려가게 할지 의논하는 거지."

"그렇게 복잡한 대화를 휘파람으로 할 수 있단 말이에요?"

장로가 히쭉 웃었다.

"휘파람은 말과 똑같단다."

거의 매일 캇사와 지나가 산을 올라왔는데, 그때도 목동들의 휘파람이 여기저기서 신호처럼 울리는 것을 들었다. 아마도 캇사와 지나가 미행당하는 건 아닌지 확인해주는 것이리라. 캇사는 처음 한동안 떨떠름한 표정으로 바르사를 대했지만, 날이 갈수록 점점 마음의 벽을 허무는 듯했다.

어느 날 캇사가 찾아왔을 때 바르사는 바위 사이 풀밭에서 단창 연습을 하고 있었다. 캇사는 저도 모르게 바르사의 경이로운 움직임에 넋을 빼앗겨 못 박힌 듯 꼼짝하지 못했다. 바르사의 창놀림은 아름다웠다. 캇사는 그렇게 미려한 움직임은 태어나 처음 봤다. 어릴 적부터 단창 연습을 했고 수없는 시합을 봤지만, 이토록 군더더기 하나 없는 데다 번개처럼 빠른 움직임은 난생 처음이었다.

바르사가 창을 멈추고 땀을 닦으며 캇사를 향했다.

"큰일인데. 몸이 무척 둔해졌어. 고작 이 정도로 이렇게 땀을 흘리다니 어이가 없구나."

그러고나서 문득 생각난 듯이 캇사에게 휙 단창을 던졌다. 당황한 캇사가 창을 받자, 바르사가 눈썹을 찡긋해 보였다.

"너도 한번 보여주지 그래. 지그로의 조카가 어떤 식으로 창을 쓰는지 보고 싶은데."

캇사의 뺨이 빨개졌다. 손 안에서 단창을 움직여보더니 캇사는 깜짝 놀랐다. 놀라울 만큼 매끄럽게, 원하는 대로 움직였다. 창끝과 자루의 균형이 절묘한 것이리라. 캇사는 숨을 고르고 머리 위에서 창을 한 바퀴 휘두른 뒤 거머쥐었다. 그리고 찌르기와 후려치기, 막기 동작을 연이어 해보였다.

'어라.'

바르사는 감탄하지 않을 수 없었다. 처음 만났을 때는 심약한 소년으로만 보였는데, 창술은 의외로 과감하고 거침없었다. 창을 휘두르는 것이 즐거워 견딜 수 없다는 심정이 전해져왔다.

'훌륭한 창술사가 되겠구나.'

지그로가 살아 있다면, 그런 일이 일어나지 않고 계속 칸발에 살았다면 틀림없이 이 아이의 재능을 키웠을 것이다. 캇사가 동작을 마치자 바르사가 손뼉을 쳤다.

"훌륭하구나. 언젠가 훌륭한 창술사가 되겠다."

캇사의 눈이 기쁨으로 빛났다. 하지만 이내 뭔가를 떠올렸는지 그 빛은 사라져버렸다.

"훌륭한 창술사가 되어봤자 무슨 소용이 있어. 나는 평생 염소나 돌보다 끝날 방계인 걸."

바르사가 캇사한테서 단창을 받아들었다.

"무슨 일이 생겼을 때만 창을 쓰겠구나. 그러는 편이 행복할지도 모른다고 생각한 적은 없니?"

캇사가 미간을 찌푸렸다.

"행복?"

"그래. 나는 휘두르고 싶지 않아도 끊임없이 잔혹하게 창을 휘두르며 살아왔다. 그렇게 하지 않아도 된다면 얼마나 행복했을까 생각한단다."

바르사가 창으로 허공을 획 그었다.

"뭐, 그건 그렇고, 이대로는 몸이 둔해서 안 되겠다. 어떠냐? 내 연습 상대가 되지 않을래?"

캇사의 얼굴에 다시 미소가 돌아왔다. 바르사는 지나에게서 향에 떠도는 소문을 전해 듣거나 캇사와 창 연습을 하면서 평화로운 나날을 보냈다. 그 사이 유그로에 대한 의혹과 증오가 서서히 가슴속 밑바닥으로 가라앉는 듯했다.

겨울이 코앞까지 다가왔다. 앞으로 며칠만 있으면 첫눈이 내릴 것이다. 첫눈이 내리면 목동들은 염소를 데리고 바위산을 내려가 향으로 돌아간다. 바위산은 눈이 오는 계절에는 살 만한 곳이 못되었다.

'눈이 내릴 때를 이용해 요고로 돌아갈까?'

바르사는 잔뜩 찌푸린 하늘을 보면서 생각했다. 요고에는 따뜻하게 맞아줄 사람이 있다. 유그로에게 복수한들 변할 것이 무어란 말인가?

캇사는 며칠 사이에 놀라울 정도로 창술이 늘었다. 가장 빨리 느는 나이인 것이다. 지그로에게 배운 기술을 조금이나마 조카 캇사에게 전수할 수 있었다. 그것만으로도 칸발로 돌아온 보람이 있는 건 아닐까? 그대로 첫눈이 내렸다면 바르사는 아마도 칸발을 떠나 두 번 다시 돌아오지 않았을 것이다. 하지만 운명의 여신은 그 평온한 나날에 이미 다른 색실을 짜넣기 시작했다.

불현듯 드높은 휘파람이 한밤중 허공을 뚫고 울려퍼졌다. 바르사는 신경을 곤두세우고 바위집의 잠자리에서 몸을 일으켰다. 건너편에서 자던 토토 장로가 벌떡 몸을 일으키는 것이 희미하게 보였다. 장로의 태도에서 평소 보이지 않던 긴장감이 느껴졌다.

"추격대인가요?"

"아니다. 그보다 더 나쁜 일인 것 같다."

잠시 후에 누군가가 바위집으로 들어오는 기척이 났다. 자그마한 사람 형체가 어둠 속에 모습을 드러냈을 때, 바르사는 흠칫 놀라고 말았다. 차림새는 목동이었지만 눈이 짐승처럼 푸른빛을 발했기 때문이다. 그가 움직일 때마다 어둠 속에 잔광이 남았다.

목동은 앉으려 하지도 않고 토토 장로에게 빠른 속도로 이야기하기 시작했다. 놀랍게도 평소 목동이 쓰는 칸발어가 아니었다. 장로가 무어라 답하자 또다시 목동이 몸짓을 섞어 장황하게 말을 이었다. 장로가 고개를 끄덕이고 몇 가지 지시를 내리니 목동은 고개를 숙여 인사하고는 돌아갔다.

"무슨 일이 일어난 거죠?"

토토 장로는 대꾸하지 않았다. 마치 바위로 변해버린 것처럼, 그 그림자는 어둠 속에서 꼼짝도 하지 않았다.

이윽고 장로가 바르사 쪽으로 몸을 돌렸다. 바위창으로 들어오는 희미한 빛으로 토토 장로의 눈이 자기에게 향하고 있다는 사실을 느낄 수 있었다.

"바르사, 한 가지 물어도 되겠느냐?"

"물론이죠."

"넌 칸발에 대해 충성심을 느끼느냐?"

"출신인 욘사 씨족에 대해서 말인가요?"

"뭐, 그런 셈이다."

"충성심이라는 감정은 전혀 느끼지 않아요. 뭐, 고향을 생각하는 마음은 얼마간 있을지도 모르죠. 하지만 캇사가 전에 보여준 것 같은 씨족에 대한 충성심 따위는 전혀 없어요."

토토 장로가 고개를 끄덕였다.

"호위무사라는 직업으로 살아왔다고 했지? 사람을 지켜주고 보수를 받는 일을 해왔다고?"

바르사가 고개를 끄덕이자 토토 장로가 몸을 앞으로 기울였다.

"호위무사 일을 맡아주지 않겠느냐?"

바르사가 어리둥절해 하며 몸을 뒤로 뺐다.

"뭐라고요? 도대체 누구를 누구로부터 지키는 일인가요?"

"'뒤엉킨 염소털 보풀'이라고 하지. 복잡한 이야기란 뜻이다. 이해하려면 시간이 필요하구나. 나는 지금 규정을 하나 깨려고 한다. 규정을 지키기 위해 모든 것을 잃는 건 의미가 없으니까. 바르사, 앞으로 30론(약 한 시간)쯤 여기서 잠을 자두어라. 그런 다음 내가 깨우거든 캇루를 입고 장화를 신기 바란다. 너를 집회장으로 안내할 테니까."

바르사는 소용돌이에 말려들어가는 듯한 위험을 예감했다. 하지만 이들은 생명의 은인이다. 무슨 일이 일어나든 이들의 위기를 무시할 마음은 없었다.

캇사는 누군가가 몸을 흔드는 기척에 눈을 떴다.

"오빠."

지나가 귓전에서 속삭였다. 추위로 이가 딱딱 부딪혔다.

"일어나. 집 밖에서 나나가 기다리고 있어."

"나나가?"

잠이 덜 깬 목소리로 캇사가 되물었다. 나나란 요요의 어머니다.

"아까 내 방에 돌멩이 부딪히는 소리가 나서 잠이 깼어. 밖에 나나가 있었는데, 빨리 오빠를 불러달래. 캇루를 챙겨 입고 오래."

캇사가 눈을 비비며 서둘러 침대 밑에서 장화를 꺼냈다. 이부자리에서 나오니 얼어붙을 듯한 한기가 엄습해왔다. 캇사는 덜덜 떨면서 준비를 갖췄다.

"나는 가면 안 된대. 나나가 그랬어. 오빠, 바르사 님한테 무슨 일이 있는 걸까?"

"글쎄. 여하튼 가보지. 넌 빨리 이불 속으로 들어가. 감기 든다."

캇사는 불안해하는 지나의 눈길을 마주 보며 살그머니 어깨를 밀었다.

"어서 돌아가라니까. 괜찮아. 무슨 일이 있어도 바르사 님편에 설 테니까."

지나의 어깨에서 휴우 하고 힘이 빠지는 게 보였다. 창문에 밧줄을 내려뜨려 땅바닥으로 내려오자, 금세 나나가 달려왔다. 그 얼굴을 본 캇사는 흠칫했다. 나나의 눈이 푸른빛을 발했기 때문이다.

"캇사 님. 토토 장로가 부르셔요. 나하고 함께 바위산까지 가요."

"이 시각에 바위산까지?"

캇사가 깜짝 놀라 되물었다. 여기에서 바위산까지는 낮에도 45론(약 한 시간 반)은 걸린다. 게다가 이렇게 어두운 시각에 올라갈 만한 곳이 아니었다.

"괜찮아요. 내가 안내할게요. 자, 서둘러요."

"잠깐, 기다려, 횃불을…."

"횃불은 안 돼요. 눈에 띄니까요. 괜찮아요. 내가 손을 잡고 갈 테니까."

나나의 키는 캇사의 배꼽에나 미칠 정도였지만, 달리는 속도는 믿어지지 않을 만큼 빨랐다. 캇사는 나나의 손에 이끌려 어둠 속을 달리기 시작했다.

30론쯤 푹 자고 난 뒤 바르사는 토토 장로의 뒤를 따라 밖으로 나왔다. 밤눈 밝은 바르사였지만 달도 없이 별빛만 비치는 어둠 속에서 바위투성이 길을 오르는 건 쉬운 일이 아니었다. 바위틈 관목이 손에 걸려 애먹어가며, 바르사는 마치 대낮에 바위산을 가듯 가뿐히 앞서가는 토토 장로를 뒤쫓았다. 갑자기 바위 사이로 장로의 모습이 사라졌다고 생각한 순간, 토토 장로의 목소리가 틈바구니에서 들려왔다.

"여기서부터는 한동안 내리막이다. 미끄러지지 않도록 조심해라."

바위와 바위 사이에 바르사가 간신히 빠져나갈 정도의 틈새가 있었다. 남자 어른이라면 도저히 지나가지 못할 것이다. 틈새는 끝없이 아래로 뻗어 있었다. 엉거주춤한 자세로 꽤나 오랫동안 내려가서야 마침내 발바닥이 평평한 풀밭에 닿았다. 몸을 바짝 숙이고 바위를 빠져나가니 갑자기 툭 트인 공간이 나타났다.

묘한 곳이었다. 주위가 온통 우뚝 솟은 바위로 둘러싸인, 절구의 밑바닥을 닮은 풀밭이었다. 서쪽 기슭에 아주 조그만 등불이 보였다. 장로의 손짓에 따라 바르사는 발을 옮겼다.

다음 순간 바르사는 움찔 놀라 멈춰 섰다. 인기척을 느꼈기 때문이다. 하나둘이 아니었다. 수많은 사람이 모인 기척이었다. 하지만 주위를 돌아봐도 사람은 보이지 않았다. 다만 거대한 돌이 어둠 속에 거뭇거뭇 솟아 있을 따름이다.

"난로 쪽으로 와라. 너한테는 추울 것 같아 불을 지펴놓았으니."

돌을 둘러쌓았을 뿐인 소박한 난로에 모닥불이 타고 있었다. 말린 염소 똥을 태운 따뜻한 불꽃이 어른어른 흔들렸다. 바르사는 그 옆에 주저앉아 캇루로 몸을 단단히 감쌌다.

"이제부터 너에게 칸발의 비밀을 하나 가르쳐주겠다."

토토 장로의 조용한 목소리가 들려왔다. 이곳에서는 지형 탓인지 목소리가 부딪쳐 바위벽을 타고 올라가는 것처럼 들렸다.

"위대한 유사 산맥에는 두 나라가 있다. 칸발 왕이 통치하는 지상의 나라와, 산왕이 통치하는 산속 지하 나라다. 그리고 우리는 본래 그 산속 지하의 백성이다."

바르사는 얕은 숨을 들이쉬었다. 토토 장로가 얼른 손을 펼쳐 보였다.

"우리는 본래 지하와 지상을 오가며 생활하는 민족이다. 그래서 이렇게 몸이 작은 거다. 그리고 어둠 속에서 사물을 보는 법도 알지."

토토 장로가 일어서서 난롯가를 돌았다. 바위와 풀밭의 경계로 가 뭔가를 하더니, 잠시 후에 물방울이 뚝뚝 떨어지는 자그마한 잎을 갖고 돌아왔다.

"눈을 감아라."

눈을 감자 눈꺼풀 위를 차가운 잎으로 살짝 문지르는 느낌이 들었다.

"자, 눈을 떠봐라."

눈을 뜬 바르사는 저도 모르게 숨을 멈췄다. 세상이 완전히 변해 있었다. 마치 보름달이 훤히 비추는 것처럼, 풍경이 푸르게 떠오르며 바위의 움푹 팬 곳까지 또렷이 보였다. 그리고 주위를 둘러싼 거대한 바위산의 틈바구니 곳곳에 웅크리고 앉아 이쪽을 내려다보는 목동들이 보이기 시작했다. 사람이라기보다는 마치 바위 턱에 웅크린 새 같았다.

"이런 풍경을 전에도 본 적이 있는데."

바르사가 중얼거렸다.

"토갈이 퍼졌을 때, '족제비를 쫓는 사냥꾼' 티티란을 봤을 때도 이런 식으로 주위가 묘하게 훤히 보였는데."

"그렇다. 이것이 토갈 잎이다. 이 잎 몇 장을 바싹 졸이면 독성이 강해진다. 하지만 이런 식으로 잠깐 물에 적신 정도로는 독이라 할 만큼 효력을 발휘하지 못하지. 우리도 옛날에는 이런 것을 쓰지 않고도 어둠 속에서 자유롭게 세상을 볼 수 있었다. 하지만 오랜 세월 햇빛 아래 살면서, 차츰 어둠을 보는 눈을 잃고 말았다. 족제비를 쫓는 사냥꾼 티티란은 지금도 동굴 속에 사는 산속 지하의 백성이기 때문에 우리와는 반대로 낮에는 눈이 부셔 밖에 나올 수가 없다."

토토 장로가 난로 가장자리에 앉았다. 바르사의 눈매가 가늘어졌다. 불꽃에 눈이 부셔서 쳐다볼 수가 없었던 것이다.

"우리가 언제부터 지상으로 나와 살게 되었는지는 나도 모른다. 아주 먼, 머나먼 옛날의 일이다. 옛날에 가난한 칸발 사람들이 이따금 강에서 보석이 발견되니까, 지하 세계에는 틀림없이 보석 산이 있을 거라고 생각하고 쳐들어왔지. 하지만 산속 지하는 지상과 전혀 다른 어둠의 세계다. 그때 어둠 속에서 칸발인이 수없이 목숨을 잃어, 지하의 물이 피로 빨갛게 물들었다고 한다. 그리고 품성 훌륭한 자들만 간신히 어둠 속에 살아남았지. 그 칸발인들은 지하에서 산왕의 모습을 보고 비로소 자기들이 무엇을 상대하고 있었는지 깨달았단다. 그들은 마음을 고쳐먹고 산왕에게 사죄했지. 산왕은 이들을 용서했고, 가난한 지상의 형제들에게 수십 년에 한 번 청광석 루이샤를 보내기로 했다. 칸발인들은 이를 감사히 여겨, 청광석 루이샤를 받을 때는 진심을 표하겠노라고 맹세했단다. 이것이 바로 루이샤 증정 의식의 시초다.

우리 선조는 본래 지상에 가까운 동굴에 살았다. 산속 지하에 사는 산왕을 숭배하며 살아왔지. 하지만 칸발인에게는 단지 바위산에서 염소를 키우는 목동 모습밖에 보이지 않았다. 산왕의 백성이라는 사실을 비밀로 한 채 칸발인들을 감시해온 것이지. 칸발인은 우리보다 훨씬 성질이 급하고 욕심이 많으니까, 언젠가 산왕과의 약속을 어기고 지하에 잠든 보석을 가지러 들어올지도 모른다고, 행여 또다시 지하를 피로 더럽힐지도 모른다고 생각한 게다."

토토 장로가 문득 웃었다.

"하지만 정신이 아득해질 정도로 오랜 세월을 칸발인과 함께하는 사이에 우리도 칸발인에게 정이 들어서 말이야. 지금은 칸발인을 친구로 생각하지. 어리석고 성질이 급하긴 하지만 칸발 사람들은 정이 많고 착한 이들이다. 우리는 그들의 낮 생활에는 일체 개입하지 않는다. 하지만 염소가 동굴로 잘못 들어와 헤매듯, 그들이 산속 지하에 대해 어리석은 열정을 품으면 막아내는 것이 우리 역할이다."

뜻밖의 이야기에 바르사는 아무 말도 하지 못하고 멍하니 장로를 바라보았다. 토토 장로가 히쭉 웃었다.

"칸발인 중에도 이 비밀을 아는 자가 몇 있다. 이들은 진심으로 우리를 존중하지. 너를 키워준 양아버지 지그로도 그중 한 사람이었다."

"예?"

"지그로는 아주 훌륭한 '춤추는 자'였으니까."

"춤추는 자?"

"춤추는 자란 산속 지하에서 어둠의 수호자 효울을 상대로 창춤을 추는 사람이다. 단창술사 중에서도 가장 뛰어난 술사만이 춤추는 자가 될 수 있지.

루이샤 증정 의식을 치르러 각 씨족별로 선발된 최강의 단창술사들이 칸발 왕의 창과 그 종자로 지하에 내려가는데, 마지막 문은 그들 중 가장 뛰어난 자에게만 열린다. 지하에서 기량을 겨뤄 거기서 승리한 자가 마지막 문을 지키는 어둠의 수호자 효울과 창춤을 추게 되는데, 그때 어둠의 수호자 효울에게 인정받아야만 비로소 창술사 앞에 문이 열리는 것이지. 그리고 지하로 내려간 칸발 백성들은 문 너머로 산왕의 참모습을 보게 된다. 그때 우리 '자그마한 백성'의 정체도 알게 되지."

토토 장로가 한숨을 쉬었다.

"나는 지그로가 태어났을 때부터 봐왔다. 지그로의 창 솜씨는 어릴 적부터 특출났지. 타고난 단창술사였다. 감정을 겉으로 드러내지 않았지만 심성이 올곧고 배짱이 좋았어. 그렇기 때문에 지그로가 아직 왕의 창이 못된 종자 신분으로,

게다가 고작 열여섯에 다른 단창술사들을 꺾고 춤추는 자가 되었을 때도 우리는 당연하다고 생각했단다. 하지만."

토토 장로가 지그시 바르사를 응시했다.

"그런 그의 창 솜씨가 칸발에 재앙이 되고 말았구나."

"그건."

토토 장로가 손을 들어 바르사의 말을 막았다.

"알고 있다. 그것이 네 목숨을 지키기 위해 선택한 어쩔 수 없는 길이었다는 것을. 그래도 지그로가 엄청난 재앙을 초래했다는 사실에는 변함이 없다."

토토 장로가 바르사를 힐끗 봤다.

"유그로는 지그로를 죽일 때, 지그로가 자기를 차기 왕의 창으로 지명했다고 했다. 지그로를 죽인 건 거짓말이라고 해도, 왕의 창으로 지명했다는 말은 사실이냐?"

바르사가 어깨를 으쓱했다.

"글쎄요. 내가 아는 것은 한밤중에 두 사람이 창 연습을 했다는 것과, 헤어질 때 지그로가 단창에 달고 있던 금빛 고리를 유그로에게 건네줬다는 것뿐이에요."

토토 장로가 고개를 끄덕였다.

"춤추는 자로 뽑힌 자기 금고리를 건넸다는 것은 역시 지그로가 유그로를 다음 춤추는 자로 기대했다는 표시인 셈이다. 지그로는 칸발에 큰 불행을 초래했지만, 그중에서도 그것이 가장 끔찍한 재앙의 불씨였구나."

"무슨 의미죠?"

토토 장로가 반짝반짝 빛나는 눈으로 바르사를 쳐다봤다.

"너는 지그로가 친구를 죽였다고만 알고 있다. 네겐 그렇게밖에 말할 수 없었을 거다. 한번 산속 지하로 내려간 자는 그곳에서 본 것을 평생 입에 올려선 안 된다는 침묵의 율법을 지켜야 하기 때문이지. 하지만 지그로가 저지른 일에는 훨씬 무시시한 의미가 숨어 있었다."

토토 장로가 말을 쉬며 입술을 축였다.

"잘 들어라. 증정 의식에 숨겨진 구조 한 가지를 가르쳐주지. 칸발 최강의 창술사만 의식에 참가한다고 하면서, 고작 열예닐곱 살짜리 소년들이 어째서 종자로 의식에 참가하는가 하는 점을 생각해보기 바란다.

이제까지 의식은 거의 20년마다 열렸다. 그렇다면 적어도 스물다섯 살 이전에 왕의 창 종자로 의식에 참가한 자가 아니고는 의식에 다시 참가할 수 없다. 마흔다섯 나이는 단창술사로서 아마도 거의 최고령에 가까울 테니까.

루이샤 증정 의식의 어려움이나 두려움을 뼈저리게 알았던 초대 왕의 창들은 전원이 실패하는 일이 없도록 어떻게든

한 번은 의식을 경험한 자를 다음 의식에 참가시키고자 했다. 그것이 종자 제도다. 다음 의식에 참가할 가능성이 높은 젊은이 아홉을 의식에 포함시키는 것이지."

토토 장로의 눈빛이 날카로움을 더해갔다.

"이제 알겠지? 아까 내가 한 말의 의미를? 지그로가 죽인 젊은이들은 모두 35년 전 의식 때, 왕의 창 종자로 지하에 내려갔던 사람들이다. 게다가 지그로가 도망쳤을 때 자객 임무를 떠맡을 정도로 한창 젊었지. 결국 그는 다음 의식 때 춤추는 자가 될 가능성이 높은 젊은이를 전부 없애버린 셈이다."

바르사는 뒷덜미가 뻐근해지더니 그 느낌이 머리까지 퍼지는 것 같았다.

"로그삼 왕은 무서운 자였다. 형을 죽여 왕위를 빼앗는 데서 그친 게 아니다. 다음 세대를 책임질, 각 씨족 최고의 용사들도 한꺼번에 제거할 평계를 발견한 것이다. 그리고 지그로는 그 평계에 이용당한 셈이고."

이제는 온몸이 싸늘하고 뻣뻣했다. 지그로가 모든 씨족의 금고리를 훔쳤다고 주장한 로그삼의 거짓말에 이런 이면이 도사리고 있었던가. 무시무시하게 교묘하다. 지그로는 감쪽같이 속아 로그삼의 소망을 이루어주고 만 것이다.

"그렇게 해서 각 씨족의 힘을 약화시켜 왕의 권력을 절대화하는 것, 그것이 로그삼의 목적이었겠지만."

토토 장로가 고개를 저었다.

"로그삼은 가장 중요한 것을 몰랐다. 그는 루이샤 증정 의식을 체험한 적이 없다. 지난번 의식에서 왕의 종자로 지하에 내려간 건 형 나그루였으니까. 그렇기 때문에 놈은 미래의 춤추는 자 후보자들을 몰살시킨다는 것이 얼마나 무서운 일인지 몰랐던 것이다."

토토 장로의 얼굴이 바르사에게 바싹 다가왔다.

"지금 칸발은 멸망의 위기에 처해 있다. 칸발 왕과 유그로 일당에 의해 어리석기 짝이 없는 계획이 진행되고 있는 것이다. 요 몇 년, 나의 동료들은 그런 움직임을 어렴풋이나마 감지하고 있었다. 그리고 오늘 밤, 왕도의 바위산에 사는 동료들로부터 두려워하던 일이 모두 사실이라는 전갈이 왔다. 나는 모든 목동 가운데 최고령이다. 모든 전갈은 우선 나에게 전해지고 최후의 판단도 나의 소임이지. 여생이 얼마 남지 않은 지금 말이다. 내 생전에 이런 전갈을 받고 싶지는 않았건만."

장로가 깊게 숨을 들이마시더니 토해내듯 말을 이었다.

"저들은 올해 의식에서 마지막 문이 열리는 순간, 병사 수백 명을 이끌고 산왕의 궁전으로 쳐들어갈 생각이다."

토토 장로의 눈에 뭐라 형용할 수 없는 빛이 떠올랐다. 깊은 슬픔과 분노가 뒤섞인 빛이었다.

"아아, 지그로가 그 젊은이들을 허망하게 없애지만 않았다면. 아무리 왕이 어리석더라도 왕의 창만 제대로 된 인물들이었다면 그런 어리석은 계획 따위는 꿈도 꾸지 않을 텐데. 산속 지하 나라를 정복해 청광석 루이샤를 자유롭게 캐낸다는 것이 얼마나 어리석은 꿈인지 어느 하나도 알지 못하는 것이다. 증정식장의 어둠을 경험한 적이 없기 때문에."

토토 장로가 번쩍이는 눈으로 바르사를 응시했다.

"증정식장의 어둠은 사람의 마음을 읽는다. 춤추는 자가 산왕에 대한 적의를 숨기고 있다면 즉각 어둠의 수호자 효울에게 살해당한다. 아무리 실력이 뛰어나도 효울이 죽이려들면 실패는 없다. 산속 지하에 수천 군사를 숨겨둔다고 해도 이긴다는 것은 절대로 불가능하지."

바르사는 의아하리만치 싹둑 잘려나간 횃불의 절단면을 떠올리고 오싹 한기를 느꼈다. 토토 장로가 이를 악물고는 짜내듯이 말했다.

"증정식장의 어둠 속에 산왕에 대한 적의가 가득 찰 때 칸발은 멸망할 것이다. 춤추는 자가 효울에게 살해당하면 마지막 문은 열리지 않는다. 칸발은 청광석 루이샤를 얻을 수 없다는 의미다. 루이샤가 없으면 칸발에는 곡물이 들어오지 않는다. 백성은 모두 굶어 죽게 된다."

정적이 가득 찼다. 숨소리조차 들리지 않았다. 바르사는 침묵의 무게를 떨쳐내려는 듯이 몸을 움직였다.

"그래서 나에게 뭘 시키려는 건가요?"

토토 장로가 눈을 떴다.

"네가 캇사를 지켜줬으면 한다."

"뭐라고요?"

바르사가 당황해서 되물었다. 이 이야기와 캇사가 어디서 연결되는지 알 수 없었기 때문이다. 토토 장로가 신중하게 몸을 기울였다.

"잘 들어라. 칸발을 구할 유일한 방법은 효울이 식장에 나타나기 전에 왕과 왕의 창들을 설득해 마음을 바꾸게 하는 것이다."

"그런 일을 캇사에게 시키겠다는 건가요, 설마? 도대체 캇사가 무슨 수로 왕과 왕의 창들을 설득할 수 있다는 건가요?"

토토 장로가 초조한 듯이 말했다.

"잠자코 들어다오. 가능성이 희박하다는 것은 나도 잘 안다. 하지만 몇 번을 생각해도 다른 방법은 떠오르지 않았다.

지난번 의식을 체험한 자가 살아남았다면 이런 방법은 택하지 않았을 것이다. 의식을 체험한 자라면 우리 목동의 말에 진지하게 귀 기울일 테고, 일단 증정식장에서 산왕에게 적의를 품으면 무슨 일이 일어날지 잘 알 터이니. 우리도 기꺼이 그들을 설득하기 위해 최선을 다했을 것이다."

토토 장로의 눈이 번쩍번쩍 빛났다.

"그러나 그들은 모두 세상을 떠나버렸다. 지그로에게 살해당하지 않은 자들도 35년 세월 속에서 잇따라 사라졌다. 살아남은 것은 단 두 사람, 욘사 씨족의 라르구와 무토 씨족의 론사뿐이다. 물론 두 사람이 설득하러 움직여준다면 가장 좋지만, 이미 혼자 힘으로는 걷기도 힘든 노인들이다. 게다가 욘사에서도 무토에서도, 증정식장까지는 말로 달려도 열흘 남짓 걸린다."

토토 장로가 땅을 탕탕 두드렸다.

"우리는 지하 세계의 길을 안다. 그 길을 이용하면 증정식장까지 나흘이면 갈 수 있지. 하지만 말이다, 그 길은 우리처럼 작은 사람에게는 편하지만 칸발인에게는 군데군데 너무 좁아 지나갈 수 없는 곳이 있다."

바르사가 얼굴을 찌푸렸다. 토토 장로가 왜 캇사를 선택했는지 이해했기 때문이다.

"그렇다. 짐작한 대로 캇사는 몸집이 작다. 너도 성인 남자에 비하면 상당히 작고. 너희라면 그 길을 이용해서 어떻게든 의식에 늦지 않게 도착할 것이다. 욘사 씨족의 라르구는 지난번 의식을 경험한 무인으로 모든 씨족 사람들에게 존경받고 있다. 그의 말이라면 사람들도 귀를 기울일 것이다. 캇사에게 라르구의 편지를 들려 보낸다면."

"말도 안 돼!"

바르사가 내뱉듯이 말했다.

"그까짓 걸로 이미 추진하고 있는 계획을 왕이나 유그로가 포기할 거라고요? 보나마나 붙잡힐 테고, 그럼 그걸로 끝장이지! 그 아이는 고작 열다섯 살이에요. 이렇게 위험한 일에."

"그래서 네가 호위해야 한다는 것이다. 다행히 증정식장은 아주 어둡다. 그들이 아무래도 마음을 바꾸지 않을 것 같으면 아이를 데리고 도망쳐주었으면 한다."

바르사가 토토 장로를 노려봤으나 장로는 끄떡없이 눈길을 받아냈다.

"아무리 성공률이 낮은 도박이라도 이것이 칸발을 구할 유일한 방법이다. 해보겠느냐?"

토토 장로가 바르사의 면전에 얼굴을 더욱 바싹 들이댔다.

"바르사, 춤추는 자 지그로에게서 창술을 전수받은 단창술사여. 네가 이 나라로 돌아왔을 때 산속 지하로부터 어둠의 수호자 효울과 창춤을 추었다고 들었다. 그런 일은 일찍이 없었다. 그리고 너는 족제비를 쫓는 사냥꾼 티티란이 구해 우리에게 왔지."

토토 장로가 빙그레 웃었다.

"이런 것을 운명이라 할 터. 지그로는 춤추는 자로 뽑힌 자이면서 산왕을 배반하고 고향에 재앙을 불러왔다. 수많은 단창술사를 죽이고는, 형제의 정과 씨족장의 혈통을 위해서 유그로에게 금고리를 건넸으니까. 녀석의 혼은 틀림없이 죽어서도 편치 못할 것이다."

바르사가 이를 악물었다. 죽기 직전에 지그로가 남긴 말이 귓가에 되살아났다.

'나는 위대한 유사 산맥의 지하로 들어가 스스로 속죄할 것이다.'

"어이, 바르사. 이건 운명이다. 지그로에게 훈련받은 네가 칸발을 위해 목숨을 걸겠다고 나선다면."

바르사가 매섭게 눈을 치떴다.

"수작 부리지 마시오."

이에서 뽀드득 소리를 내며 바르사가 신음하듯 대꾸했다.

"이 나라가 나에게 준 것은 지옥 같은 세월뿐입니다. 지그로가 재앙을 초래했다고요? 그렇게 만든 것이 대체 누구인데? 나는 지금도 지그로가 잘못했다고 생각하지 않아요. 지그로는 사람으로서 할 수 있는 최선을 다했어요. 나에게 같은 인생이 주어진다면 나도 지그로와 똑같이 행동했을 겁니다. 그 나날을, 그 고통을 운명이라느니 하면서 함부로 말하지 말라고요!"

토토 장로가 뺨이라도 얻어맞은 듯 물러났다. 바르사는 마음을 가라앉히기 위해 심호흡했다. 그러고는 곧 낮은 소리로 말을 이었다.

"만일 내가 이런 일에 목숨을 건다면 그건 절대 칸발을 위해서가 아닐 겁니다. 이 나라 때문에 지옥의 고통을 맛보고 죽은 지그로를 위해서지."

토토 장로가 잠시 바르사를 응시했다.

"그럼 지그로를 위해서라도 좋다. 해주겠나?"

바르사가 고개를 저었다.

"아니."

"바르사."

"그만! 당신이 말하는 운명 때문에 참혹하게 평생을 산 사람은 지그로 하나로 충분해요! 캇사에게 지그로의 전철을

밟게 하는 건 참을 수 없습니다!"

바르사의 고함소리가 어둠을 뚫고 사라졌을 때, 가느다란 목소리가 위쪽에서 들려왔다.

"난 갈 거예요."

바르사가 펄쩍 뛸 듯 놀라 몸을 돌렸다. 동쪽 바위 턱에 앉아 있던 사람이 일어서더니 다른 사람에게 부축받으며 어설픈 동작으로 풀밭으로 내려왔다.

"캇사."

토갈의 빛이 캇사의 눈에 흔들렸다. 바르사가 토토 장로를 돌아봤다.

"지금 이 이야기를 캇사에게 모두 듣게 했단 말입니까."

토토 장로의 얼굴이 한층 엄격해졌다.

"바르사. 넌 중요한 걸 잊고 있다. 이건 네 문제가 아니라 캇사의 문제라는 것을. 그리고 일의 성패는 너 이상으로 캇사에게도 중요하다는 것을. 청광석 루이샤를 손에 넣을 수 없게 되면, 굶주리는 사람은 네가 아니라 캇사를 비롯한 칸발인들이다."

바르사는 저도 모르게 캇사를 돌아봤다. 무척 간절한 표정이 얼굴에 가득했다. 나나의 안내를 받아 이 바위산에 온 이후로 캇사는 줄곧 목동들 사이에 끼어 바위 턱에 쭈그리고 있었다. 목동들의 도움으로 추위를 이겨내며 풀밭에서 주고 받는 황당무계한 대화에 귀 기울여온 것이다. 유그로 숙부의 계획을 알고서 비로소 캇사는 며칠 전 저녁 무렵에 카무가 한 말의 의미를 이해했다. 가난한 칸발을 위해 산속 지하의 왕국을 점령해 청광석 루이샤를 실컷 손에 넣는 것, 칸발인에게는 영원한 꿈이기도 했다.

하지만 토토 장로의 이야기를 듣는 동안, 캇사는 전신에 으스스 한기를 느꼈다. 카무를 비롯해 모두가 엄청난 잘못을 저지르려 하고 있다. 돌이킬 수 없는 잘못을. 자꾸 그런 예감이 든 것이다. 카무 본인도 비슷한 기분을 어렴풋이 느꼈을지도 모른다. 그래서 그런 유언과도 같은 말을 남기러 왔을 것이다. 카무가 죽지 않으면 좋겠다. 게다가 굶주림이라니.

캇사가 몸을 떨었다. 막중한 책임을 떠맡아야 한다는 사실이 아직 실감나지 않았다. 꿈속에서 이야기하는 듯한 기분으로 캇사는 바르사를 올려다봤다.

"바르사 님, 난 갈 거예요. 혼자서라도."

바르사는 빤히 올려다보는 소년의 얼굴을 보면서, 가슴속 깊숙한 곳에서 끓어오르는 공포를 느꼈다. 지금까지 호위무사로 많은 사람들의 목숨을 맡아왔다. 하지만 이런 공포는 처음이었다. 정령의 수호자가 된 챠그무를 지킬 때도 이렇지

는 않았다. 챠그무는 그때 달리 선택할 길이 없는 벼랑 끝에
있었다. 그렇기 때문에 함께 목숨을 걸고 빠져나갈 수밖에
없다고 체념할 수 있었다. 하지만 이 소년은 자기 판단으로
바르사에게 인생을 걸려 한다.

"나 혼자 칸발 최고의 창술사들을 상대한다는 건 무리다.
너를 제대로 지킬 수 없을지도 몰라."

바르사가 불쑥 말했다.

"그때 어떤 일이 일어날지 넌 알고 있는 거냐?"

캇사가 고개를 끄덕였다.

"그래도 가겠느냐?"

캇사가 중얼거리듯이 말했다.

"예. 난 모두 죽는 걸 보고 싶지는 않으니까."

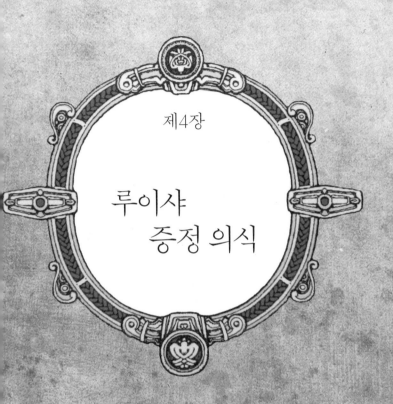

제4장

루이샤
증정 의식

1

라르구 옹

의료원의 유카가 찾아왔을 때, 욘사 씨족의 라르구 옹은 긴 의자에서 꾸벅꾸벅 졸고 있었다. 씨족장인 차남 루크가 산속 지하로 통하는 문이 열렸다는 전갈을 받자마자 은거 중인 라르구를 찾아왔던 터라 이런저런 논의에 지쳐버린 것이다.

라르구는 물론 증정 의식을 경험한 왕의 창 생존자로서 칸발에서 존경받고 있지만, 그렇다 해도 산왕에게 보낼 선물 종류부터 칸발 왕의 사신 접대에 이르기까지 일일이 상의하러 오는 차남에게는 한숨이 나왔다.

'루크 녀석, 바보도 아닌데 나한테 지나치게 의존한단 말이야.'

어제 산왕에게 바칠 선물을 수레에 가득 실어 왕도로 보내고 겨우 한숨을 돌리자 비로소 피로가 한꺼번에 몰려왔다. 오늘 아침에는 침상에서 일어나기도 힘들 정도였다. 최근 들어 잠을 자는 동안에 몸에서 정기가 흘러나가는 느낌이다. 이렇게 조금씩 죽음에 다가가는 것이리라.

'어쩔 수 없지. 70년이나 살 거라고는 생각지도 않았으니.'

문을 두드리는 소리에 잠을 깨고도 라르구 옹이 몸을 움직이기까지는 한참이 걸렸다.

"뭐냐?"

간신히 대답하자 문 너머에서 문지기 청년의 목소리가 들려왔다.

"라르구 님. 의료원의 유카 님이 오셨습니다."

라르구가 한숨을 쉬었다.

"안으로 모셔라."

청년의 발소리가 멀어지는 동안 라르구는 난로의 불을 바라보았다. 요즘 장남 타그루의 꿈만 꾸는 것은 유카가 들려준 엄청난 이야기 탓임에 틀림없다.

'애써 시간이 메워준, 가슴을 태우는 슬픔에 유카 요것이 다시 불을 지피다니.'

그러나 그 이야기가 사실이라면.

엿새 전에 유카가 뛰어 들어온 순간부터 라르구는 불길한 예감에 가슴이 두근거렸다. 유카는 환자의 팔을 잘라낼 때조차도 눈썹 하나 까딱하지 않는 여자다. 라르구는 평소에 이 여자가 남자로 태어났다면 틀림없이 보기 드문 무인이 되었을 거라고 생각했다. 그런 유카가 머리칼이 헝클어진 채로 뛰어든 것이다.

불길한 예감은 빗나가지 않았다. 유카는 인사도 하는 둥 마는 둥 하고 반짝이는 눈으로 라르구를 쳐다보며 엄청난 이야기를 털어놓기 시작했다.

'카르나의 딸이 살아 있었다니.'

처음에는 라르구도 그 말을 믿지 않았다. 지그로 무사의 연인이나 누군가가 지그로가 기억하던 카르나의 딸 이야기를 적당히 버무려 바르사로 둔갑했을 가능성도 있다고 유카를 타일렀다. 하지만 유카는 웃으며 고개를 저었다.

"바르사가 맞아요. 라르구 님도 직접 보시면 틀림없이 납득하실 거예요."

라르구는 아주 오래 전에 딱 한 번 바르사를 본 적이 있다. 왕도에서 향으로 귀향한 카르나가 딸을 데리고 씨족장에게 인사하러 왔을 때다. 당시에는 라르구의 동생이 씨족장을 맡고 있었고, 라르구는 왕의 창으로 왕도에 살고 있었다. 하지만 조카의 성인식에 참석하기 위해 향의 관사에 머물던 때였다.

왕도에서 태어나 갓 세 살이 된 카르나의 딸은 붕대로 팔을 둘둘 감고 있었다. 유카의 의료원에 도착하자마자 나무에 올라가다 팔이 부러졌다고 했다. 남자아이처럼 새카맣게 탄 피부에 하얀 붕대가 눈에 띄어, 라르구는 카르나에게 이렇게 말했다.

"이 아이는 자네보다도 여동생 유카의 어릴 적 모습을 많이 닮았구나."

'그때만 해도 참 좋은 시절이었어. 카르나가 왕의 주치의가 되었으니. 욘사 씨족에서 왕의 주치의가 나온 걸 모두가 자랑스러워했지.'

갑작스러운 왕의 붕어와 지그로의 도피, 카르나의 참혹한 죽음, 그리고 자객이 되어 지그로를 쫓다가 두 번 다시 돌아오지 못한 장남 타그루. 마치 산사태라도 난 듯이 연이어 들이닥친 비극의 진상이 유카의 말처럼 모두 로그삼 왕의 음모에서 비롯된 것이라면.

라르구는 번지르르하던 로그삼의 얼굴을 떠올리고, 수십 년간 증오에 사로잡혀 떠올리기를 거부하던 지그로 무사의 열여섯 살 시절을 생각했다. 지하의 어둠 속에서 멋지게 용기를 보여준 날카로운 그 눈이 똑바로 자기를 바라보는 듯했다.

문이 열리는 소리에 라르구는 정신을 차렸다. 유카가 들어오기도 전에 먼저 고약 냄새가 코를 찔렀다. 라르구의 관절 통증을 완화시킨다는 명목으로 유카는 이렇게 매일 라르구의 집을 방문하는 것이다. 유카와 눈이 마주치자 라르구는 조용히 고개를 저었다.

"아직 잡히지 않은 것 같다."

소문은 말보다 빨리 욘사 씨족과 무사 씨족 사이를 달린다. 카그로의 장남 카무와 경비장 도무가 여자 죄수에게 심한 부상을 당하며 어이없게 놓치고 말았다는 소문은 그날 안에 라르구의 귀에 들어왔고, 그 여자가 욘사 씨족령으로 도망쳐 들어오면 붙잡아달라고 무사 씨족장 카그로가 정식으로 요청한 터였다. 그 후에도 무인들이 대규모 수색을 계속하고 있지만 아직 잡았다는 소문은 들리지 않았다.

유카는 라르구가 누운 긴 의자 옆으로 의자를 끌고 왔다. 그리고 검버섯이 핀 라르구의 팔꿈치에 익숙한 손놀림으로 고약을 바르기 시작했다. 근육이 빠져 가늘어진 팔을 문지를 때마다 라르구의 피부가 축 늘어졌다.

"유그로 무사가 무사 씨족령을 빠져나갔다네요."

"그래, 우리 부대와 합류해서 내일은 욘사 씨족령으로 들어올 것이다."

유카의 손에 힘이 들어갔다.

"유그로가 없는 지금 같으면 틀림없이 카그로 님도 귀를 기울이실 거예요."

라르구가 흘끗 유카를 봤다.

"유카."

"유그로는 카그로 님의 장남 카무 님을 남겨두고 자기 장남 시시무를 데리고 출발했대요. 카무 님은 오늘 아침에야 욘로 씨족령을 지나갔다는 것 같아요. 신이 주신 기회예요. 지금이라면 카그로 님의 마음에도 의혹이 싹트기 시작했을지 모르니까."

라르구가 한숨을 쉬었다.

"귀도 밝구나."

유카가 만면에 미소를 지었다.

"의료원 대합실이야말로 소문의 온상이니까요."

라르구가 잠자코 천장을 바라봤다.

"네가 욘사와 무사 사이에 엄청난 눈사태를 일으키려는 것이냐. 이 늙은 몸에는 이제 일어나버린 눈사태를 막을 힘이 없구나."

중얼거리듯 라르구가 덧붙였다.

"씨족에게 아무 이익도 없이 그런 위험을 무릅쓸 수는 없다."

"어르신은 씨족의 장로, 씨족 백성은 어르신의 자식. 자식이 죽는 걸 못 본 척할 셈인가요?"

유카가 끈적끈적한 약을 손가락으로 떠냈다. 그러고는 속삭이듯이 말했다.

"저는 아직 오빠를 죽인 자를 증오하고 있어요. 무참하게 살해당한 오빠가 허공을 노려보던 걸 기억해요. 지금도 그 눈이 또렷이 떠올라요. 자기 욕망을 위해 씨족 최고의 젊은 이들을 개죽음으로 몰아넣은 자를 용서하시려는 건가요? 잔인하게 타그루 님을 죽음으로 내몬 자를요?"

라르구가 난폭하게 유카의 손을 쳐내더니 신음하며 몸을 일으켰다. 그러고는 맞은편에 앉아 유카를 노려봤다.

"증거가 어디 있지? 응? 칸발에서 가장 힘 있는 자를 지명해서 비난하고, 게다가 사람들을 납득시킬 만한 증거가 대체 어디 있단 말이냐?"

"증인이 있잖아요? 그 유일한 증인이 유그로에게 살해당해도 상관없나요?"

"그 여자가 진실을 이야기한다는 증거가 없다는 것이다."

라르구가 고개를 저었다.

"도대체 몇 번이나 같은 이야기를 되풀이할 생각이냐, 유카? 손쓸 방법이 전혀 없다고 하는데도."

유카가 라르구의 눈을 정면으로 응시했다.

"몇 번이든 하지요. 이 세상에 하나밖에 없는 조카딸이 죽는 걸 가만히 보고 있을 거라고 생각하세요?"

정말 방법이 없는 걸까? 유카는 자나 깨나 바르사를 구할 방법을 궁리해왔다. 하지만 라르구의 말대로 바르사의 말을 입증할 증거가 없다는 것이 치명적이다.

라르구의 방을 뒤로 하고 관사 밖으로 나오자, 은빛 하늘에서 먼지가 날듯 눈발이 날리기 시작했다. 남자들이 향 바깥에 지은 월동용 가축우리를 고쳐 언제든지 산에서 염소를 내려보낼 수 있도록 서두르는 중이었다. 이제 곧 산은 눈으로 뒤덮인다. 바르사는 지금 어디 있는 걸까?

조랑말에 올라탄 유카는 흩날리는 눈보라를 헤치며 의료원으로 돌아갔다.

그날 밤 라르구는 꿈속에서 기묘한 새소리를 들었다. 번쩍 잠에서 깨어나 자리에 누운 채로 희미하게 들리는 바람소리에 귀를 기울였다. 침실은 어두웠고 난로의 불꽃도 잿불로 변해 희미하게 비칠 따름이었다.

갑자기 라르구의 몸이 굳어졌다. 난로의 연통을 타고서 가늘고 높은 휘파람소리가 들려왔기 때문이다. 그 휘파람의 의미를 깨달은 순간 라르구는 부르르 몸을 떨었다. 35년 전, 그 옛날 왕의 창으로서 산속 지하로 내려갈 때 들은 그 휘파람 소리였다.

"산왕의 백성이 와서 부르노라."

라르구는 믿을 수 없는 심정으로 꼼짝 않고 있었지만, 다시 한 번 같은 소리가 들려오자 침대에서 일어났다. 그러고는 옷을 단단히 챙겨 입고, 두툼한 모직양말을 두 겹으로 껴신고 오랜만에 외출용 장화에 발을 넣었다. 캇루까지 걸친 뒤 창으로 가 가능한 한 소리가 나지 않도록 창문을 밀어젖혔다.

휘익 하고 눈보라 섞인 바람이 매섭게 치고 들어왔다. 라르구의 방은 관사의 뒷마당을 바라본다. 마당은 어둠에 휩싸여 보이지 않았지만, 창 아래에 푸르스름한 빛 한 쌍이 보였다.

"산왕의 백성이여, 잘 와주었다. 안으로 들어오라."

라르구는 하얀 입김을 뿜으며 창 아래 선 빛 한 쌍을 향해 속삭였다.

❧❀❧

'첫눈 오는 달'인 랑가루 토노이에 접어들면 칸발의 향들은 눈코 뜰 새 없이 분주해진다. 목동들이 바위산에서 향 옆 축사로 염소들을 내려보내기 때문이다. 이때만은 씨족 남자들이 총출동해 염소를 돌본다. 오랜만에 돌아온 남자들을 맞을 준비로 집집마다 아낙들도 바쁘게 오간다. 이런 집들을 배려해 이맘때는 씨족 여자들이 너나없이 밭일을 자진해 돕는 것이 풍습이었다.

향 외성 밖으로 이어붙인 집으로 토토 장로와 요요 등이 돌아오고 있었다. 그들의 들뜬 기색을 캇사는 복잡한 심경으로 바라보았다. 밤의 바위산에 웅크리고 있던 푸른 눈의 목동들과 지금 이렇게 왁자지껄 가족과 재회를 즐기는 목동들이 같은 사람들이라고는 도무지 생각할 수가 없다.

목동들이 산에서 내려와 가족과 재회하는 이 계절은 곧 씨족의 남자들이 가족과 헤어져 이웃 나라 신요고 황국으로 돈벌이를 떠나는 계절이었다. 비나 눈에 젖지 않도록 여자들이 꼼꼼히 기름을 덧바른 낡은 캇루가 집집마다 처마에 걸린 채 바람결에 흔들렸다. 그렇게 내걸린 캇루 아래에는 대개 자그마한 흙더미가 있었다. 대부분 태어나자마자 죽어버린 아기들의 무덤이다. 가난한 칸발에서는 아기가 태어나도 열 명중 넷 정도밖에 살아남지 못한다. 어릴 적에 죽은 아이는 처마 밑에 묻힌다. 집을 지키는 신이 되어달라는 뜻이다. 아버지나 형의 캇루에 깃들어 다른 나라로 떠나는 길을 지켜달라는 염원의 표현인 것이다.

처마 밑에 있는 형제들의 무덤 옆 양지 바른 곳에서는 아이들이 아버지나 형의 장화에 기름을 바르고 있었다. 아이들은 친구들과 재잘재잘 떠들어대며 장화를 문질렀다. 기나긴 겨울 동안 아버지와 형을 만나지 못하는 것이 서운하지 않을 리 없지만, 해마다 반복되는 일이기에 칸발의 아이들은 어느새 당연하게 받아들이곤 했다.

돈벌이를 떠날 시기가 다가와도 남자들은 어두운 표정을 짓지 않는다. 젊은이들에게는 가족과 떨어져 낯선 타국에서 일하는 시련의 시기지만, 한편으로는 나이 지긋한 남자들한테서 은근하게 즐길 거리를 찾아내는 방법을 배우면서 향 바깥 세계를 보는 기회이기 때문이다. 나이 지긋한 남자들에게 돈벌이 원정은 반드시 해야 하는 익숙한 과제에 지나지 않는다.

뜻밖에 거금이 생긴 캇사의 아버지 톤노는 올 겨울을 가족과 함께 보낼 수 있다며 기뻐했다. 하지만 동료들이 떠날 채비를 시작하자 혼자만 호사를 누리는 것이 마음에 걸렸는지, 받은 돈 가운데 큰 돈을 써 동료 모두에게 새 장화를 선물했다. 남자들이 울타리를 고치면서 친근감을 담아 농담투로 떠들었다.

"고맙긴 하지만 말이야, 그야말로 톤노다운 마음씀씀이로군."

캇사는 어른들이 쑥덕이는 소리를 복잡한 심정으로 듣고 있었다.

음메 음메 불만스러운 듯 울어대는 칸발 염소들을 우리 안으로 밀어넣으면서, 캇사는 흘끗 정문 쪽을 살폈다. 토토 장로에 따르면 오늘쯤 욘사 씨족 장로가 찾아올 예정이었기 때문이다.

"아야!"

염소에게 발을 밟혀 저도 모르게 비명을 지르고서 캇사는 혼자 얼굴이 빨개졌다. 다행히 아무도 알아차리지 못한 것 같았다. 그때였다. 높은 뿔피리 소리가 대기를 꿰뚫었다. 캇사는 가슴이 철렁해 정문을 돌아봤다. 골짜기 길을 올라오는 무리가 저 멀리 보였다. 선두 무인의 창에 욘사 깃발이 힘차게 펄럭이고 있었다. 마차가 그 뒤를 따르고, 마차 옆으로 말을 탄 무인 하나가 수행하고 있었다.

'왔다.'

토토 장로의 말대로 정말 욘사의 장로가 카그로 님을 만나러 온 것이다. 욘사 씨족 장로의 갑작스러운 방문에 향은 술렁이기 시작했다.

'일이 잘되기를.'

도망치려는 염소를 다시 잡아넣으면서 캇사는 속으로 빌

고 또 빌었다.

>✦<

카그로는 살짝 눈썹을 찌푸리고 욘사 장로 라르구를 맞아
들였다. 관사의 문에서 현관까지 길 양옆에 도열한 경비병
사이로 무인 기병 두 기와 마차가 전진해왔다. 이윽고 현관
앞에 멈춰선 마차에서 두 사람이 내렸다. 캇루를 걸친 낯선
여성이 먼저 내려 라르구를 돕더니 그대로 손을 잡고서 카그
로 쪽으로 안내했다.

"카그로 씨족장. 갑작스러운 방문을 용서하시게."

라르구가 갈라진 목소리로 말하자 카그로가 가볍게 고개
를 숙였다.

"아닙니다. 방문을 환영합니다. 자, 안으로 들어오시기 바
랍니다. 곧바로 만찬을 준비할 테니까요."

라르구는 과거에 왕의 창으로 루이샤 증정 의식을 경험한
무인이다. 칸발의 전 씨족이 특별히 존경하는 어른이다. 카그
로는 다소 긴장한 채 라르구를 연회실로 안내하려 했다.

"아, 아니네, 카그로 씨족장."

라르구가 발을 멈추고 카그로를 바라봤다.

"실은 아주 은밀히 할 이야기가 있다네."

"아, 그렇다면 제 방으로 가시지요."

카그로가 라르구를 관사 안쪽 방으로 모셨다. 은밀한 이야기가 있다고 하면서도 라르구는 동행한 여성을 돌려보낼 기색이 없었다. 어둑어둑하고 스산한 방에 세 사람만 남자 카그로는 서둘러 난로에 숯을 넣었다. 그러고는 팔걸이의자로 라르구를 안내했다. 카그로는 동행한 여성을 유심히 살피고서 라르구에게로 시선을 돌렸다.

"실례지만, 이쪽은?"

라르구가 카그로를 올려다봤다.

"소개하지. 이 자는 욘사 씨족의 바르사. 카르나의 딸로, 지그로의 양녀다."

카그로는 칼이라도 맞은 듯 한 발짝 뒷걸음질 쳤다. 조용히 캇루를 벗은 바르사가 카그로를 응시하며 고개를 숙였다.

"아니, 어찌 된 일입니까?"

번개 같은 충격이 가시자 카그로의 눈에 분노가 피어올랐다.

"이 자는 제가 씨족의 이름을 걸고 라르구 님에게 붙잡아 달라고 부탁드린 죄인! 왜 그런 자를."

라르구가 손을 번쩍 들었다.

"카그로 씨족장, 이유를 이야기하겠다. 나를 믿고 들어주겠나?"

카그로는 움켜쥔 주먹을 부르르 떨더니, 이윽고 의자에 털썩 주저앉았다.

"긴 이야기다. 또한 무시무시한 이야기지. 하지만 자네가 나를 믿느냐 아니냐에 칸발의 운명이 걸려 있다. 부디 들어주길 진심으로 바라네."

라르구는 차분하지만 열기 가득한 어조로 긴 이야기를 펼치기 시작했다. 바르사의 아버지 카르나가 나그루 왕의 주치의였다는 것, 지그로와 친구였던 것, 그리고 로그삼의 무시무시한 계략과 음모.

라르구의 입에서 나오는 어두운 이야기에 카그로는 전신의 긴장을 풀지 않은 채 귀를 기울였다. 도중에 화자가 바르사로 바뀌어서, 바르사는 낮은 목소리로 요고로 도망친 이후의 나날을 설명했다. 오후의 빛이 서서히 석양으로 바뀌더니 마침내 바르사가 칸발로 돌아온 뒤의 이야기로 옮겨갈 무렵에는 희미하던 석양빛마저 사라졌다.

이야기가 끝나고나서도 한동안 꼼짝 않던 카그로가 이윽고 얼굴을 들어 그윽한 눈으로 라르구를 바라봤다.

"이 이야기가 진실이라는 증거는요?"

라르구가 작게 한숨을 쉬었다.

"이 여성이 틀림없이 카르나의 딸 바르사라는 것뿐이다. 내가 보증하지. 나의 주치의 유카는 카르나의 여동생, 즉 바르사의 고모다. 자네도 한눈에 두 사람이 혈연관계임을 납득할 것이다."

"그러나,"

라르구가 카그로의 말을 끊었다.

"아까도 말했듯이 카르나는 바르사가 사고로 죽었다고 유카에게 말했었다. 그리고 그 카르나는 억울하게 살해당했다. 의술가인 유카가 오라비의 시신에서 재차 숨통을 끊은 흔적을 봤지."

라르구가 카그로를 올려다봤다.

"이것이 얼마나 허술한 증거인지는 나도 잘 안다. 하지만 돌이켜봐라, 카그로. 당시의 일을. 로그삼 왕이 어떤 사내였는지를. 그리고 지그로가 어떤 사람이었는지를."

카그로가 입술을 깨물었다. 귓가가 윙윙 울리는 것만 같았다. 까마득히 먼 소년 시절이 맴돌았다.

카그로는 눈에 띄지 않는 소년이었다. 단창 실력만은 다른 소년들보다 뛰어났지만 자만할 수도 없었다. 곁에 늘 동생 지그로가 있었기 때문이다. 지그로의 재능은 일찍부터 싹터, 누구나 예전 루이샤 증정 의식에서 춤추는 자로 활약한 조부의 재능을 물려받았다고 입이 닳도록 칭찬했다. 지그로가 시시무처럼 잘난 척하는 소년이었다면 카그로는 동생을 몹시 미위했을 것이다. 하지만 지그로는 칭찬을 들을수록 말이 없어지고 도리어 남들 앞에서는 단창술을 보이지 않으려들었다.

지그로가 로그삼 왕자의 왕위 계승을 싫어해 금고리 아홉 개를 훔쳐 달아났다는 말을 들었을 때, 카그로는 도저히 믿을 수가 없었다. 지그로가 로그삼 왕자를 싫어한 것은 사실이지만 그런 식으로 씨족 전체에 강제로 제 주장을 밀어붙일 리는 없었기 때문이다. 그리고 유그로.

유그로는 지그로와 대조적이었다. 어릴 적부터 쾌활해 그야말로 교묘하게 사람을 끌어들이는 소년이었다. 씨족장은 카그로가 물려받았기 때문에 유그로는 일찍부터 왕도로 나가 화려한 삶을 익혔다. 유그로가 자청해서 지그로를 처치할 자객이 되었다는 말을 들었을 때도 카그로는 크게 충격을 받았다. 카그로는 아장아장 걷는 유그로를 안아 올려 어설프게 달래던 지그로를 기억했다. 말수가 적은 지그로는 쾌활하고 어린 동생을 귀여워했다.

유그로가 살아서 화려하게 돌아왔을 때, 카그로는 가슴을 도려내는 심정으로 지그로를 회상했다. 제대로 승부했다면 유그로에게 질 지그로가 아니다. 그걸 알기에 동생의 창에 맞아 죽은 지그로의 최후가 애처로웠던 것이다.

비록 불명예스러운 중죄인이라 하지만 친형을 죽이고서

영웅이 되어 왕도에서 활약하는 유그로를 카그로는 이해할
수 없었다. 만약 입장이 바뀌어 지그로가 자객이 되어 유그
로를 죽였다면 지그로는 평생 남 앞에 나서지 않았을 것이
다. 조용히 동생을 애도하며 이 향에 은둔했을 것이다.

여러 가지 생각이 맴돌며 윙윙 소리를 냈다. 증거조차 없
는 이야기다. 하지만 바르사라는 여자가 들려준 지그로의 모
습이 지금까지 믿어온 것보다도 훨씬 친숙한, 그리고 진정
지그로다운 모습이었다. 카그로는 땅이 꺼지라고 한숨을 쉬
었다.

"진실이라 치자. 그렇다면 너는 어떻게 하고 싶은 것이
냐?"

바르사는 주름이 눈에 띄는 카그로의 얼굴을 응시했다. 예
전에 본 유그로보다 지그로와 훨씬 닮은 얼굴이었다. 살짝
눈썹을 찌푸리며 사람을 쳐다보는 그 눈초리도.

"어떻게 하고 말고도 없어요."

바르사가 말했다.

"증거도 없고, 뭘 해도 지그로가 살아서 돌아올 리는 없지
요. 형인 당신이 지그로가 비열한 남자가 아니었다는 사실
을, 어떤 인생을 살았는지를 알고 믿어준다면 그것만으로도
칸발에 온 보람이 있다고 생각해요."

그러고는 쓸쓸하게 웃어 보였다.

"유그로는 창에 독을 바르면서까지 나를 죽이려 했지만 그런 짓 하지 않아도 나는 어차피 아무것도 할 수 없어요."

카그로가 일어섰다. 그리고 마침내 밀어내듯이 말했다.

"나는 믿는다. 하지만 드러내놓고 말할 수는 없구나. 네가 두 번 다시 칸발로 돌아오지 않겠다고 문서로 약속한다면 자유롭게 신요고 황국으로 돌아가도 좋다."

바르사는 흘끗 라르구를 돌아봤다. 바르사가 목동에게 이끌려 바위산에서 동굴을 거쳐 욘사 씨족령으로 나가 라르구의 마중을 받은 것이 사흘 전 밤이다. 바르사는 라르구가 목동을 산속 지하의 백성으로 존경한다 해도 이런 왕위계승에 얽힌 음모를 순순히 믿을 리 없을 거라고 생각했다. 그러나 그 불안감이 무색하게 뜻밖에도 라르구는 진심으로 환대해 주었다. 그러다가 바르사는 알게 되었다. 고모 유카가 줄곧 이 노인을 설득해왔음을. 바르사가 라르구에게서 카그로 쪽으로 시선을 돌렸다.

"솔직하게 말하자면 나는 아직 칸발을 떠날 수가 없습니다."

카그로는 미간을 찌푸렸다.

"왜냐?"

"해야 할 일이 남았거든요."

❦·❈·❦

캇사는 다급한 부름을 받고 아버지와 둘이서 카그로의 방을 찾아갔다. 캇사는 불려가는 이유를 알고 있었기에 마침내 올 것이 왔다는 심정이었지만, 아버지 톤노는 무슨 영문인지 몰라 불안한 표정이었다.

방에는 카그로와 라르구, 그리고 바르사가 있었다. 카그로는 미간에 짙은 세로 주름을 새긴 채 두 사람을 맞았다. 카그로가 띄엄띄엄 내놓는 이야기를 톤노는 넋이 나간 표정으로 듣고 있었다. 이야기가 끝나자 카그로가 천천히 고개를 저었다.

"나는 아직 찬성한 것이 아니다."

그러고는 바르사를 살폈다.

"이건 너에게 유리한 이야기 같다는 생각이 드는구나. 캇사를 지킨다는 구실로 증정식장에 들어가, 어둠을 틈타 유그로에게 복수하기에는 절호의 기회니까."

바르사가 웃었다.

"그렇게 들릴 수도 있겠는데요."

"어이, 어이."

라르구가 끼어들었다.

"아무려면 내가 바르사의 사사로운 원한을 풀어주기 위해 이런 엄청난 거짓말을 한다고 생각하는가!"

카그로가 입을 꾹 다물고 있다가 이내 깊은 한숨을 쉬었다.

"아닙니다. 오래전에 아버지가 돌아가실 때 남기신 말씀이 있습니다. 아버지는 저에게 씨족장 자리를 맡기지만, 산왕에 관한 일만은 아무쪼록 지그로의 의견을 존중하라고 하셨지요. '지그로는 산속 지하에서 산왕을 알현했다. 칸발에 숨겨진 비밀을 알고 있다'라고."

카그로가 고개를 들었다.

"하지만 설마 목동이 산속 지하의 백성이리라고는, 더우기 우리를 감시하리라고는 생각지 못했습니다."

잠시 불쾌한 빛이 카그로의 눈가를 스치고 사라졌다.

"라르구 님. 그 목동의 이야기가 진실이라고 해도 우리는 칸발인입니다. 칸발이 행복해질 방법을 생각해야 하지 않을까요? 유그로 일당의 생각이 옳다고 여길 수는 없을까요? 유그로는 최강의 창술사입니다. 그 녀석이 어둠의 수호자 효울에게 패할 거라고만 단정할 수는 없지요. 만일 계획이 성공해 청광석 루이샤를 자유롭게 손에 넣게 된다면…."

갑자기 라르구가 손을 뻗어 카그로의 손을 쥐었다. 카그로는 놀라며 라르구를 마주 봤다.

"카그로 씨족장, 어리석은 꿈이다. 의식을 체험한 나에게는 어둠의 수호자 효율이 얼마나 무시무시한 존재인지 깊이 각인되어 있다. 산속 지하의 어둠 속에서 춤추는 자가 부정한 마음을 감추고 어둠의 수호자 효율을 이길 가능성 따위는 절대 없다! 하물며 산왕은 자네가 생각하는 그런 자가 아니다. 내가 지하에서 본 것을 다 전할 수는 없다. 침묵의 율법 때문이기도 하지만, 그 무엇보다도 그것을, 그 광경을 말로 전할 방법이 없기 때문이다."

라르구가 움켜쥔 손에 힘을 주었다.

"알아달라, 믿어달라고 말할 수밖에 없다. 청광석 루이샤는 단순한 보석이 아니다. 루이샤를 자유롭게 얻기 위해 지하로 공격해 들어가는 것은 젖을 더 내놓으라고 염소를 쥐어짜 죽이는 것보다 더 어리석은 짓이다!"

라르구의 손에서부터 울부짖듯 떨림이 전해졌다.

"염소는 새끼를 낳으면 우리에게 젖을 나눠준다. 루이샤도 때가 와야 비로소 우리에게 나눠주는 보석인 것이다."

라르구가 슬쩍 손을 뗐다.

"자네들에게는 전달되지 않을 것이다, 이 심정이. 하지만 카그로 씨족장, 나를 믿어다오. 지금 이 세상에 단 두 명밖에는 생존하지 않는, 산속 지하를 보고 온 자의 말을. 산왕이 죽으면 칸발은 멸망한다."

라르구가 입을 다물자 침묵이 방을 뒤덮었다. 카그로가 얼굴을 찡그리고 라르구를 돌아봤다.

"하지만 유그로가 그 정도로 어리석으리라고는 도저히 생각할 수가 없습니다. 물론 올해 의식에 참가하는 자들 중에는 아무도 지난번 의식을 경험한 자가 없지요. 하지만 유그로가 전에 어르신께 의식에 대해 가르침을 받기 위해 욘사 씨족령을 방문했을 겁니다. 그때 어르신은 유그로에게 그런 것까지 가르치신 게 아닙니까?"

"물론 그리 했다. 의식 순서부터 증정식장의 어둠 속에서 무슨 일이 일어나는지까지도. 하지만 산왕의 진정한 모습은 말하지 않았다. 산왕은 춤추는 자가 창춤에 성공해야 비로소 모습을 드러낸다. 아직 의식을 치르지 않은 유그로는 알 수 없지."

쓸쓸한 표정으로 라르구가 카그로에게로 고개를 돌렸다.

"자네는 유그로가 어리석다고 단정할 수 없다 했네만, 굳이 말하자면 유그로는 어리석은 것이 아니라 무서울 정도로 비정한 것이다. 이번 일로 나는 그 사실을 마침내 깨달았다. 비록 늦은 감이 있지만 말이다."

카그로가 미간에 잔뜩 주름을 새기고 라르구를 응시했다. 라르구는 그 눈길을 피하지 않았다.

"산왕에 대해서는 말하지 않았다. 하지만 나는 증정식장의 어둠 속에서 무슨 일이 일어났는지를 똑똑히 가르쳐줬다. 그런데도 여전히 그런 계획을 세웠다는 것은 유그로가 상황을 우습게 여긴다는 뜻이지. 게다가 다른 왕의 창들에게 나의 이야기를 전달했을 리도 없겠지."

라르구가 주먹을 움켜쥐었다.

"녀석은 젊은 왕의 창들에게 의식에 대한 정보가 전해지는 것을 교묘하게 막아온 것이다. 내 손자 다구는 여러 일을 처리한다며 이미 3년이나 욘사 씨족령에 돌아오지 않았다. 이제야 그 진정한 이유를 알겠구나."

분노와 불안을 담은 공기가 방 안에 고여들었다.

"소, 송구스럽지만."

불쑥 캇사의 아버지 톤노가 침묵을 깼다.

"그러니까 유그로 님이 그토록 시간을 들여 철저하게 계획한 일을 캇사에게 막으라고 하시는 건가요? 그건 너무나도…."

톤노가 몹시 흥분한 듯이 말했다.

"너무나도 무리입니다. 그런, 그런 일에 아들을 보내다니, 말도 안 됩니다!"

"아버지!"

톤노는 애가 타는 듯, 잠자코 있으라며 손을 저었다.

"설령 카무 님이 캇사의 말을 믿는다고 해도, 실례지만 카무 님으로서는 유그로 님이나 왕을 말릴 수가 없습니다. 오히려 무사와 욘사 씨족이 힘을 합쳐 왕에게 반기를 들었다며 우리를 반역 도당으로 몰고 말 겁니다."

톤노의 어조는 지금까지 들은 적이 없을 정도로 격했다. 카그로와 라르구는 햇볕에 탄 얼굴을 새빨갛게 물들이며 두 사람을 노려보는 톤노를 말없이 바라보았다. 이내 라르구가 인상을 일그러뜨리며 손바닥으로 얼굴을 감쌌다.

"이제는 어쩔 수가 없구나. 증정식장의 어둠은 사람의 마음을 읽는다. 창춤을 받아주기 위해 어둠의 수호자 효울이 나타나면, 증정식장은 칠흑 같은 어둠에 휩싸인다. 그리고 그 어둠 속에 숨어 있는 수많은 효울이 칸발인들의 마음을 읽지.

내 설명을 들어도 말로 듣는 것과 실제로 몸소 체험하는 것은 전혀 다르다. 유그로는 사람을 교묘한 말로 구워삶는 재주가 뛰어나니까, 이번에도 어떻게든 될 거라고 얕잡아 보겠지. 그러나 그리 만만한 일이 아니다. 적의를 감지하면 어둠의 수호자 효울은 단숨에 공격할 것이다."

라르구의 입가에 쓴웃음이 걸렸다. 하지만 눈에는 눈물이

맺혀 있었다.

"유그로는 무참히 죽고 청광석 루이샤는 얻지도 못해, 칸발은 굶주리겠지."

얼굴을 찌푸리며 바르사가 천장을 바라보고, 다시 한 번 크게 호흡하고는 라르구를 내려다봤다.

"그 증정식장이라는 곳이 얼마나 큽니까?"

라르구가 얼굴을 들었다. 잠시 망설인 그가 곧바로 어깨를 으쓱하며 말했다.

"흠…, 왕과 왕의 창 아홉과 종자들을 합한 스무 명이 암벽을 따라 원을 만든다. 그 원 안쪽에서 단창으로 겨루는 것이다. 그러니까 남자 스무 명이 원을 만들 정도라고 생각하면 된다."

"그렇다면 밖에 군사를 대기시킨다 해도 증정식장 안에 있는 사람은 스무 명 정도군요. 그중에서 만약 당신들의 편지를 읽을 경우 동조할 사람은요?"

라그루와 카그로가 얼굴을 마주 봤다.

"카무와 내 손자 다구 정도일까?"

바르사가 한숨을 쉬었다.

"고작 두 명이라고요? 그거로는 턱도 없죠."

그때 불쑥 캇사가 끼어들었다.

"저, 저기."

모두의 이목에 캇사는 귀까지 빨개졌다. 머리 꼭대기까지 마비될 정도로 긴장했지만 캇사는 필사적으로 말을 쥐어짜 냈다.

"저기, 카무 님이 왕도로 떠나기 전날 저녁에 저는 카무 님을 만났어요. 그때 카무 님은 뭐라고 할까요, 의식을 두려워하는 느낌이 들었어요. 카무 님은 겁쟁이가 아니에요. 그건 제가 잘 알아요. 그렇기 때문에 이런 생각이 들었어요. 틀림없이 다른 무인들도 불안할 거라는 생각이."

캇사가 카그로를 바라봤다. 이제까지 똑바로 본 적 없던 카그로의 눈을 똑바로 마주 본다는 사실을 소년은 의식하지 못했다.

"아무도 산속 지하에서 무슨 일이 일어날지 확실히 모르니까요. 물론 어떻게 의식이 치러지는지는 배웠겠지만, 하지만 전 카무 님을 보며, 아아, 많이 무서운가보구나 하고 생각했어요. 카무 님은 가난한 칸발을 위해 하는 일이라고 했어요. 그렇기 때문에 무섭지만 목숨을 걸어야만 한다고 스스로를 타이르는 것 같았지요. 틀림없이 그렇게 생각하는 사람이 또 많이 있을 거예요. 그렇게 불안한 가운데서 의식을 경험하신 라르구 님의 충고라고 전하면 틀림없이 마음이 흔들리지 않을까요?"

톤노가 낯선 사람을 보는 듯한 눈으로 아들을 바라보았다. 하지만 캇사는 흥분한 터라 그것도 알아차리지 못했다.

"아군이 나타날 거라고 믿는 수밖에 없다고 저는 생각해요. 아버지는 반역 도당이니 뭐니 하셨지만, 그런 걸 운운할 때가 아니니까요. 그 너머는 낭떠러지라며 염소 떼를 멈춰 세우는 일과 같지 않은가요, 이건?"

유치하고 단순한 의견이었지만, 그만큼 강력한 힘이 있었다. 캇사가 바르사를 올려다봤다.

"어떻게든 다시 한 번 카무 형을 만나고 싶어요. 저를 보내 주세요!"

톤노가 캇사의 어깨를 붙잡았다. 캇사가 슬쩍 단검 자루에 손을 얹고는 아버지를 응시했다. 톤노는 아들을 노려보았을 뿐 아무 말도 하지 못하고 입을 다물었다.

바르사는 잠자코 캇사의 표정을 살폈다. 심약한 인상이라고 생각했는데, 뜻밖에도 강인한 의지가 얼굴에 가득했다. 이런 상태라면 기둥에 묶어두지 않는 한 캇사는 목동들의 힘을 빌어서라도 혼자 가버릴 것이다.

'어쩔 수 없군.'

바르사가 한숨을 쉬었다.

"그렇게까지 결심했다면, 하늘에 운을 맡겨볼까?"

모두가 놀란 얼굴로 바르사를 바라봤다.

"그 대신, 캇사, 여기서 약속해라. 상황이 도저히 바뀔 것 같지 않으면 내 지시에 따라 탈출한다고."

캇사는 잠깐 망설인 끝에 마침내 고개를 끄덕였다.

"정말이지?"

"예."

바르사가 톤노를 쳐다봤다.

"그 장소가 어떤 지형인지 지금은 전혀 알 수가 없어 확실히 말할 수 없지만, 어둠 속이라면 캇사 하나 도망치게 하는 것 정도는 어떻게든 될 것이다."

이렇게 말을 하긴 했지만 바르사의 뇌리에는 자기가 쓰러져 죽는 광경이 또렷하게 그려졌다. 그런데도 왠지 캇사를 데리고 지하 증정식장으로 가고 싶어졌다. 오래전 지그로가 창춤을 췄다는 어둠 속으로 들어가보고 싶다는 소망이 마음 한구석에 있었던 것이다.

톤노가 어떻게 해야 좋을지 모르겠다는 눈빛으로 바르사를 응시했다. 바르사가 똑바로 톤노를 바라보았다.

"반드시 지키겠다고 약속할 수는 없다. 하지만 이것만은 약속하지. 캇사와 함께가 아니라면 나는 지상으로 돌아오지 않는다."

2
산속 지하 세계

　바르사와 캇사는 다음 날 새벽, 동이 트기 전에 길을 나섰
다. 톤노는 캇사가 뭘 하러 가는지 가족에게 일체 알리지 않
았다. 단지 씨족장이 시킨 극비 용무로 왕도에 간다고만 전
하고, 불안해하는 가족의 눈길을 피하며 아들의 어깨에 손을
얹은 채 집을 나섰다.

　추운 날이었다. 땅에는 눈이 얇게 쌓여, 막 떠오르는 아침
햇살에 얼어붙은 풀이 반짝였다. 톤노와 캇사는 동굴로 향했
다. 동굴 앞에는 이미 바르사와 카그로, 그리고 목동 장로 토
토와 요요가 기다리고 있었다. 놀랍게도 은사의 장로 라르구
까지 단창을 지팡이 삼아 몸을 세우고 두 사람을 기다리고
있었다.

하얀 입김을 쏟아내며 캇사가 묵묵히 바르사 옆으로 갔다. 토토 장로가 두 사람에게 염소 가죽으로 만든 배낭을 하나씩 건넸다.

"이 안에는 토갈 잎과 라가와 윳칼 잎이 들어 있다. 명심해라, 동굴 안에서는 절대로 불을 피워서는 안 된다. 토갈을 사용하면 어둠 속에서도 볼 수 있지만, 추위는 도리가 없을 것이다. 추워서 견딜 수 없을 때는 윳칼 잎을 먹어라. 이 잎이 몸속부터 따뜻하게 덥혀줄 것이다. 발이나 손에 문질러도 좋다."

장로 토토가 요요의 팔꿈치를 붙잡았다.

"여기서부터 욘사 씨족령까지는 요요가 안내할 것이다. 그 다음에는 각 씨족령 목동들이 기다리고 있다. 그들이 먹을 것을 준비해줄 것이다."

카그로가 몸을 움직였다.

"증정식장은 왕성 옆 동굴 지하에 있다고 들었다. 여기서부터 왕도까지는 말을 타고도 열흘이 걸린다. 의식까지는 앞으로 닷새 정도다. 아무리 지하를 이용해 간다 해도 도보로 제때 도착할 수 있을까?"

장로 토토가 빙긋 웃었다.

"염려 마라. 우리에게 맡겨라."

장로 토토가 웃음을 거두고 진지한 표정으로 바르사와 캇사를 올려다봤다.

"바르사, 그리고 캇사도 들어라. 동굴 안에 있는 동안엔 토갈을 사용해도 괜찮다. 하지만 일단 증정식장으로 나가면 절대 토갈을 사용해서는 안 된다. 그 점을 명심하기 바란다."

"왜죠?"

캇사가 물었다.

"어둠의 수호자 효울의 모습을 뚜렷이 보면 두 번 다시 지상으로 돌아올 수 없다."

어깨에 얹힌 아버지의 손에 힘이 꾹 들어갔다.

"바르사 님. 아들을 부탁합니다."

바르사가 살짝 고개를 끄덕였다. 그리고 카그로에게로 시선을 돌렸다.

"카그로 님. 산속 지하에서 무슨 일이 일어나든, 결과가 어떻든 간에 캇사가 살아서 돌아오면 씨족이 힘을 합쳐 캇사를 지켜줄 거죠?"

카그로 역시 지그시 바르사를 응시했다.

"무사 씨족으로 태어난 아이는 모두 혈연으로 맺어진 가족과 마찬가지다. 비록 왕과 척지게 되더라도 캇사를 버려서 씨족을 지키지는 않는다."

칸사가 놀라 카그로를 봤다. 카그로의 하나뿐인 눈에 엄한 빛이 서려 있었다. 카그로는 잠시 칸사를 응시했다. 그런 다음 바르사에게로 시선을 돌리고는 그 어느 때보다도 조용하게 말했다.

"산속 지하의 어둠 속에서는 마음을 속일 수 없다고 한다. 유그로는 과연 산속 지하에서 무엇을 볼까?"

바르사도 카그로를 응시했다. 그리고 살짝 미소 짓더니 칸사의 어깨를 탁 쳤다.

"자, 갈까?"

칸사가 바르사를 올려다보며 고개를 끄덕였다. 요요를 선두로 바르사와 칸사는 동굴의 어둠 속으로 발을 들였다.

"요요, 부탁한다! 칸사, 조심하고 무사히 돌아와야 한다!"

톤노의 목소리가 등 뒤로 울리고 어둠 속을 메아리쳐 사라져갔다.

세 사람이 사라지자 카그로가 몸을 휙 돌려 동굴을 등졌다. 모두 묵묵히 동굴을 떠났다. 토토 장로가 라르구와 나란히 걷기 시작하자, 라르구가 장로에게 속삭였다.

"바르사가 잘해낼까?"

토토 장로가 라르구를 마주 봤다. 두 사람은 다른 사람들,

카그로와 톤노에게는 물론이고 바르사와 캇사에게도 밝히지 않은 비밀을 마음속에 감추고 있었다.

"잘해내겠지. 나는 운명이 바르사를 이 땅으로 불렀다고 생각하네. 바르사는 운명이라는 말을 함부로 하지 말라고 소리쳤지만. 하지만 이 세상에는 이런 일이, 정체를 알 수 없는 줄에 끌려가는 듯한 일이 일어나는 법이지. 그렇지 않나?"

토토 장로가 쓴웃음을 지었다.

"바르사가 이 동굴을 통해 요고에서 왔을 때, 어둠의 수호자 효울이 바르사를 맞이해 창춤을 추고 지나에게 청광석 루이샤를 줬다고 했을 때부터 나는 그렇게 생각했다. 그리고 바르사와 효울이 만난 이번 겨울에, 평소보다 15년이나 늦게 의식이 시작되려는 것이지."

라르구는 문득 걸음을 멈췄다. 토토 장로를 바라보는 라르구의 눈에 뭐라 형용할 수 없는 슬픔이 담겨 있었다. 그가 은밀하게 속삭였다.

"아, 그렇구나. 어둠의 수호자 효울이 바르사를 기다린 것인가?"

토토 장로가 고개를 끄덕였다.

"나는 그렇게 생각한다. 이번 의식은 특별한 의식이다. 칸발 왕도 왕의 창도 눈치 채지 못했지만, 이번 의식으로 칸발 백성은 그 추악한 왕 로그삼이 꾸민 음모를 깨끗이 정화해야 만 한다. 바르사는 그 음모에 농락당하고, 가장 고통스러운 인생을 감내한 자다. 이 의식을 정화하기에 바르사만큼 적합한 자가 달리 또 있을까?"

토토 장로는 부드러운 눈빛으로 올려다보며, 라르구의 손을 조용히 어루만졌다.

"또한 더럽혀진 어둠의 수호자 효율을 위해 추선공양을 하기에 바르사만 한 적임자도 없을 것이다. 그렇지 않은가? 기도하고 또 기도하세. 바르사가 그들을 정화하고 추선공양을 올려주기를."

등 뒤의 빛이 흰 점이 되어 사라질 때까지, 바르사를 비롯한 세 사람은 묵묵히 계속 걸었다. 이윽고 빛이 완전히 사라지자 세 사람은 멈춰 서서 암벽에서 새어 나오는 물로 토갈 잎을 적셔 눈에 붙였다.

"우와."

캇사가 숨을 멈췄다. 백마석 암벽이 반짝반짝 빛나 보였다. 백마석도 희미하게나마 빛을 발하는 돌이었다니. 그 암벽 여기저기에 구멍이 보였다.

"저 구멍은 뭐지?"

캇사가 묻자 요요가 속삭이는 소리로 대답했다.

"족제비를 쫓는 사냥꾼 티티란의 집이야. 캇사, 목소리가 너무 커. 이곳 사람들은 지금 막 잠들었거든. 단창을 바닥에 끌어도 안 돼. 암벽을 타고 소리가 전달되니까."

당황한 캇사가 단창을 둘러멨다. 처음 보는 백마석 동굴의 풍경은 눈으로 지은 회랑 같았다. 생각보다 훨씬 넓어, 위를 올려다봐도 어디까지 펼쳐지는지 알 수가 없었다.

그리고 이쪽저쪽으로 샛길이 있었다. 요요는 도대체 뭘 보고 길을 찾아가는 건지 헤매지도 않고 앞으로 나아갔다. 하지만 바르사도 캇사도 이미 어느 방향을 향해서 가고 있는 건지 전혀 알 수 없는 상태였다. 여기서 요요와 헤어지기라도 했다간 그대로 방황하다 죽는 수밖에 없을 것이다.

바르사는 묵묵히 걸으면서 문득 단창에 새겨진 문양을 더듬었다. 카그로의 단창에도 같은 문양이 있었던 것을 보면, 누군가 옛날에 무사 씨족령에서 신요고 황국으로 빠져나가는 길을 목동들한테 배운 것이리라. 그 사람은 어떤 이유로 떠나간 것일까? 그런 생각을 하면서 바르사는 계속 걸어갔다.

이윽고 동굴의 풍경이 완전히 바뀌었다. 백마석 암벽에서 옅은 녹색 암벽으로 변한 것이다.

"녹백석이다."

캇사가 중얼거렸다. 오로지 자기들 발소리밖에 들리지 않던 깊은 정적 속으로 물소리가 들려오기 시작했다.

"이 샛길은 좁으니까 조심해."

요요가 전했다. 아니나 다를까, 요요가 허리를 숙여 빠져나가려는 샛길은 바르사는 물론이고 캇사도 똑바로 서서는 지나갈 수 없을 듯했다. 두 사람은 하는 수 없이 납작 엎드려 좁은 구멍을 기어서 나갔다.

구멍을 기어서 빠져나온 순간, 바르사는 저도 모르게 숨을 멈췄다. 눈앞에 커다란 강이 흐르고 있었던 것이다. 옅은 초록빛으로 빛나는 암벽을 깎아내며 놀라울 정도로 맑은 물이 콸콸 흘렀다. 샛길을 빠져나가니 조금 넓은 바위 턱이 나타났고, 그 바로 밑으로 물이 흘렀다.

"깊이가 상당한데."

수면을 들여다본 캇사가 겁에 질린 목소리로 말했다. 바르사도 등줄기가 서늘했다. 물이 너무 맑아 아주 깊이까지 들여다보였다. 그런데도 바닥이 보이지 않을 정도다. 투명한 초록빛 물은 무척 아름다웠지만 몹시 무섭기도 했다.

"요요, 어떻게 하지? 설마 여기를 헤엄치라는 건 아니겠지?"

캇사가 묻자 요요가 웃음을 터뜨렸다.

"설마. 물을 만져봐. 얼음처럼 차가운걸. 물에 빠지면 눈 깜짝할 사이에 얼어 죽고 말 거야. 잠깐만 기다려봐."

요요가 휘파람을 불기 시작했다. 높은 휘파람소리가 동굴에 메아리치며 울려퍼졌다. 그 울림이 사라지기 전에, 요요가 자루에서 윳칼 잎을 꺼냈다. 코를 찌르는 강렬한 냄새가 퍼져왔다.

"둘 다 장화를 벗어. 그렇지, 양말도. 그러고 나서 윳칼 잎을 꺼내 잘 비벼서 이렇게 발에 문지르는 거야."

요요는 맨발바닥과 발가락, 연이어 무릎 아래에까지 잎을 짓이겨 문질러 보였다. 시키는 대로 하니 발이 후끈후끈 달아오르기 시작했다.

"앗, 뜨거워! 요요, 이것 괜찮은 거냐? 엄청 뜨거운데!"

요요가 히죽거리며 다시 양말을 신고 장화도 챙겨 신었다.

"이제 곧 그 열기에 감사하게 될 거야. 자, 왔다."

요요가 손가락으로 가리킨 쪽을 보고 두 사람은 어안이 벙벙해졌다. 지하수류 속에서 길고 홀쭉한 생물이 몸을 비비 꼬며 올라왔다. 한순간 뱀처럼 보였지만, 가슴지느러미가 앞발처럼 물을 헤치는 것이 보였다. 참으로 기묘한 생물이었다. 온몸에서 진주처럼 은은한 빛이 났다. 뾰족한 얼굴에 눈은 없고 끝에 커다란 콧구멍만 두 개 보였다. 물속에 있는 동안은 꽉 닫혀 있던 콧구멍이 수면으로 나온 순간 열려 휘익 하고 휘파람소리를 냈다. 요요가 또다시 휘파람을 길게 불었다. 그러자 마치 화답하듯 신비로운 생물도 휘익휘익 소리를 냈다.

요요가 주머니에서 말린 염소고기 덩어리를 꺼내더니 획 던졌다. 기다란 생물은 물보라를 철썩이며 날카로운 이로 고기를 받아 순식간에 먹어치웠다.

"'수류의 사냥꾼' 스티란이야. 우리를 욘사 씨족령까지 태워줄 거야."

대수롭지 않다는 듯이 요요가 생물에 올라탔다. 바르사는 얼굴을 찡그리며 바라보기만 할 뿐이었다.

"염소고기를 먹는다는 건 육식이라는 말이잖아, 이 스 뭐라는 이것은."

"스티란. 맞아, 육식을 하지. 염소고기를 무척 좋아해. 우리는 염소가 노쇠해서 죽거나 하면 그 고기를 스티란한테 줘. 괜찮다니까. 스티란과 우리는 사이가 좋거든. 지금 데리고 가주겠다고 확실하게 대답했다니까. 자, 타!"

바르사가 한숨을 쉬고는 저도 모르게 캇사와 얼굴을 마주 봤다.

"그렇구나. 지하수류를 내려가는 거로구나. 그러면 빠르겠지. 하지만 가능하면 걸어서 갈 수 있으면 좋을 텐데. 그렇지?"

"응."

"캇사, 먼저 타라. 나는 네 뒤에 앉겠다."

캇사가 얼굴을 찌푸리면서 요요 뒤에 타자, 바르사도 조심스럽게 주저앉듯이 스티란에 올라탔다. 비늘은 없고 살갗은 생각보다 축축하지 않았지만, 대신 무척이나 딱딱했다. 다만 뜻밖에도 그 살갗에서 살짝 온기가 느껴졌다. 살을 에듯이 차가운 물이 무릎 아래로 흘러갔다. 요요가 윳칼 즙을 발에 바른 이유를 충분히 알 만했다.

"단창은 왼손으로 들어. 오른손으로 단단히 내 옷을 붙잡고."

캇사가 요요의 옷을 붙잡고, 바르사는 캇사의 옷을 붙잡았다.

"괘, 괜찮을까. 떨어지면 죽는다고 했지, 요요?"

"괜찮다니까. 발에 힘을 주고 똑바로 앉아 있으면 스티란은 떨어뜨리지 않으니까."

"설마 잠수를 하지는 않겠지?"

"바르사 님까지 무서워하는 거야? 괜찮아. 물속으로는 들어가지 않으니까. 자, 간다."

휴이 하고 요요가 휘파람을 불자 스티란이 미끄러지듯 유연하게 헤엄치기 시작했다.

⋟-※-⋞

칸발의 왕도는 유사 산맥 산속 깊은 곳, 절구처럼 생긴 분지에 자리 잡고 있다. 주위가 높은 외성으로 둘러싸인, 말하자면 거대한 향 같은 형태다. 외성 남문에서 똑바로 '왕의 길'이 뻗어 나와, 왕도의 가장 깊은 산 위에 우뚝 솟은 왕성으로 이어진다.

왕도에도 눈이 쌓여 건물마다 습기를 머금은 검정 돌벽과 흰 눈이 신비로운 정취를 자아냈다. 왕성은 거대한 암반에 튼튼히 축대를 쌓은 위에 우뚝 솟아 있다. 여러 건물이 회랑으로 이어지고, 가파른 지붕에는 창처럼 높은 탑이 솟아 있다.

왕도에는 항상 '왕의 씨족'인 칸발 씨족 병사 1천 명과, 각 씨족에서 10년 교대로 파견하는 병사 1천 명이 머문다. 지금은 그중 정예군 500명이 성곽 안쪽에 집합해 있었다. 성 중정에는 가죽 차양을 몇 개나 쳤고 밥 짓는 연기가 자욱한 걸로 보아, 전쟁 준비가 한창임이 확연했다.

칸발 왕 라달이 탑 꼭대기 회의장에서 중정을 내려다보았다. 아직 젊은 왕의 해쓱한 얼굴에 긴장한 빛이 역력했다.

"준비가 거의 끝났습니다."

뒤돌아보니 유그로가 거대한 회의용 탁자에 가볍게 손을

없고 서 있었다.

"이제 사제가 병사들 사기 진작을 위한 의식만 치르면 출발합니다. 생각보다 병사들도 동요하지 않아 안심입니다."

라달은 이마에 흘러내린 갈색 머리칼을 쓸어올렸다. 어머니를 닮은 젊은 왕은 아버지 로그삼과는 조금도 닮은 데가 없었다. 성격도 그러해서, 과연 정말 로그삼의 아들인가 싶을 정도로 신경질적이고 내향적이었다. 다른 사람이 없는지 확인하듯 회의장을 빙 둘러보며 라달이 나지막이 말했다.

"유그로, 정말로 괜찮겠느냐?"

그 눈에 두려움이 물결치듯 일렁였다.

"증정식장의 어둠은 사람의 마음을 읽는다지 않더냐? 우리가 산왕에게 적의를 품은 걸 알면, 틀림없이 어둠의 수호자 효율들이 공격을…."

유그로가 답답한 한숨을 감추며 미소를 지어 보였다.

"괜찮습니다. 몇 번이나 말씀 드리지 않았습니까? 증정식장에 어둠이 가득 차고 어둠의 수호자 효율이 나타나는 것은 제가 춤추는 자로 뽑힌 다음입니다. 저와 효율이 창춤을 추는 시간 정도는 머릿속에서 산왕 송시(頌詩)를 계속 외우시다 보면 금세 지나갈 겁니다. 그리고 문이 열리면, 병사들이 밀려들어가 폐하를 지킬 것입니다. 폐하께 위험할 일은 전혀 없습니다."

유그로는 실제로 왕에 대해 전혀 걱정하지 않았다. 나약한 왕이다. 어둠의 수호자 효울이 나타나면 적의를 품기는커녕 살려달라고 애걸복걸할 게 분명하다.

'워낙에, 어느 시대에나 왕은 장식용에 지나지 않았다. 씨족 통합을 위한 상징에 불과할 뿐. 시험을 당하는 쪽은 춤추는 자다. 왕 따위는 아무리 소심한 사람이라도 상관없다.'

"하지만."

왕이 눈을 치켜떴다.

"그대는 괜찮겠느냐? 아니, 물론 그대의 실력을 믿지 못하는 바 아니다. 하지만 아무래도 걱정이 되는구나. 어둠의 수호자 효울과 창춤을 추면서 효울에게 마음을 읽히지 않을 도리가 있겠느냐?"

유그로가 탁자를 손마디로 톡톡 두드렸다.

"이것도 몇 차례 말씀 드렸습니다만, 아시다시피 제 형 지그로는 춤추는 자였습니다. 형은 저와 최후의 승부를 가르기 전에 제게 금고리를 건네면서, 제가 춤추는 자가 되는 날이 오면 떠올리라며 춤추는 자의 마음가짐에 대해 가르쳐주었습니다."

유그로가 똑바로 왕의 눈을 바라봤다. 거짓말을 할 때일수록 상대방을 똑바로 보는 편이 낫다는 것을 유그로는 잘 알고 있었다. 그리고 거짓은 진실 사이에 적당히 끼워넣을 때 한층 진실해 보인다.

사람에게는 누구나 믿고 싶은 것이 있다는 사실을 유그로는 어릴 적부터 감지했다. 그 사람이 믿고 싶어 하는 것을 말해주면 비록 그것이 거짓이라도 쉽게 믿어버리게 마련이다. 왕은 겁을 먹고 있다. 절대로 괜찮다고 확신할 수 있는 말이 필요한 것이다.

"전하, 창춤이란 무심(無心)의 기술입니다. 마음이 물처럼 투명해져 몸에 밴 기술이 제멋대로 춤을 추는, 그런 것이지요. 어둠의 수호자 효울과 마주하게 되면 더 이상 적의고 뭐고 상관이 없습니다. 원래 상대를 쓰러뜨리려는 마음이 없어서는 창은 휘두를 수 없으니까요. 효울은 제가 얼마나 무심히, 그리고 멋지게 창춤을 추는지 그것만 보는 겁니다."

실제로 유그로는 거의 불안하지 않았다. 충분히 창춤을 출수 있다고 믿어 의심치 않는 데다, 지그로가 수풀 무성한 자갈밭에서 가르쳐준 창춤은 진정한 무심의 기술이었다. 뭔가를 생각할 여유 따위는 없었기 때문이다.

'이 세상에 사심 없는 사람이 과연 있겠는가?'

어둠의 수호자 효울과 마주했을 때 두려움이나 적의, 그리고 청광석 루이샤에 대한 욕망을 한 치도 품지 않을 인간이 세상 어디에 있겠는가? 그럼에도 불구하고 루이샤를 받아오지 못한 해는 이제까지 없었다.

'마음이 약한 자 몇 명쯤 효울에게 당한다 해도 알 바 아니다. 창춤에 성공하기만 하면 그걸로 모든 것이 뜻대로 될 것이다.'

유그로는 욘사 씨족 장로 라르구로부터 어둠의 수호자 효울의 정체에 관해 들었다. 그 말을 들었을 때는 역시 소름이 끼쳤다. 그래서 절대 왕의 창들이 알게 해서는 안 된다고 생각했다. 어둠의 수호자 효울의 정체가 무엇인지, 증정식장의 어둠 속에서 왜 마음을 읽는지를 알면 틀림없이 마음을 바꾸는 자가 나올 것이다. 유그로는 이를 우려한 것이다.

'나는 마음을 바꾸지 않는다. 너 같은 놈 때문에 마음을 바꾸는 일은 없다.'

유그로는 마음속으로 웃었다.

'한 번 속인 것처럼 다시 한 번 해보겠다. 그래, 진심으로 명복을 빌어주마. 그러니까 내 앞에 문을 열고는 어둠 속으로 사라지는 게 좋을 거야.'

유그로가 왕에게 다가갔다.

"전하. 저는 전하의 아버님, 로그삼 왕으로부터 전하를 지키라는 분부를 받았습니다. 그래서 말씀 드리건대, 이제부터 의식이 끝날 때까지 절대 약한 모습을 드러내지 마십시오."

유그로가 지그시 왕을 응시하며 목소리를 낮추었다.

"마음을 읽는 어둠의 수호자 효율은 산속 지하에만 있는 것이 아닙니다. 이 세상은 마음을 읽는 적으로 가득 차 있습니다. 나약한 마음을 감지한 순간, 적은 전하의 숨통을 물어 뜯지요. 로그삼 왕께서는 그 점을 잘 알고 계셨습니다."

유그로의 목소리에 다독이듯이 조금 부드러운 어조가 섞였다.

"하지만 두려움을 전혀 느끼지 않는 사람은 없습니다. 전하, 두려워지거든 저를 보십시오. 제가 전하를 평생 받들어 모시겠습니다. 저는 전하의 창이니까요."

왕이 눈을 깜빡이며 고개를 끄덕였다. 유그로의 말에 거짓은 없었다. 유그로는 이 왕이 열다섯 어린 나이에 즉위한 이후로 10년 동안 줄곧 왕을 지켜왔다. 그리고 유그로의 손 안에서 보호받으며 자란 왕은 유그로의 의도대로 언제까지고 병아리 상태로 머물렀다.

'로그삼 왕은 아들을 잘 알고 있었구나.'

로그삼은 마음이 썩은 남자였지만, 무서울 정도로 머리가 좋기도 했다. 앞을 내다보고 손을 쓰는 재능에는 감탄하지 않을 수 없었다. 로그삼은 피를 나눈 동생들을 싫어했기 때문에 죽음을 예감하게 되었을 때도 어떻게 해서든 동생이 아니라 아들에게 왕위를 넘기려 했다. 그러나 자식 운이 없는 편이어서, 결혼 후 10년 가까이 지나도록 아들을 얻지 못했다. 그렇기 때문에 서른을 넘기고서야 비로소 얻은 장남 라달을 무척이나 사랑한 것이다.

하지만 사랑한다고 해서 로그삼이 아들 라달에게 환상을 품은 것은 아니다. 라달의 약점을 잘 알았으며, 자기가 죽으면 동생들이 순식간에 이 연약한 아들 라달을 밀어내고 왕좌에 오를 거라는 사실을 알고 있었다. 그래서 로그삼은 아들의 왕위를 평생 지켜줄 사람을 고른 것이다.

유그로는 로그삼에게 불려간 날을 똑똑히 기억한다. 왕은 책상에 금고리 여덟 개와 단검을 놓고서 기다리고 있었다. 그러고는 영웅이 될지, 반역자로서 여기서 죽을지, 둘 중 하나를 택하라며 음흉하게 웃었다. '반역자로 만들 이유 정도는 얼마든지 꾸며낼 수 있으니까'라고 로그삼은 말했다.

로그삼은 놀라울 정도로 태연자약하게 왕위계승에 얽힌 자신의 음모를 이야기했다. 그 사실을 안다고 해서 유그로가 할 수 있는 게 아무것도 없다는 사실을 잘 알았던 것이다. 지그로의 결백을 밝힐 증거는 어디에도 없다. 아무리 애를 써도 지그로의 억울함을 증명할 수는 없다.

그리고 유그로는 그런 지그로의 동생이다. 유그로는 왕성에서 다른 사람에게 미움을 사지 않기 위해 최대한 눈에 띄지 않으려고 애쓰며 살아왔다. 그렇기 때문에 유그로가 지그로에게 품은 감정이라곤 증오심뿐이라는 것을 로그삼은 잘 알았다. 잇속 밝은 유그로의 성격도, 그리고 실로 교묘하게 사람을 다루는 재능도.

유그로에게는 로그삼의 제안이 꿈만 같은 행운으로 여겨졌다. 억울한 형을 배반하는 것도, 형을 죽였다고 거짓말을 해 영웅 대접을 받는 것도 그다지 괴롭지 않았다. 지그로 때문에 억울하게 오랫동안 그늘에 숨어 살아왔다. 그런 지그로를 발판 삼아 양지로 나갈 수 있다니, 대단히 멋진 기회라는 생각뿐이었다. 로그삼과 유그로의 속셈이 완전히 일치한 것이다.

유그로는 영웅이 되고, 그 영웅이 왕의 아들을 지킨다. 라달 왕자가 무척 다루기 쉬운 소심한 성격이라는 것도 로그삼에게는 오히려 고마운 일이었다. 라달이 고집 센 아이였다면 언젠가 유그로와 충돌해, 유그로가 좀 더 다루기 쉬운 다른 왕자로 갈아타기 위해 라달을 배신하는 일이 생길지도 모른다.

하지만 나약한 라달이라면 왕이 되어도 유그로를 방해하

지 않을 것이다. 유그로의 손바닥 안에서 편히 머물며 아무 의문도 품지 않고 평화롭게 천수를 누릴 것이다. 구미에 맞는 왕이라면 유그로도 라달을 함부로 대하지는 않을 것이다. 라달을 계속 지킴으로써 유그로도 영웅 지위를 유지할 테니까. 이토록 달콤한 이야기가 또 어디 있겠는가?

하지만 그렇게 철저한 로그삼도 잘못 짚은 것이 있었다. 바로 유그로의 야망이 생각보다 훨씬 더 크다는 것이었다. 유그로는 지그로에게 창춤을 배울 때 깨달았다. 지난번 루이샤 증정 의식을 경험한 자 가운데 다음번 의식에 참가할 만한 용사는 더 이상 세상에 없다는 사실을. 칸발을 향해 서두르면서, 유그로는 자기 앞에 펼쳐진 새로운 꿈에 가슴이 두근거렸다. 오랜 관습을 되풀이하고 그것을 지켜감으로써 왕의 창으로서 빛나던 사람은 모두 사라졌다. 자기 손으로 바꿔주기를 기다리는 광대한 들판이 눈앞에 펼쳐진 기분이었다.

다음 의식까지 힘을 축적해 젊은 창술사들과 신뢰관계를 구축하면 산왕을 쓰러뜨릴 만한 무력을 충분히 다질 수 있다. 산왕을 두려워하고 숭배하는 고리타분한 노인네들은 더 이상 방해하지 못할 나이니까. 청광석 루이샤를 자유롭게 캐내고 싶다는 칸발인의 은밀한 꿈을 실현하면, 유그로의 이름은 칸발인의 역사에서 영원히 사라지지 않을 것이다. 이것이야말로 진정한 영웅이 되는 길이다.

"전하, 좀 더 환한 얼굴을 보여주십시오."

유그로가 젊은 왕에게 미소를 지어 보였다.

"내일이면 우리는 칸발의 새로운 역사를 만들러 갈 것이니까요."

※

'수류의 사냥꾼' 스티란은 물흐르듯 유연하게, 하지만 놀라운 속도로 헤엄쳤다. 처음에는 물로 떨어질까 두려워하던 캇사도 차츰 익숙해지자 주위를 돌아볼 여유가 생겼다.

두 사람은 무엇보다 지하 동굴이 생명으로 넘쳐나는 세계라는 사실이 경이로웠다. 언뜻 보면 아무것도 없는 듯한 얼음장 같은 물속에 크고 작은 물고기와 벌레가 투명한 몸을 반짝이며 헤엄쳤다. 녹백석이나 백마석 암벽에도 수없이 구멍이 뚫려 있어, 뭔가의 그림자가 여기저기서 움직이다가 사라지곤 했다. 그리고 이따금 아름다운 휘파람소리 같은 정체 모를 소리가 동굴에 메아리쳐 여러 갈래의 구멍을 빠져나가며 난해한 곡을 연주하고는 사라졌다.

처음 한동안은 난생 처음 보는 지하 세계의 신비로움에 넋을 빼앗겨 지루할 틈이 없었지만, 시간이 흐르면서 캇사는 점점 고통스러워졌다. 무엇보다도 햇빛을 볼 수 없다는 게 괴로웠다. 아무리 토갈 덕분에 사물을 볼 수 있다 해도, 온몸으로 스며드는 따사로운 햇살이 그리워서 견딜 수가 없었다.

요요는 첫날 낮에 지하 수계의 바위 턱에서 기다리던 욘사 씨족 목동에게 두 사람을 맡기고는 돌아가버렸다. 캇사는 요요의 모습이 보이지 않게 된 순간 마음에 구멍이 뻥 뚫린 것처럼 허전했다. 욘사 씨족 목동은 구릿빛 피부의 중년 남자였다. 그는 바르사를 보더니 빙그레 웃으며 의외의 말을 꺼냈다.

"너 혹시 나 기억 못하겠냐? 난 너하고 논 적이 있는데."

"뭐?"

바르사가 놀라며 자그마한 남자의 얼굴을 찬찬히 뜯어봤다. 목동이 웃으며 고개를 저었다.

"아마 무리일 거다. 무척 오래된 이야기이니까. 게다가 넌 고작 다섯 살이었고. 하지만 나는 똑똑히 기억한다. 염소를 보여줬더니 넌 어떻게든 등에 타겠다며 고집을 피웠지. 참으로 난처했다. 그래서 장난삼아 어쩌나 보려고 태웠더니 제법 잘 타서 깜짝 놀래켰지."

바르사가 멋쩍어하며 목덜미를 만졌다.

"아니, 그런 일이 있었나?"

"응. 그래서 네가 죽었다는 소문을 들었을 때는 슬펐다. 그리고 토토 장로한테서 전갈을 받았을 때는, 깜짝 놀랐다. 두 번이나 되물으며 네가 살아 있다는 것을 확인하고는, 어떻게든 만나고 싶었어. 그래서 자진해서 이 일에 나섰지."

캇사가 히쭉히쭉 웃는 것을 보고, 바르사도 웃으면서 어깨를 으쓱했다.

노노라는 목동은 지하수류를 타고 가는 동안 바르사가 어렴풋이 기억하는 추억들을 들려주었다. 카르나의 딸이던 당시의 자신을 지금도 기억하는 사람이 있다는 사실에 바르사의 기분이 묘했다.

단조로운 여행의 피로를 잊기 위해, 바르사도 노노가 물어오는 대로 지그로와 도망친 이후의 일들을 이야기했다. 부드럽게 넘실거리며 헤엄치는 스티란의 등에 타고 하염없이 이어지는 어두운 동굴을 지나려니, 기억이 놀라울 정도로 선명하게 살아나는 것이었다.

노노도 캇사도, 정령의 수호자가 된 챠그무 이야기를 마치 전설이라도 듣는 듯 재미있어했다. 그러던 중에 노노가 진지한 목소리로 중얼거렸다.

"나유그라. 이 세계와 똑같은 곳에 있는, 평소에는 눈에 보이지 않는 또 하나의 세계라. 그건 노유크가 아닐까?"

"노유크?"

"그래. 우리도 그런 세계가 있다고 알고 있거든. 우리는 그곳을 노유크라고 부르지."

노노가 고개를 돌려 바르사를 뒤돌아봤다.

"만일 너희가 산속 지하의 문 너머에 있는 세계를 보게 된다면, 노유크를 보는 셈이 된다. 산왕의 궁전은 평소에는 눈에 보이지 않는 노유크에 있으니까."

바르사가 갑자기 쓸쓸하게 웃었다. 노노가 이상하다는 표정을 지었다.

"왜 그러지?"

"아니, 나는 이제까지 계속 부자 상인들의 싸움이랄지, 쓸데없는 분쟁 속에 푹 빠져서 호위무사를 해왔는데, 어찌된 일인지 요즘은 계속 주술사들에게나 인연이 있을 법한 기묘한 세계에 엮여서 말이야."

문득 소꿉친구인 애송이 주술사의 태평한 얼굴이 떠올랐다.

'탄다 같으면 이런 여행을 무척 기뻐할 텐데. 그 녀석은 불가사의한 세상을 알기 위해 사는 셈이니까.'

눈에 보이지 않는 세계를 뭐라고 부르든 바르사는 크게 흥미가 없었다. 하지만 여기서는 나유그를 노유크라 부른다는 사실을 가르쳐주면 탄다는 분명 기뻐할 것이다.

지하 세계를 여행하고 있으려니 신요고 황국에 있는 울창

한 숲 속 탄다네 집이 무척이나 멀게 느껴졌다. 열 살 때 지그로와 함께 신세를 진 이후 어딘가로 떠났다가도 반드시 되돌아가던 탄다네 집. 바르사에게는 '집'이라는 말에 가까운 장소였다. 석양이 들이치는 화덕을 머릿속에 떠올렸다.

'그 화덕 앞에 앉아서 탄다와 전골을 먹을 날이 다시 올까?'

앞으로 펼쳐질 일을 생각하면 그런 날은 영영 올 것 같지 않았다.

'만일 내가 증정식장에서 죽는다면.'

탄다는 그 화덕 앞에서 계속 바르사를 기다릴 것이다. 하지만 바르사에게 무슨 일이 일어났는지 아마도 평생 알 길이 없겠지. 바르사가 심호흡을 하고는 고개를 저었다.

'어쩔 수가 없구나. 주술사는 영혼을 볼 수 있다고 하니까, 있잖아, 탄다, 죽으면 영혼이 되어 네 곁으로 돌아갈게.'

하루하루가 천천히 흘러 이윽고 나흘째를 맞이했다. 목동들은 바깥세계의 일몰과 일출에 맞춰 바르사와 캇사에게 잘 시간을 가르쳐주었고, 몸의 기운이 흐트러지지 않도록 배려했다. 어떤 씨족령의 목동이건 모두 무척 친절했지만, 닷새째가 다가오면서 두 사람은 차츰 말수가 적어졌다. 그러던 나흘째 밤, 왕의 씨족령에 사는 목동 둘이 두 사람을 마중 나왔다.

"여기부터는 걸어서 간다."

한 목동은 나이가 지긋한 노인이었고 또 하나는 젊은이였다. 스티란에게 진심으로 감사하며 작별을 고하고, 두 사람은 또다시 딱딱한 바위 위를 걷기 시작했다.

조금 걷다보니 어느새 자그마한 광장 같은 동굴이 나왔다. 이제까지와는 조금 다른 분위기로, 생명의 기운을 전혀 느낄 수 없을 만큼 한없이 적막했다. 그럼에도 불구하고 바르사는 묘한 기척을 전신으로 감지했다. 마치 이 넓은 방에 가득 찬 대기가 지그시 응시하고 있는 느낌을 받은 것이다.

목동들이 멈춰 서더니 노인이 광장 안쪽에 있는 자그마한 구멍을 가리켰다.

"저것이 증정식장으로 통하는 구멍이다. 가서 들여다봐라."

시키는 대로 두 사람은 구멍으로 다가가, 양손을 가장자리에 대고 안쪽을 들여다봤다. 고작 몇 발짝 아래 진주 빛처럼 뿌연 공간이 보였다. 어슴푸레하게 빛을 발하는 듯했다.

"내일 새벽이면 저 증정식장에 왕과 왕의 창, 종자들이 내려온다."

"저 빛은 뭐지?"

캇사가 묻자 목동 노인이 중얼거리듯이 답했다.

"증정식장의 암벽은 살아 있다. 의식의 날이 다가오면 뿌옇게 빛나기 시작하지. 왕의 창들은 저 빛 속에서 단창 기량을 겨룬다. 거기서 춤추는 자로 선발된 이가 어둠의 수호자 효율을 부르면 저 빛이 사라지며 완전한 어둠이 찾아오는 거다."

노인이 바르사를 바라봤다.

"넌 지그로 무사의 양녀라고 하더구나."

"그렇다."

"나는 35년 전에 이 구멍으로 지그로의 창 시합을 봤다. 멋진 창술이었다."

바르사가 고개를 끄덕였다. 노인이 캇사에게로 시선을 옮겼다.

"라르구 용사의 편지는 갖고 있지?"

캇사가 고개를 끄덕이며, 품에서 염소 가죽 두루마리를 꺼냈다. 두루마리를 묶은 끈은 라르구의 인장이 찍힌 밀랍으로 봉인되어 있었다.

"좋아. 잘 들어라. 그걸 보일 기회는 단 한 번뿐이다. 창 시합이 시작되기 전에 나간다면, 왕이 너를 훼방꾼으로 간주했을 때 모두의 공격을 받게 되어 절대 도망칠 수가 없을 것이다. 또 춤추는 자가 어둠의 수호자 효율을 부르고 난 뒤에는 칠흑처럼 어두워질 테니 편지를 읽을 수가 없다. 따라서 네가 말을 걸 기회는 춤추는 자가 이름을 밝히고나서 어둠의 수호자 효율을 부르기까지, 그 짧은 순간뿐이다. 춤추는 자가 정해지면 다른 사람들은 단창을 바닥에 내려놓아야 하지. 그때라면 무슨 일이 일어나더라도 도망칠 수 있을 것이다. 비록 그들이 문 너머로 공격해 들어갈 생각이라 해도, 창춤이 끝나고 어둠의 수호자 효율이 문을 열 때까지는 규정을 따를 테니까."

칸사는 가슴 저 밑바닥부터 시작된 전율이 점차 목까지 올라오는 기분이었다. 두루마리를 꽉 움켜주며 칸사가 고개를 끄덕이자, 노인이 처음으로 미소를 보였다.

"좋아. 그럼 오늘밤은 여기서 자도록 해라. 잠이 안 올지도 모르지만, 눈을 감고 누워 있는 것만으로도 상당한 효과가 있을 것이다. 왕 일행이 들어올 무렵에 반드시 깨워줄 테니."

젊은 목동이 짊어지고 있던 마른풀 자루와 염소 가죽을 내려 능숙하게 잠자리를 만들어주었다. 칸사는 푸근한 잠자리에 들어서도 전혀 잠을 잘 수 없었다. 머릿속에서 내일 호소할 말이 몇 번이고 울려퍼져 잠들게 놔두지를 않았다. 위장에 차가운 판자가 들어 있는 것만 같았다. 미세한 소리에도 감고 있는 눈 속에 빛이 확 퍼졌다.

몇 번쨀가 몸을 뒤척였을 때, 옆에서 바르사의 손이 뻗어와 캇사의 어깨를 어루만졌다. 따뜻한 손이었다. 조용히, 그리고 천천히 쓰다듬는 손길에 캇사는 비로소 편안해졌다. 지하 세계의 정적이 배로 스며들며, 어느덧 캇사는 잠에 빠져들었다.

3
증정 의식

날이 밝아올 무렵, 왕성 뒤편에 있는 동굴로부터 묘한 피리 소리가 흘러나왔다. '산왕의 피리'라 불리는, 의식을 알리는 피리 소리였다. 소리는 하늘 높이 빨려들 듯 올라갔다.

동굴 앞 광장에는 이미 병사 500명이 단창과 횃불을 갖추고 정렬해 있었다. 행렬 중앙 길로 흰 의례복으로 몸을 감싼 왕, 가슴에 각 씨족의 문장을 수놓아 무장한 왕의 창들, 그리고 왕의 창 종자들이 전진해왔다.

동굴은 번개신 요라무가 손으로 산을 쪼개 만들었다고 전한다. 우뚝 솟은 바위산 사이 입을 벌린 거대한 틈새였다. 눈이 계속 흩날려 날이 밝았는데도 하늘이 어둑어둑했다. 그 눈발 속에서 번개신 요라무를 모시는 사제가 왕과 왕의 창들에게 번개신의 힘을 부여하는 의식이 거행되었다.

카무는 하얀 입김을 내뱉으면서 유그로 숙부의 매처럼 매서운 옆얼굴을 응시했다. 흥분도 긴장도 비치지 않는 얼굴이었다. 모든 것이 꿈처럼 실감이 나지 않았다. 회색과 흰색 세계에 바위산과 동굴만 거뭇거뭇하게 떠올랐다. 흔들리는 횃불의 불빛마저도 눈보라 속에 어렴풋이 가물거렸다.

유그로는 뒤따르는 병사 500명의 힘을 등으로 느꼈다. 지하 세계로 공격해 들어가면 병사들 대부분 무참하게 목숨을 잃을 것이다. 정예군을 어이없게 잃는 어리석은 행위라며 왕의 친족들이 비난했지만, 그들에게는 유그로를 막을 힘이 없었다. 유그로는 각 씨족 군대를 통합하는 최강의 전사를 길러 군단 전체를 확실하게 손아귀에 쥐었기 때문이다.

누구나, 유그로의 권력을 증오하는 왕의 친족들조차도 유그로의 권위를 인정했다. 단창에 금고리를 번쩍이며 선 장신의 유그로는 자신감에 가득 차 번쩍번쩍 빛나 보였다. 그 빛에 현혹되어 사람들은 대부분 영웅의 모습에 숨겨진 치명적인 결점을 알아차리지 못했다.

유그로는 입김을 쏟아내며 두려움에 떠는 병사들 따위는 안중에 없었다. 사제의 흔들리는 손짓을 지켜보며, 유그로의 귓가에는 산왕을 쓰러뜨리고 생환할 때 자기를 맞이할 군중의 함성이 들리는 듯했다. 이윽고 사제의 의식이 끝나자 유그로는 젊은 왕의 창들을 둥글게 도열시켰다.

"때가 왔다, 왕의 창들이여. 칸발 최강의 창술사들이여, 그대들의 뛰어난 실력으로 가난한 칸발을 풍요롭게 만들 때가 도래한 것이다."

유그로의 차분하면서 힘찬 목소리가 귓가를 울렸다.

"부디 잊지 말기 바란다. 증정식장에 어둠이 내리면 산왕 송시를 간절히 읊조려야 한다. 마음속으로 진심을 담아 읊어야 한다. 알았나?"

젊은이들이 긴장한 얼굴로 고개를 끄덕였다. 실패했다가는 죽음을 맞을 것이다. 유그로는 조카 카무의 해쓱한 얼굴을 주시했다. 유그로가 시시무를 종자로 택하지나 않을까 걱정하던 카무였다.

'바보 같은 녀석.'

유그로는 속으로 중얼거렸다. 지그로를 무척 닮은, 오로지 정직하게만 사는 것이 전부인 녀석. 유그로가 아들 대신 자기를 사지로 내몰았다는 것도 알아차리지 못하는 녀석. 유그로는 시선을 거두며 심호흡했다.

"좋다. 그럼 가자! 번개신 요라무여, 우리에게 빛의 가호를! 우리의 단창이 번개가 되기를!"

유그로가 단창의 금고리를 들어올렸다. 왕의 창들이 얼른 유그로의 금고리에 각자 금고리를 갖다 대며 큰 소리로 번개 신 요라무에게 가호를 빌었다.

❧

캇사와 바르사는 작은 구멍에 쭈그리고 앉아 점점 밝아오는 증정식장을 주시했다. 귀가 아플 정도의 정적 속에서 두근거리는 심장만이 가슴속에 요동쳤다. 그때 목동의 휘파람 같은 소리가 몇 겹으로 겹쳐 울리기 시작했다.

'동굴이 피리를 부는구나.'

캇사는 그렇게 생각했다. 작은 구멍을 피리 삼아 동굴 전체가 음을 이루는 것 같았다. 그 소리가 사라지자 다시 정적이 돌아왔다. 상당히 긴 시간, 두 사람은 그 적막 속에서 기다리는 수밖에 없었다.

다음으로 정적을 깬 것은 발소리였다. 장화가 바위에 부딪치는 소리가 발에 전해오더니, 마침내 사람 그림자가 증정식장에 흔들리기 시작했다.

'왔다.'

긴 그림자가 흔들리면서 원을 그린다. 모든 그림자가 멈춘 순간, 가늘고 높은 소리가 들려왔다. 겁에 질린 그 목소리는 애처로울 정도로 떨리고 있었다.

"산왕이여! 태양 아래 칸발의 왕이 왔도다! 나, 나의 창을 거느리고 왔다! 내 창이 번뜩이면 성의를 표하라!"

그 소리가 암벽을 타고 들려오자 그림자가 움직이기 시작했다. 기합과 함께 그림자들이 격렬하게 돌아다니며 단창 자루가 부딪치는 소리가 높이 울렸다. 바르사와 캇사는 몸을 쑥 내밀고 창 시합을 지켜봤다. 증정식장보다 어두운 곳에 숨은 터라 발각될 염려는 없었다.

남자들이 두 조로 나뉘어 창 실력을 겨루는 것이 보였다. 희미한 빛 속에서 아직 앳된 종자 소년과 장년인 왕의 창이 격렬하게 서로를 찌르려 했다. 종자의 움직임도 제법 훌륭했지만, 역시 기량이 숙달된 왕의 창에는 적수가 되지 못했다.

카무의 차례가 돌아왔다. 카무는 과감한 기량으로 첫 번째 왕의 창을 꺾었지만, 두 번째 사내의 공격으로 단창을 떨어뜨리고 말았다. 이렇게 보고 있으려니 고작 열여섯이었던 지그로가 마지막까지 살아남았다는 것이 얼마나 대단한 일이었는지 충분히 알 수 있었다.

이윽고 유그로가 차분한 표정으로 시합장에 나섰다. 획 하고 유그로가 단창을 휘둘러 거머쥔 순간, 바르사는 숨을 멈췄다. 단창 기술에는 씨족마다 독특한 움직임이 있다. 유그로의 동작은 마치 지그로의 움직임을 보는 것 같았다. 왕의 창의 실력은 큰 차이 없이 훌륭했지만 역시 유그로의 기량은 출중했다. 잇따라 승부가 결정되는 동안 캇사는 심장이 졸아드는 심정으로 바라보았다. 정수리부터 이마로, 온몸이 저리기 시작하더니 어느새 식은땀을 흠뻑 흘리고 있었다.

'아직 아니야.'

유그로의 단창이 상대의 창을 감아올렸다가 떨어뜨리는 것이 보였다.

'아직.'

유그로가 단창 끝을 바닥에 탕 내리쳤다. 그것을 신호로 다른 무인들이 자기 단창을 바닥에 내려놓는 것이 보였다. 그리고 조금 전 왕의 선언과는 비교가 되지 않는, 가슴을 울리는 낭랑한 목소리가 들려왔다.

"나는 가장 뛰어난 단창술사다. 내 이름은 유그로 무사!"

그 순간 바르사가 캇사의 어깨를 쳤다. 캇사는 자기도 모르는 사이 구멍을 미끄러져 내려가기 시작했다. 적막에 휩싸였던 식장 바닥에 캇사의 발이 닿는 순간, 꽤 큰 소리가 울려 퍼졌다. 원을 이룬 채 유그로를 바라보던 남자들이 깜짝 놀라며 소리가 난 쪽을 돌아보고는, 캇사를 발견하고 이내 아연실색했다.

"캇사?"

카무가 저도 모르게 중얼거렸다. 캇사는 크게 숨을 들이마시고는, 움켜쥔 두루마리를 얼른 치켜올리고 큰소리로 이름을 밝혔다.

"저는 무사 씨족 톤노의 아들 캇사. 욘사 씨족의 장로 라르구 님이 보낸 긴급한 편지를 전하께 전하러 왔사옵니다!"

움직이는 사람은 아무도 없었다. 남자들은 멍하니 캇사를 응시했다. 모두 대체 무슨 일이 일어난 것인지 짐작할 길이 없었던 것이다. 캇사 역시 제정신이 아니었다. 둘러선 남자들을 둘러보다가 흰 옷과 왕관을 걸친 청년을 발견하고, 그쪽으로 내달렸다.

"기다려라!"

유그로가 단창 끝을 정확하게 겨눈 것을 발견하고 캇사는 발을 멈췄다.

"이건 무슨 함정이냐? 너는 지하에 사는 요괴의 화신이냐?"

"아, 아니에요! 유그로 숙부님."

캇사가 필사적으로 외쳤다.

"지난번 의식을 체험한 라르구 님이 저에게 모두의 목숨을 구하라며 편지를 맡기셨습니다. 전하, 그리고 왕의 창과 종자들이여, 모두 속고 있습니다! 이대로는 칸발이 멸망하고

맙니다! 부디 전하, 편지를 읽어주시옵소서!"

유그로가 단창을 휘두르려 한 순간, 뒤에서 누군가가 다가와 유그로를 옴쭉달싹 못하게 옥죄었다. 유그로는 몸을 비틀어 돌아보려 안간힘을 썼다.

"뭐하는 거냐! 카무냐? 돌았구나, 이 손을 풀어라!"

그러나 카무는 유그로를 꽉 끌어안은 채로 손을 풀지 않았다.

"숙부님이야말로 어쩔 생각이십니까? 캇사를 찌를 참이십니까?"

"바보 같으니라고! 홀려서는 안 된다! 저건 캇사가 아니다. 요괴의 화신이다. 우리를 시험하는 것이다!"

"그렇지 않다면 어쩔 겁니까? 정말로 라르구 님이 보낸 편지를 갖고 왔다면요? 라르구 님은 산속 지하의 비밀을 아는 분입니다. 우리가 아직 모르는 뭔가를 알고 계셔서, 이 의식에 맞춰 전달하러 보낸 건지도 모릅니다."

사람들이 일제히 술렁였다. 캇사가 왕을 쳐다봤다.

"전하! 제가 옳은지 유그로 숙부님이 옳은지, 편지 내용을 읽은 후에 결정하소서."

유그로가 몸을 틀어 왕을 돌아봤다.

"전하, 속으시면 안 됩니다. 우리를 나약하게 만들기 위한 함정입니다."

왕은 안절부절못하며 캇사와 유그로의 얼굴을 번갈아 둘러봤다. 그 얼굴 가득 두려움이 번지는 것을 보고 캇사가 호소했다.

"전하, 이 편지를 읽지 않으면 전하께옵서는 분명 여기서 이대로 목숨을 잃으실 겁니다. 이 편지는 전하를 구하기 위해 쓴 것입니다. 믿어주소서."

왕은 입술을 떨며 가쁜 숨을 내뱉었다.

"전하, 우리의 비장한 계획을 떠올리십시오!"

유그로의 굵은 목소리가 울렸다.

왕은 매달리듯이 유그로를 바라봤다. 유그로가 단호하게 왕을 응시했다.

"저를 믿으셔야 합니다. 줄곧 전하를 지켜온 저를."

끌려들어가듯이 고개를 끄덕이려는 왕을 보고 캇사가 소리쳤다.

"안 됩니다! 전하, 지금 이 편지를 읽지 않으면 전하께서는 어둠의 수호자 효울에게 당할 것입니다! 폐하뿐만 아닙니다. 여기 있는 자 모두 쥐도 새도 모르게 살해당하고 맙니다."

흠칫 놀란 왕이 몸서리치며 캇사를 바라봤다. 캇사가 간절히 호소했다.

"전하, 모두를 죽음으로 내몰지 마시옵소서. 칸발의 멸망을 막으셔야 합니다!"

유그로가 왕의 창들을 둘러보며 강한 어조로 말했다.

"누군가 이 녀석을 붙잡아라. 잊었느냐, 우리의 비장한 계획을! 너희는 무엇을 위해 여기 있는 것이냐?"

주저하는 가운데 무인 몇이 캇사 쪽으로 발을 내딛었다.

'안 돼.'

왕도 왕의 창들도 유그로에게 마음을 붙잡혀 있다. 특히 왕은 마치 어린아이처럼 유그로에게 의지하고 있다. 아무리 호소해도 왕은 결국은 유그로의 뜻을 따를 것이다.

캇사는 마음을 정했다. 얼른 달아나 벽에 붙어 서서 두루마리의 끈을 잡아 뜯었다. 그런 다음 재빨리 두루마리를 흔들어 펼치더니 치켜들고 또렷한 목소리로 읽기 시작했다.

"산속 지하의 의식을 경험한 나 라르구가 여기 의식의 비밀을 전하노라. 춤추는 자가 어둠의 수호자 효울을 부르기 전에 이 내용이 모두에게 전달되기를 빌며."

캇사 쪽으로 발을 내딛던 왕의 창들이 발을 멈췄다.

"어둠의 수호자 효울은 산왕의 부하가 아니다. 이 세상을 떠난 그대들의⋯."

캇사의 말에 잠시 정신을 빼앗겼던 카무는 유그로의 몸이 낮게 깔리는 기척을 느꼈다. 그 순간 카무는 공중으로 던져졌다가 바위 바닥에 냅다 내동댕이쳐졌다. 가까스로 낙법을 취했지만, 등을 세게 부딪쳐 숨이 막히며 정신이 아득해졌다.

유그로의 단창이 휙 소리와 함께 대기를 가르며 캇사를 공격했다. 두루마리를 치켜든 캇사가 미처 피하지 못해 날카로운 창끝이 배를 파고 들어온다고 생각한 순간, 쩽그렁 소리가 높게 울려퍼졌다. 곧 창끝은 흰 잔광을 끌며 옆으로 밀려났다. 무슨 일이 일어났는지 알 틈도 없이 캇사는 나가떨어져 바닥에 쓰러졌다.

유그로는 손에서 단창이 비틀려 스윽 끌려 올라가는 것을 느꼈다. 다음 순간 단창은 유그로의 손을 떠나 공중을 날더니, 성마른 소리를 내며 바닥으로 떨어졌다. 눈 깜짝할 사이에 일어난 일이어서 무슨 일이 일어났는지도 모른 채, 유그로는 멍하니 자기에게 단창을 겨눈 존재를 응시했다.

"너⋯."

유그로는 상대를 알아차리고 숨을 멈췄다. 바르사가 흰 창끝을 정확히 유그로의 목에 겨누고 서 있었다.

"오랜만이다, 유그로 씨. 우리가 만난 게 지그로가 죽기 3년 전이었지?"

유그로의 안색이 순식간에 변했다.

"네가 지그로를 죽였다고 말하고 다닌다며? 말도 안 되는 소리. 지그로는 말이다, 병으로 세상을 떠났어. 내 손을 잡고 임종했단 말이다."

왕의 창들이 술렁이기 시작했다.

바르사가 굳은 얼굴로 우두커니 선 왕을 쳐다봤다.

"왕이여. 나는 당신의 백부인 나그루 왕의 주치의 카르나 욘사의 딸이다. 내 이름은 바르사, 내 아버지는 당신의 아버지 로그삼 왕이 강도로 위장해 보낸 첩자에게 살해당했지. 나도 당할 뻔했으나 지그로 무사 덕분에 살아남았다."

술렁임이 점점 더 커졌다. 그 가운데 오직 유그로만이 입을 다문 채 바르사를 주시할 뿐이었다. 유그로가 당황한 것은 한순간에 불과했다. 바르사가 이야기하는 짧은 시간을 이용해, 그는 이 상황에서 빠져나갈 길을 찾았다. 이윽고 유그로가 내뱉었다.

"어리석구나. 우리가 이런 수법에 넘어갈 거라고 생각했느냐?"

유그로가 무슨 말을 하려는지 몰라 바르사는 미간을 찌푸렸다. 유그로는 차분한 어조로 말을 이었다.

"캇사 다음에는 지그로의 양녀라. 산속 지하에서는 이런저런 요괴들이 나타나 사람을 시험한다더니, 산왕의 사신이여,

잘 들어라. 춤추는 자는 나로 정해졌다. 네가 무슨 말로 시험하려 해도 왕의 창은 마음이 흔들릴 만큼 어리석지 않다."

그러고는 재빨리 왕의 창들을 돌아봤다.

"그렇지? 왕의 창들이여, 칸발 최강의 창술사들이여. 무슨 일이 있어도 나를 믿을 것이냐?"

유그로의 등 뒤에서 왕의 창들이 당황하는 기색이 역력했다.

"나는 너희를 믿는다."

나직하게 말한 유그로는 얼른 양팔을 벌렸다.

"자, 지하에 사는 요괴여. 나를 죽이려거든 해봐라. 그것이 정말로 그대의 왕이 바라는 바라면."

'이 사내는.'

바르사는 어안이 벙벙해 양팔을 벌리고 선 유그로를 바라보았다.

'이 사내야말로 요괴로구나.'

이 인간에게는 대단히 중요한 것이 결여되어 있다. 자기에게 유리한 거짓말을 마치 진실처럼 술술 말하는 남자. 바르사는 이 순간 똑똑히 깨달았다. 이 남자는 지그로를, 친형을 배반하고 영웅이 된 것을 조금도 부끄러워하지 않는다. 이런 사내에게 창춤을 전수하고 동생에게 금고리를 건넸다며 기뻐하던 지그로의 얼굴을 떠올리는 순간, 가슴속 저 밑바닥부터 구역질이 올라왔다.

이 쓰레기 같은 사내는 바르사가 감내해온 피눈물을 양식 삼아 여기까지 올라온 것이다. 친구를 처치하고 절규하던 지그로, 굶주린 채 흙바닥에 잠들던 나날, 하루하루 연명할 돈을 벌기 위해 사람을 찌를 때마다 팔에 전해오던 그 감각.

어릴 적부터 줄곧 가슴속에서 끄느름하게 불타던 분노가 마침내 활활 타오르며 치솟았다. 바르사는 단창 끝을 슬쩍 바닥에 댄 유그로의 단창을 들어 올리더니 곧 유그로를 향해 던졌다. 유그로가 단창을 잡더니 얼굴을 찌푸렸다. 바르사가 얼음장처럼 차가운 미소를 흘리며 유그로를 응시했다.

"대단하구나. 말재간으로는 당할 수가 없겠구나. 나를 지하의 백성으로 몰아붙이고 싶거든 마음대로 해라. 네 연극에 장단을 맞춰주지. 하지만 '춤추는 자'는 최강의 창술사가 차지하는 법."

바르사는 허공에 창을 휙 그은 다음 다부지게 거머쥐었다.

"지그로의 창이 어떤 것인지 직접 알아보자꾸나."

바르사가 가슴 깊이 울리는 목소리로 소리쳤다.

"무사 씨족의 유그로여, 지그로가 키운 욘사 씨족의 바르사가 도전한다. 어둠의 수호자 효울이여, 똑똑히 지켜보라. 어느 쪽이 진정 춤추는 자인지를!"

바르사가 말을 마친 순간, 증정식장의 빛이 돌연 희미해졌다. 식장에 있던 사람들은 모두 오싹한 한기에 주위를 둘러봤다. 어느 틈엔가 그림자가 늘어나 있었다. 남자들이 만드는 그림자보다도 짙은 그림자가 모두의 뒤에 드리운 것이다.

4
추선공양을 위한 창춤

　정적이 감돌았다. 증정식장 중앙에 자리 잡은 어둠이 두 사람을 응시하는 것 같았다.

　"내 호소에 응답해준 것 같구나."

　바르사가 나지막이 말하자, 유그로의 입술에 갑자기 미소가 떠올랐다.

　"그런 것 같구나. 좋다, 도전을 받아주지. 덤벼라."

　'한낱 여자 주제에 건방지게.'

　유그로는 한껏 비웃었다.

　'훼방꾼이 죽여달라고 자진해서 목을 내민 꼴이로구나.'

　그렇게 생각한 순간, 유그로는 깜짝 놀라 몸을 움츠렸다. 목 옆으로 흰 빛이 스쳤다. 목에 뜨거운 통증을 느끼기도 전

312 어둠의 수호자

에 무수한 빛이 목을 겨냥해 다가오는 것이 보였다. 유그로는 생각할 틈도 없이 있는 힘을 다해 펄쩍 뛰어 도망쳤다. 한순간에 전신이 얼음처럼 차가워졌다. 아무런 기척도 없이, 이 정도로 빨리, 이 정도로 정확하게 목으로 뻗어오는 창을 유그로는 이제까지 본 적이 없다.

유그로는 눈을 크게 뜨고는 가쁘게 숨을 내뱉었다. 바르사를 깔보던 마음은 흔적도 없이 사라졌다. 남은 것은 살벌한 살의뿐이었다.

'죽여주지. 이 세상에서 깨끗이 사라져버려라!'

유그로가 숨을 크게 들이쉬더니, 주위가 덜덜 떨릴 정도로 기합을 넣었다. 바르사는 목을 겨냥해 덤벼드는 흰 빛을 느끼고 얼른 몸을 기울여 피했다. 잠깐 유그로의 창끝이 사라졌다고 생각한 순간, 밑에서부터 창끝이 솟구쳐 올라왔다.

반사적으로 창 자루를 휘둘러 창끝을 쳐내자마자, 바르사는 건져올리듯이 창을 움직여 유그로의 무릎을 내리쳤다. 유그로는 펄쩍 뛰어올라 몸을 피하고는 위에서 다시 창을 내리찔렀다. 창으로 막으며 몸을 피했는데도 손이 저릴 정도로 묵직한 공격이었다.

'역시 세구나.'

목덜미가 서늘했다. 유그로의 창끝이 조금도 틈을 보이지 않고 뱀처럼 공격해왔다. 오른쪽, 왼쪽, 아래쪽에서 비스듬히. 바르사는 모든 공격을 받아내며 한 발 한 발 앞으로 나아갔다. 두 사람의 실력은 거의 차이가 나지 않았다.

왕의 창들도, 캇사도, 마침내 의식이 돌아온 카무도 얼어붙은 듯이 숨을 멈추고 번개가 맞붙는 듯 무시무시한 싸움을 가만히 응시할 뿐이었다. 서로의 급소를 겨눈 창끝이 허공에서 교차했다. 그 순간, 유그로의 턱과 바르사의 뺨에서 핏방울이 튀었다.

부상의 충격에 유그로는 얼굴을 돌렸지만, 바르사는 조금도 당황하지 않고 공격을 늦추지 않았다. 그 차이가 승부를 결정지었다. 유그로가 얼굴을 돌린 순간의 틈새를 노려 바르사는 단창을 날렸다. 바르사의 손을 떠난 단창은 대기를 가르며 유그로의 오른쪽 어깨를 깊숙이 관통했다. 곧 이어 바르사가 난폭하게 유그로의 가슴을 걷어차며 커다란 몸뚱이에서 창을 뽑아냈다.

바닥을 뒹굴며 몸부림치면서 유그로는 갈라지는 소리로 비명을 내질렀다. 바르사가 거친 호흡을 가다듬으며 유그로에게 다가갔다. 격한 분노로 관자놀이가 불끈거렸다.

"보내주지."

어깨를 누르며 신음하는 유그로를 내려다보며 바르사가

낮은 소리로 뇌까렸다. 그러고는 단창을 높이 들어올려 힘껏 내리치려 했다.

그 순간 세계가 사라졌다. 세찬 바람에 꺼지기라도 한 듯 빛이 자취를 감추더니 완전한 어둠이 찾아든 것이다. 바르사는 유그로를 찌르려던 창끝에 무언가 닿자 뛸 듯이 놀랐다. 그리고 얼어붙은 듯이 움직임을 멈췄다.

쓰러진 유그로 곁에 푸르스름한 사람 형체가 서 있었다. 이쪽으로 등을 돌리고는 단창을 들고서 유그로를 내려다보는 자세였다. 빈틈없이 칠한 것 같은 어둠 속에서도 바르사는 확실하게 느낄 수 있었다. 머리카락이 일제히 곤두서고 팔에 소름이 돋았다.

'설마, 그럴 리가 없어.'

바르사가 중얼거렸다. 푸르스름한 뒷모습이 절대로 여기 있을 리 없는 사람과 소름끼칠 정도로 닮았기 때문이다. 라르구의 편지를 소리 내 읽던 캇사의 목소리가 귓가에 되살아났다.

"어둠의 수호자 효율은 산왕의 부하가 아니다. 이 세상을 떠난 그대들의…."

'설마.'

주위를 둥글게 둘러싼 채 어둠 속에 서 있는 푸르스름한 기적들. 바르사는 그 하나하나를 기억해냈다.

'설마.'

유그로는 얼어붙을 듯한 추위로 이를 딱딱 부딪쳤다. 그리고 간신히 몸을 움직여 자기를 내려다보는 푸른 그림자를 올려다봤다. 극심한 통증마저 느끼지 못할 정도로 추웠다.

'이게 뭐지? 꿈을 꾸는 건가?'

유그로는 뒷걸음질 쳤다. 어둠 속에서 자신을 바라보는 눈. 분명 잘 아는 눈이었다.

'아직 살아 있었던 걸까?'

하지만 저 그림자에는 피가 흐르는 생명의 기미가 없다. 공포와 통증으로 마비된 머릿속에서, 라르구가 가르쳐주었던 어둠의 수호자 효울의 정체가 되살아났다. 몸을 옥죄는 공포 속에서 유그로는 깨달았다.

'그렇구나… 그랬어. 네가 어둠의 수호자 효울이었구나. 그런 거였다니. 그렇다면 바로 지금 추선공양을 해줄 테니 어서 돌아가라, 어둠 속으로.'

뭔가 적당한, 다정한 말을 해보자. 진심으로 납득해서, 편안하게 저세상으로 돌아갈 수 있을 만한 말을. 유그로가 푸른 그림자에게 속삭였다.

"형, 나를 원망하고 있어? 사실 내가 한 짓은 어떻게 보면 교활한 짓일지도 몰라. 하지만 형은 이해해줄 거야. 그런 막막한 상황 속에서, 무사 씨족의 명예를 회복하기 위해서는 그렇게 할 수밖에 없었다는 것을. 괴로웠을 거야, 형. 견딜 수 없을 정도로 괴로웠을 거야. 형의 고통을, 괴로움을, 이제 내가 없애줄게. 형, 제발 산왕의 궁전으로 가는 문을 열어줘. 칸발과 백성들을 위해서. 칸발이 행복해지기 위해서. 알겠어? 그것이 형이 구원받을 유일한 길이야. 그렇게 해주면 칸발은 풍요로운 나라로 다시 태어날 거야. 더 이상 굶주리는 자는 없겠지! 그렇지? 알 거야, 형! 그렇게 되면 칸발 사람 모두가 형에게 감사할 거야! 형이 끌어안고 죽은 불명예는 그저 비극으로 바뀌고, 형의 인생에도 의미가 생길 거야!"

유그로는 기대를 품으며 그림자를 올려다봤다. 하지만 그림자는 대꾸하지 않았다. 유그로의 말에 마음이 움직인 것 같지도 않고, 그저 어두운 눈동자로 유그로를 응시할 따름이다. 그 눈을 바라보고 있자니 속이 메슥거렸다.

'이 바보가.'

유그로는 생각했다. 스스로 택한 길이 결국 비극적인 수렁이었다는 이유로 죽은 후에도 그 수렁에 붙잡혀 있다니, 얼마나 한심한가. 그런 바보가 오히려 나를 원망하고 있다!

'이 바보가! 자기가 얼마나 미련한지도 모르는 천치가!'

마음속에서 뭔가가 끊어지듯, 그때까지 억누르고 있던 분노가 아우성치며 분출했다.

'빌어먹을. 까불지 마, 원망을 늘어놓고 싶은 건 나라고! 네가 쓸데없이 남의 딸이나 동정해 칸발에서 도망치고나서 내가 하루하루를 어떻게 보냈는지 알기나 해? 항상 남의 눈을 신경 쓰면서, 음지에 숨어서 눈에 띄지 않으려고 애쓰던 그 시절의 내 심정을 이해하겠어? 나는 너를 줄곧 증오했다고!'

부글부글 끓어오르는 분노가 가슴에 퍼졌다. 그 순간 유그로는 손이 제멋대로 돌아가 등에서 단검을 뽑아드는 것을 깨달았다. 손을 멈춰야 한다고 생각했지만, 이참에 이 녀석을 찔러 죽이고 싶다는 욕구가 훨씬 강력했다.

유그로는 단검을 세게 휘둘러 그림자의 발을 찔렀다. 순간 타는 듯한 통증이 발에 느껴졌다. 유그로는 비명을 질렀다. 피비린내가 어두운 대기에 가득 차며, 심장이 고동칠 때마다 발에서 피가 뿜어나왔다.

'말도 안 돼! 왜 내가 상처를 입는단 말이야?'

유그로가 가쁘게 숨을 내뱉으며 뒷걸음질 쳤다. 엄청난 공포로 뭐가 뭔지 알 수가 없었다.

'꺼져! 꺼져, 이 자식아! 너는 죽었단 말이야! 언제까지 나를 방해해야 직성이 풀릴 거야? 네가 사라지면 나는 영원한 명예를 얻는단 말이다!'

유그로는 흐느끼면서 어둠을 더듬어 단창을 끌어당겼다. 그와 동시에 느낌이 왔다. 그림자가 자신을 푹 뒤덮고 마음을 읽고 있었다. 유그로가 속으로 외쳤다.

'형이라면 네가 괴롭힌 동생을 위해 청광석 루이샤를 내밀어 보상해야지!'

눈앞에 있는 그림자에게 유그로는 격렬한 증오밖에 남은 것이 없었다. 앞길을 방해하는 자, 해만 되는 자를 그저 없애버리고만 싶었다.

'꺼져라! 영원히 어둠 속으로 꺼져버려!'

그 순간 바르사는 어둠 속에 깊이 흐르는 슬픔을 감지했다. 세게 얻어맞은 것처럼 몸이 휘청거렸다. 너무나도 괴로운, 잊을 수 없는 감각이었다. 지그로가 암살자로 찾아온 친구를 죽이는 순간, 바르사는 한 번도 눈을 돌리지 않고 모든 것을 지켜봤다. 그 순간에 지그로의 등과 어깨에서 뿜어나오던 그의 마음을 바르사는 고스란히 봐온 것이다. 손으로 만질 수 있을 정도로 크고 뚜렷한 슬픔이었다.

지금 유그로를 뒤덮은 어둠의 수호자 효울에게서 그 슬픔의 파도가 급류처럼 쏟아져나오는 것을 바르사는 똑똑히 보았다.

'유그로를 죽이려 하는구나. 그래서 슬픈 거야.'

그 생각과 동시에 바르사는 튕기듯이 앞으로 뛰어나갔다.

유그로가 창을 힘껏 끌어당겼다가 쭉 뺀은 순간, 마치 거울에 비치듯 같은 동작으로 어둠의 수호자 효율의 창이 쑥 나왔다. 창끝이 유그로에게 박히려는 순간, 바르사의 창이 효율의 창을 쳐올렸다.

바르사는 크게 원을 그리며 효율의 창을 쳐올리고는 유그로를 뛰어넘어 왼편에 섰다. 효율이 이쪽으로 창을 되돌리는 것이 보였다. 움직임을 완전히 멈추고서 온전히 마주하니 비로소 누구인지 분명하게 알 수 있었다. 의심할 여지가 없었다. 십 수년간 수천 번이나 창을 주고받은 사람, 너무나도 친근한 기척.

'지그로.'

뜨거운 덩어리가 목구멍으로 복받쳐 올라왔다.

'유그로를 죽여선 안 돼.'

바르사가 중얼거렸다.

'죽이면 당신의 영혼은 영원히 슬픔에서 헤어날 수가 없어.'

지그로의 그림자로부터 조용히, 아주 조용히 분노의 감정
이 배어나왔다. 그림자는 결코 아무 말도 하지 않았지만, 분
노의 기운은 말보다도 훨씬 확실하게 전해졌다.

갑자기 어둠을 뚫고 단창이 공격해왔다. 바르사가 깜짝 놀
라 창을 쳐냈다. 어지럽게 공격해오는 창을 쳐내는 사이에,
두 사람의 창이 엉키고 밀치며 어느덧 춤을 추듯이 유려한
곡선을 그렸다. 두 사람의 움직임은 더 이상 단순한 창술 대
결이 아니었다.

"창춤이 시작되었다."

캇사는 귓전에서 목동 노인의 속삭임을 들었다. 칠흑 같은
어둠 속에서 캇사를 비롯한 모든 사람의 마음에 마치 번개
처럼 여러 생각들이 번졌다. 바르사의 생각과 어둠의 수호자
효울의 생각이 뒤엉키면서 어지럽게 춤추는 광경을 눈으로
보듯 확실하게 느낄 수 있었다. 목동이 또다시 속삭였다.

"기도해라, 캇사. 바르사가 어둠의 수호자 효울을 위해 추
선공양에 성공하기를."

창춤을 추는 동안 바르사는 묘한 감각에 빠져들었다. 목소
리는 전혀 들리지 않는데도 창 공격 하나하나로부터 분출되

는 감정을 빠짐없이 느끼는 것이다. 지그로의 창이 다시 한 번 격렬하게 찔러왔을 때 바르사는 미처 막지 못했다. 옆구리에 뜨거운 통증을 느낀 순간, 그 상처로부터 지그로의 억누르지 못한 증오가 흘러나왔다. 바르사는 크게 충격받았다. 지그로가 자기를 증오한다는 뜻밖의 사실을 알게 된 것이다. 하지만 알 것 같았다. 어쩌면 마음속에서 어렴풋이 알고 있었던 것 같기도 했다.

'바르사만 없었다면.'

지그로는 한평생 그 생각을 얼마나 억눌렀을까. 거치적거리는 여자아이를 지키지 않아도 된다면 지그로는 친구들을 그렇게 죽일 필요도 없었을 것이다. 아예 칸발에서 도망칠 필요조차 없었을 것이다. 지그로의 인생을 송두리째 망쳐버린 것은 로그삼만이 아니다. 바르사 역시 원인이었다.

가차 없이 파고드는 창을 미처 막아내지 못할 때마다 바르사는 살갗이 찢어지는 통증을 맛봤다. 뼛속까지 스며드는, 형용할 길 없는 아픔이었다. 어둠 속에 단창을 들고 선 어둠의 수호자 효울 여덟 명에게서도 증오의 파도가 밀려왔다.

'너만 없었다면.'

효울들이 속삭이고 있었다.

'그랬다면 우리는 한창 나이에 죽지 않았을 것이다.'

뼈를 깎는 통증이 바르사의 가슴을 쳤다. 그러나 동시에, 갑자기 몸을 쥐어짜듯 뭔가가 마음속에서 얼굴을 내밀었다. 타오르는 듯한 분노였다.

'내가 뭘 할 수 있었단 말이냐?'

바르사는 공격해 들어오는 창을 힘껏 물리쳤다.

'고작 여섯 살이었던 내가!'

그러고는 분노가 이끄는 대로 창을 내리쳤다. 지그로가 막 아내는 단단한 감각이 손에 전해져왔다.

'내가 태어나지 말았어야 한다는 거냐? 아니면 스스로 목숨을 끊었어야 한다는 거냐?'

노골적인 분노였다. 지금껏 숨기고 덮어온, 자기 자신에게 조차 숨겨온 분노가 걷잡을 수 없이 쏟아져 나오기 시작했다. 바르사는 광기에 사로잡힌 듯 창을 휘둘렀다.

'나는 살려달라고 부탁한 적 없어! 당신이 제멋대로 살려 준 거야!'

지그로가 팔을 찢겨 멈칫했다.

'내가 모를 거라고 생각했던가? 친구를 죽일 때마다 당신이 나를 원망한다는 걸. 줄곧 모두 느꼈단 말이다.'

바르사의 외침은 지그시 창춤을 응시하는 어둠의 수호자 효율 여덟 명을 향한 것이기도 했다.

'당신들의 죽음은 고통 그 자체였어. 견딜 수 없는 고통이었다고! 절대 보상받을 수 없는, 그렇기 때문에 절대로 사라지지 않는 고통이었다고.'

바르사의 창이 지그로의 옆구리를 찔렀다.

'당신이 죽은 뒤에도 나는 그 짐을 지고 살아왔단 말이야!'

파고드는 지그로의 창을 쳐올리며, 바르사는 소리 없이 고함쳤다.

바르사가 지그로의 창을 쳐올리는 바람에 지그로의 가슴에 커다란 틈이 생겼다. 저 가슴에 창을 꽂으면 지그로가 사라진다. 바르사는 어둠 속에서 자신을 응시하는 지그로의 눈을 본 것 같았다.

'나를 죽여라'라는 목소리가 들린 것만 같았다.

'그 모든 분노를 담아 나를 죽여라. 그리고 분노의 저편으로 빠져나가라.'

그 순간 분노로 메말라버린 모래땅에 비가 뚝뚝 떨어지듯, 뜨거운 슬픔이 가슴에 넘쳐흐르기 시작했다. 진눈깨비가 내리는 추운 밤에 처마 밑 진흙탕 속에서 얼어붙은 몸으로 잠들던 어린 시절, 자신을 힘껏 감싸 안던 지그로의 냄새와 온기가 살갗에 되살아났다. 슬픔을 끌어안은 채 고통으로 신음하면서, 지그로는 그래도 죽 바르사를 부둥켜안고서 살았던 것이다.

지그로가 바르사의 공격을 재촉하듯 창을 내밀었다. 알 수 있었다. 그 창이 똑바로 심장을 향해 뻗어오는 것을 느끼면서, 바르사는 움직임을 멈췄다.

지그로의 창이 바르사의 심장을 관통했다. 전신에서 통증이 폭발했다. 바르사는 자기의 죽음을 지켜봤다. 그 죽음의 고통 속에서 바르사는 지그로를 향해 비틀거리며 걸어가, 그 어둠 덩어리를 부둥켜안았다.

정겨운 냄새와 온기가 온몸을 감쌌다. 지그로를 향한 바르사의 마음과 바르사를 향한 지그로의 마음이 온기가 되어 녹아들었다. 가슴속에 목소리가 들렸다.

'안녕, 바르사.'

바르사가 부둥켜안은 지그로의 몸으로부터 푸르스름한 빛이 퍼져 나왔다.

그 순간 증정식장의 어둠 속에 서 있던 어둠의 수호자 효울들이 일제히 푸른빛을 발하기 시작했다. 멍하니 지켜보던 캇사는 갑자기 발밑의 바위 바닥이 사라져버린 것을 깨달았다. 왕이 비명을 질렀다. 왕의 창들도 발밑을 보고는 엉겁결에 주저앉아 몸을 끌어안았다.

그들은 수면에 떠 있었다. 가슴 아래에는 한없이 깊은, 무서울 정도로 투명한 물이 펼쳐져 있었다. 너무 맑아서 공중에 떠 있는 것처럼 느껴질 정도였지만, 희한하게도 차갑다는 느낌은 들지 않았다.

분명 지그로의 창이 바르사의 심장을 관통했다. 극심한 통증이 여전히 남아 있다. 그러나 피가 쏟아지는 감각이 없었고, 피비린내도 나지 않았다. 바르사는 지그로의 몸이 자기 팔 안에서 녹아내리듯 사그라지는 것을 느꼈다. 지그로가 푸른빛으로 변하며 스르르 사라진다. 지그로의 온기가 몸에서 빠져나간 뒤에는, 꺼진 촛불의 가느다란 연기처럼 온통 쓸쓸함만이 남고 말았다.

지그로와 어둠의 수호자 효율들이 제각기 푸른빛으로 변하더니 한 덩어리 빛으로 뭉쳐 가만히 바르사를 쓰다듬었다. 그리고 그 빛은 바르사를 슬그머니 지나쳐 물에 떠 있는 사람들 곁으로 흘러갔다. 빛은 잠시 그들을 감싼 다음 물속으로 녹아들었다. 그 푸른빛에 닿은 순간, 모두의 마음에 따뜻한 마음과 작별을 고하는 안타까움이 깊이 배어들었다. 먼 옛날 세상을 떠난, 슬픈 죽음을 맞은 아버지와 형, 숙부들의 마음이 그들을 어루만진 뒤 서서히 사라졌다.

사람들은 넋 빠진 표정으로 지켜보았다. 푸른빛은 물속으로 녹아내렸다. 그리고는 이윽고 스르륵 퍼지더니 물을 감싼 바위로 스며들었다. 그 순간 바위에 변화가 일어났다. 극히 평범하던 잿빛 바위가 푸른빛을 띠며 스스로 빛나기 시작한 것이다. 사람들은 자기들이 무엇을 보고 있는지 알아차리고, 벼락이라도 맞은 듯 숨을 멈췄다.

　'청광석 루이샤다!'

　영롱한 푸른빛이 사람들을 감쌌다. 왕의 창 하나가 손을 뻗어 루이샤를 만지려 했으나, 분명 손이 닿았는데도 만질 수가 없었다.

　바르사는 물속 멀리 깊은 곳에서 꿈틀거리는 무언가를 보았다. 푸른빛이 깜빡이며 거대한 것이 스르르 움직이고 있었다.

　'수류의 사냥꾼 스티란?'

　순간적으로 그렇게 생각했지만, 곧바로 그렇지 않다는 사실을 깨달았다. 그 생명체는 스티란치고 거대했으며 지나치게 투명했다. 사람들은 숨을 멈추고는 천천히 바위 표면에 몸을 비비면서 소용돌이치며 올라오는 생물을 주시했다.

　그것은 어마어마하게 크고 투명한 물뱀이었다. 눈이 없고 몸도 투명해, 물과 구별해 알아보기 어려운 물뱀이었다. 비늘만은 군데군데 푸른빛을 발해 두려움보다는 성스럽고 경이로운 아름다움을 자아냈다. 샘 바닥 암벽 전면이 푸른색으로 빛났다. 정신이 아득할 정도로 많은 청광석 루이샤가 조용히 빛을 내는 것이다.

물뱀이 비늘로 바위를 문지를 때마다 청광석 루이샤가 비늘에 묻어 반짝반짝 빛났다. 그리고 물뱀이 스륵스륵 움직이면서 신령스런 정기로 가득 찬 물이 온 땅에 스며들었다. 아무도, 소심한 왕조차도 꼼짝하지 않는 채로 거대한 물뱀의 춤에 빠져들었다. 식장 바닥에 쌓여 있던 공물 라가나 말린 고기가 흔들거리며 물로 떨어지자, 모든 것이 푸른빛으로 변해버렸다. 공물에 담긴 칸발 백성의 마음이 빛으로 변한 것이라고 바르사는 생각했다.

물뱀이 푸른빛을 빨아들였다. 바르사는 진주조개처럼 흔들리며 빛나는 비늘에 순간 지그로의 모습이 비친 것 같았다. 잘못 본 건지도 모른다. 하지만 바르사가 기억하는 음울한 지그로가 아니라, 캇사와 많이 닮은 밝은 표정이었다. 물밀 듯이 눈물이 넘쳐흘렀다. 바르사는 두 손으로 얼굴을 감싸고서 큰소리로 통곡했다.

물뱀의 춤이 조금씩 변하기 시작했다. 비늘이 잔물결 일듯이 일렁이더니, 바위에 비늘을 비빌 때마다 조금씩조금씩 주름이 생겼다.

'아.'

캇사는 무슨 일이 일어나는지 짐작할 수 있었다.

'허물을 벗는구나.'

물뱀의 비늘이 무지개처럼 흔들흔들 빛을 발하면서 천천히 벗겨지기 시작했다. 허물을 벗어갈수록 마치 사라지는 것처럼 보였다. 탈피한 새 몸은 아직 청광석 루이샤가 스며들지 않은, 물과 다를 바 없는 투명한 상태였기 때문이다.

허물이 깨끗이 벗겨졌을 때 물뱀의 마음이 전해져왔다. 아이를 생각하는 부모처럼 따뜻한 마음이었다. 물에 떠 있는 사람들은 그 아늑한 마음에 에워싸여 전율했다.

이윽고 물뱀이 천천히 물결을 일으키며 깊은 곳으로 돌아갔다. 그 뒤에는 푸른빛을 일렁이는 아름다운 허물만이 물속을 떠다녔다. 캇사는 불현듯 뭘 해야 할지 깨달았다. 푸른빛에 넋이 나간 왕을 불러 일깨운 것이다.

"전하!"

왕이 멍한 표정으로 캇사를 바라봤다. 캇사는 물결에 흔들리는 허물을 가리켰다.

"청광석 루이샤입니다. 산왕의 선물이에요."

왕이 눈을 깜빡이며 캇사를 보고는 물뱀의 거대한 허물로 눈길을 돌렸다.

"내, 내가 가져와야 하느냐?"

캇사가 고개를 끄덕이자 왕은 도움을 청하듯이 유그로를 찾았다. 하지만 유그로의 모습은 어디에도 없었다. 왕이 꿀꺽 침을 삼켰다. 주저하는 사이에 푸른빛을 발하는 허물은 천천히 가라앉기 시작했다. 카무가 애가 타서 소리를 질렀다.

"전하! 칸발의 백성을 굶주리게 할 셈입니까!"

왕이 흠칫 카무를 돌아보고, 크게 심호흡하더니 몸을 움직였다. 왕의 손이 허물을 붙잡은 것이 보였지만 허물이 몹시 거대해 혼자서는 감당할 수가 없었다. 왕은 필사적으로 허물을 잡고 헤엄치려 했다.

왕의 창과 그 종자들이 얼굴을 마주 보고, 곧 이어 바르사와 캇사에게로 시선을 돌렸다. 그들은 서로 고개를 끄덕이더니 일제히 물로 뛰어들었다. 미리 상의를 한 바가 없는데도 원을 이루며 흩어지더니, 왕을 도와 허물을 붙잡고 혼신의 힘을 다해 헤엄치기 시작했다. 허물은 물속에 있다고는 생각할 수 없을 정도로 무거웠다. 모두 필사적으로 몸부림치며 줄기차게 헤엄쳤다.

이윽고 물 위로 얼굴이 나왔다고 생각한 순간, 사위가 어두워졌다.

꿈에서 깨어난 듯한 얼굴로 모두가 주위를 둘러봤다. 방금
전까지 헤엄치던 물은 어디에도 없었고, 몸도 뽀송뽀송했다.
사람들은 증정식장 바위 바닥 위에 엎드려 있었다. 단단히 손
에 쥔 물뱀의 허물도 어느새 사라지고, 그 자리에는 산더미처
럼 쌓인 청광석 루이샤만이 푸른빛을 발했다.

그때 아름다운 휘파람소리가 몇 갈래나 겹쳐 들려왔다. 놀
라서 주위를 둘러본 사람들은 토갈 때문에 눈이 반짝이는 수
많은 목동들에게 둘러싸여 있다는 사실을 깨달았다.

"'산왕의 백성'이 와서 부르노라!"

목동들이 일어서며 소리치더니, 일제히 높은 소리로 노래
하기 시작했다.

"옛 산왕은 죽고 새 산왕이 태어났도다!

옛 왕의 창은 진정한 죽음을 맞아 새로운 삶을 위해 길을
떠나도다!

옛 칸발 왕은 죽고 새로운 칸발 왕이 태어났도다!"

낭랑한 노랫소리가 동굴의 작은 구멍으로 물결치듯 흘러
갔다.

"옛 산왕이 몸에 걸쳤던 청광석 루이샤는

칸발의 아이들을 키우는 양식이 되리라.

왕의 창들이여, 산속 지하의 어둠을 봤느냐?

그대 선조의 어둠을 봤느냐?

그대의 육신이 칸발의 흙으로 돌아갈 때는

그대들 역시 어둠을 지키는 어둠의 수호자 효울이 되리라.

어둠의 수호자 효울이 되어 위대한 산의 생명을 지키리라.

춤추는 자가 나타나 그대들의 어둠을 푸른빛으로 바꿀 때까지."

종장

어둠의 저편

무사 씨족령에서 신요고 황국으로 빠져나가는 동굴은 따뜻한 봄 햇살 속에 입을 쩍 벌리고 있었다. 동굴 앞 풀밭은 온통 형형색색 꽃으로 뒤덮였고, 마침내 찾아온 봄을 맞아 기쁨에 겨운 새들이 수선스레 장난치며 지저귀었다. 바르사가 등짐을 추슬러 올리자 배웅을 나온 지나가 중얼거리듯 말했다.

"정말로 가는 거야?"

바르사가 지나를 내려다보며 미소 지었다.

"응. 꽤나 오랫동안 쉬었으니까."

증정식장의 어둠에서 돌아왔을 때, 바르사의 몸은 상처투성이였다. 유그로에게 당한 상처는 금방 나았지만, 어둠의 수호자 효울에게 당한 부상은 참으로 묘해 겉으로 보이는 흔적이 없는데도 통증이 오래 지속되었다.

유그로는 아직 어둠 속에서 돌아오지 못한 채다. 그의 몸은 왕성 의료원에 있지만 마음은 어둠 속에 남아 있다. 아침이 되면 눈을 뜨고, 식사를 하고, 밤이 되면 잔다. 그러나 눈을 떠도 그의 눈에는 아무것도 비치지 않았다. 그토록 능란하던 말재간도 소용이 없게 되었다. 언젠가 누군가 증정식장에서 유그로의 혼을 만나게 될지도 모른다. 유그로의 혼이 평온해질지 어떨지는 그때의 춤추는 자에게 달려 있을 것이다.

바르사는 미덥지 못한 칸발 왕에게 아버지 로그삼의 음모를 얘기했지만 그 내용을 공표하라고 요청하지는 않았다. 지그로가 어떤 인생을 살았는지 알고자 하는 사람들에게는 사실을 따로 이야기했다. 이제 와서 왕권을 뒤흔드는 소요를 일으켜 젊은 왕을 왕좌에서 끌어내린들, 특별히 뛰어난 인물이 없는 이상 의미가 없다고 판단했기 때문이다.

아니, 그보다는 오히려 믿음직하지 못하더라도 아직 순수한 왕의 마음에 비밀을 하나 안겨주어, 그 의미를 생각하며 살게 하는 편이 낫다고 바르사는 생각한 것이다. 이 왕도 어둠을 똑똑히 봤다. 그러니 다른 왕족보다는 나은 왕이 될지도 모른다.

　청광석 루이샤 덕분에 온 나라가 들끓었으며, 유그로가 꿈
꾸던 산속 지하로의 침략은 없던 일이, 누구나 잊은 척하는
과거의 일이 되었다. 실제로 산속 지하에서 무슨 일이 일어
났는지는 극소수 남자들의 가슴속에만 깊이 새겨졌을 따름
이다. 산속 지하에서 신비로운 노래를 부른 목동들은 남자들
에게 침묵을 맹세케 했고, 모두가 진심으로 다짐했다. 본 것,
느낀 것을 전부 전할 수 있는 말이 없다는 사실을 깨달았기
때문이다. 무리하게 말하려 하면 그 경험은 미묘하게 왜곡될
것이다. 그러느니 침묵을 지킴으로써 이 세상에는 말로 표현
할 수 없는 신비와 암흑이 있다는 것을 믿게 하는 편이 낫다.

　어둠의 수호자 효율이 푸른빛이 되어 스치고 간 감촉은 평
생 잊지 못할 것이다. 그 순간 사람들은 어둠의 수호자 효율
이 오래전에 이 세상을 떠난 아버지나 형, 숙부임을 알아보
았다. 푸른빛이 된 그들이 작별을 고할 때 사람들은 깨달았
다. 어둠의 수호자 효율은 산왕의 부하가 아니다. 칸발인의
양심인 것이다. 생명을 키우고 지탱해온 이 유사 산맥을 지
키는 수호자인 것이다. 이윽고 이 세상에서의 삶을 마칠 때,
우리도 어둠의 수호자 효율이 되어 자손에게 그 암흑과 푸른
빛을 전할 것이다.

평소에는 보이지도 않고 손으로 만질 수도 없는 세상이 있고, 그곳에 사는 정령이 이 유사 산맥을 떠받친다는 것을 아는 우리들이, 마지막 문이 되어 저 정령을 지키리라. 그렇게 함으로써 칸발의 대지에 생명을 지켜나가리라. 남자들은 그렇게 맹세한 것이다. 이제까지 왕의 창들이 그렇게 해왔듯이.

바르사와 캇사는 눈에 띄지 않도록 다시 목동의 안내를 받아 지하 세계를 통해 무사 씨족령으로 돌아왔다. 동굴에서 두 사람을 맞이한 토토 장로가 얼굴을 보며 진심으로 안심한 표정을 지었다. 그러고는 바르사를 올려다보며 낮은 소리로 말했다.

"많은 것을 이야기해주지 않은 채 길을 떠나보낸 것을 용서해다오."

바르사는 가만히 토토 장로를 응시했다.

"당신은 알고 있었군요. 지하 세계에서 기다리는 존재를."

장로가 고개를 끄덕였다.

"어둠의 수호자 효울이 지나에게 청광석 루이샤를 떨어뜨렸다는 말을 들었을 때부터, 효울이 누군가를 부르는 거라고 생각했다. 너와 만나게 되어 지그로의 이야기를 듣는 사이에, 이 효울을 위해 추선공양을 올릴 사람은 너밖에 없다는 것을 깨달았지. 창춤은 꾸밈이 없는 순수한 영혼만이 출 수 있다. 그 춤을 추면서 효울은 춤추는 자에게 모든 생각을 맞부딪친다. 효울의 생각인지 춤추는 자의 생각인지 알 수 없을 정도로 서로 영혼을 맞대는 것이지."

토토 장로가 문득 미소를 지었다.

"그렇다 해도 여느 의식이라면 창춤은 그리 대단한 것이 아니다. 비록 춤추는 자가 그다지 뛰어나지 않다 해도, 그렇게 영혼을 서로 맞대어 모든 것을 전달함으로써 효울은 어깨의 짐을 내려놓고 청광석 루이샤를 증정해왔으니까. 하지만 올해 의식만은 우리도 불안했다. 지그로를 비롯해 많은 효울이 배반당하거나 무참하게 살해당한 자들이었기 때문이지. 과거에 이토록 추선공양하기 힘든 효울은 없었을 것이다. 그렇기 때문에 그들은 아마도 너를 기다렸을 것이다. 네가 찾아오기를. 그들 모두를 위해 추선공양할 창춤을 네가 아니면 누가 출 수 있단 말이냐?"

바르사가 어깨를 으쓱했다.

"나를 기다렸기 때문에 십몇 년이나 의식이 늦어졌을까요? 그건 아닐 거예요. 그렇다면 내가 우연히 칸발로 돌아올 생각이 들었으니 망정이지, 만일 그럴 마음을 먹지 않았다면 계속 의식이 치러지지 않았을 거라는 얘기가 되잖아요?"

토토 장로가 빙긋이 웃었다.

"너는 반드시 돌아왔을 거다. 운명이었으니까."

바르사가 고개를 저었다.

"미안하지만 나는 그렇게 생각하지는 않아요. 운명이란 과거를 납득하기 위해 적당히 둘러대는 거라고 생각해요. 그들이 기다린 것은 내가 아니에요."

"그럼 누구를 기다렸다는 거지?"

"라달 왕이죠."

바르사의 대답에 토토 장로는 눈썹을 치켜올렸다.

"왜 그렇게 생각하는 것이냐?"

바르사가 작게 한숨을 내쉬고 이야기를 시작했다.

"로그삼 왕이 죽고, 새 왕이 어느 정도 나이가 차기를 기다린 거라고 생각해요. 로그삼은 어둠의 수호자 효울들이 절대로 청광석 루이샤를 건네줄 리가 없는 왕이었으니까요. 그래서 그가 나라를 통치하던 기간과, 다음 왕이 어느 정도의 나이가 되기까지 35년 동안 의식을 거행하지 않은 거죠. 다만."

토토 장로가 말없이 바르사에게 말을 재촉했다. 바르사가 잠시 주저하다가 낮은 목소리로 말을 이었다.

"지그로는 말이죠, 분명 나를 기다렸을 거예요. 내가 돌아왔을 때 마중 나왔을 정도니까. 그러니까 내가 칸발로 돌아온 것이 의식을 재개하는 계기가 되었다는 것은, 어느 정도

일리가 있다고 생각해요."

토토 장로가 고개를 끄덕였다. 그리고 온화하게 말했다.

"우리는 청광석 루이샤를 마음의 돌이라고 부른다. 창춤으로 위로받은 효율은 살아 있을 때의 마음이나 슬픔을 모두 푸른빛으로 바꾸어 대지로 돌려보내고 진정한 죽음을 맞이하지. 청광석 루이샤의 푸른빛은 사람의 마음인 셈이다. 너에게 추선공양을 받아 지그로의 마음은 청광석 루이샤로 바뀌었다. 그리고 언젠가는 굶주린 칸발 사람들의 입으로 들어가는 생명의 양식이 되는 것이지."

바르사가 작게 한숨을 쉬고 쓰게 웃었다.

"청광석 루이샤로 푸른빛을 띠는 산왕의 궁전이든, 최후의 문이든, 어릴 적부터 들어온 이야기로 상상하던 것과는 많이 달랐어요."

토토 장로가 미소 지었다.

"저 위대한 산왕을, 자기 몸으로 산속 지하를 깎아내 유사산맥의 땅속에 물길을 만들고 유사의 생명을 키워가는 산왕을 도대체 어떤 이름으로 불러야 할까요? 신일까요? 정령일까요?"

토토 장로가 고개를 저었다.

"우리는 소중한 생명을 반짝반짝 빛나는 누에고치로 지키는 벌레처럼, 알기 쉬운 단어로 많은 이야기를 지어내서 우리 왕을 지켜온 셈이지."

토토 장로의 안내를 받아 햇빛 아래로 나오자 눈으로 뒤덮인 대지가 나타났다. 가슴이 뻥 뚫릴 만큼 빛으로 가득 차 반짝이는 세상이었다. 캇사는 차갑고 투명한 대기를 가득 들이마셨다. 상쾌한 공기와 함께 뭐라고 형용할 수 없이 좋은 느낌이 온몸에 퍼졌다.

관사에 도착하니 카그로가 복잡한 표정으로 캇사와 바르사를 맞이했다. 하지만 산속 지하에서 일어난 일을 듣는 동안 미간의 주름은 사라졌고, 결국 캇사에게 감사 인사를 건넸다. 동생 하나는 어둠에서 해방되었고 또 한 동생은 어둠에 갇혔다. 그래도 카그로는 마음을 좀먹던 그림자 하나가 사라진 것 같았다.

씨족 백성 사이에서 캇사는 여전히 방계 소년에 불과했다. 하지만 캇사는 컹쾌하게 일상으로 돌아갔다. 봄이 되어 바위산에 염소를 돌려보낼 때도, 목동들과 함께 바위산에서 염소를 기르게 되어서도, 캇사는 이제 허망한 기분 따위에 빠져들지 않았다. 목동들은 캇사를 한층 가까운 동료로 여겨 산의 온갖 비밀을 보여주었다. 또한 지하수맥을 여행하며 본 지하 생물과, 땅을 가르고 흘러넘치는 풍부한 샘과 강이, 지금의 캇사에게는 하나로 연결된 것으로 느껴졌다. 목동도 왕의 창도 뿌리는 같다. 그런 생각이 들었다.

바르사는 눈에 갇힌 겨울날을 유카 고모의 의료원에서 푹 쉬며 지냈다. 단창을 손 닿는 곳에 두는 일도 없이, 잠에 취해 몇날 며칠 동안 잠만 잤다. 몸이 텅 빈 껍질이 되어버린 것처럼 나른했다. 어둠의 수호자 효울이 된 지그로의 창이 심장을 찔러 오랫동안 아팠지만, 자는 사이에 그 통증도 차츰 가라앉았다.

이윽고 바르사는 침대에서 일어났고, 난롯가에 앉아 고모에게 띄엄띄엄 이야기를 하게 되었다. 바르사가 낮은 목소리로 들려주는 산속 지하 여행과 어둠 속에서 일어난 일에, 유카는 옛이야기 듣는 심정으로 귀 기울였다.

같이 이야기를 나누는 동안 바르사와 유카는 지그로와 카르나를 마음속에 붙잡아맸던 사슬이 서서히 풀리며 사라지는 것을 느꼈다. 언젠가는 생생한 아픔을 느끼지 않고도 망자들을 생각할 날이 올 것 같았다.

어느 틈엔가 눈 덮인 계절이 지나고, 따뜻한 햇살이 언 땅을 녹이기 시작했다. 그리고 어느 날 아침, 바르사는 문득 정겨운 냄새를 맡았다. 유카 고모가 삶는 약초 향기였는데, 그 냄새를 맡는 순간 바르사는 가슴 깊은 곳이 쓰르르 아리면서 소꿉친구가 그리워졌다. 약초사 탄다를 만나고 싶어진 것이다.

신요고 황국의 청무 산맥은 이미 봄이 한창일 것이다. 탄다는 언제나 그렇듯이 느긋하게 콧노래를 부르면서 약초를 캐겠지. 그 화덕 앞으로 돌아가자. 그리고 여행 이야기를 들려주자. 바르사는 창을 활짝 열어 미지근한 봄바람을 맞으며 생각했다.

동굴 앞으로 캇사와 지나, 그리고 목동 토토 장로와 요요가 배웅을 나왔다. 장로는 마치 산속 지하를 향해 길을 떠나던 그날 아침처럼 토갈과 윳칼 잎, 맛있는 라가가 잔뜩 든 자루를 안겨주었다. 거기에다 지나가 나무열매를 듬뿍 넣어 구운 죠코무 과자도 들려주었다. 죠코무는 바삭하게 굽기 때문에 오래 보관할 수 있어서 여행에 요긴했다. 마지막으로 캇사가 머뭇거리며 무언가를 슬쩍 내밀었다. 동으로 만든, 단창 창끝 아래 끼우는 고리였다.

"이건, 저기, 내 단창 고리에요. 바르사 님에게 줄게요."

정성껏 광을 냈으리라. 고리는 황금만큼 아름답게 빛났다. 바르사가 미소 지으며 고리를 받아들더니, 문득 자기 단창에 달린 고리를 빼기 시작했다. 오래 쓴 데다 피가 스며 새카맣

게 변한 고리였다. 바르사는 그 단창 고리를 손에 쥐더니 캇
사를 바라봤다.

"지저분한 고리지만 말이다, 이건 지그로의 단창 자루에서
빼낸 고리란다. 지그로가 썼고, 내가 썼고, 우리의 목숨을 지
탱해준 단창 고리지."

바르사가 손바닥에 고리를 얹어 내밀었다.

"받아주겠니?"

캇사가 고리를 받아 제 단창 자루에 끼웠다. 그리고 바르
사를 올려다보며 쑥스럽게 웃었다.

"이 고리를 갖고 있던 사람은 둘 다 춤추는 자가 되었네요.
나는 아직 이 고리를 쓸 자격이 없는데."

바르사가 캇사의 어깨에 손을 얹었다.

"앞날은 모르지만, 네 단창 실력이 이대로 는다면 틀림없
이 창춤을 출 실력이 될 거다. 훌륭한 단창술사가 되어다오."

캇사의 멋적은 얼굴이 밝은 미소로 바뀌었다.

바르사는 힘차게 손을 흔들고는 동굴 쪽으로 몸을 돌렸다.
어둠 속으로 발을 뻗으며, 이 어둠을 빠져나가면 그 끝에서
기다릴 연한 봄빛의 청무 산맥을 떠올렸다. 초록빛으로 빛나
는 산을 그리면서 바르사는 당당한 걸음걸이로 어둠 속으로
사라져갔다.

옮긴이의 말

   《수호자》시리즈의 저자 우에하시 나호코는 오스트레일
리아의 원주민 애보리진을 연구하고 대학에서 문화인류학
을 가르치는 교수 겸 문학가다. 1996년에 자신의 전문 분야
에 문학적 상상력을 접목시킨 작품『정령의 수호자』를 발표
하면서 일약 일본 판타지 문학을 대표하는 작가가 되었다.
『정령의 수호자』의 인기에 힘입어 3년 뒤인 1999년에 후속
작『어둠의 수호자』를 발표하고, 이어서 작품 8편과 단편집
2권을 더해 총 12권에 이르는 대작《수호자》시리즈를 무려
16년에 걸쳐 완성했다.

   이 역작으로 우에하시 나호코는 수많은 문학상을 수상했
다. 뿐만 아니라 해외 여러 나라에서《수호자》시리즈가 번
역 출간되면서 국제적으로도 명성을 떨치게 되었다. 특히
2014년에는 아동문학계의 노벨상으로 불리는 국제 안데르

센 상 작가상을 수상함으로써 세계적으로 주목받는 작가로 우뚝 섰다.

일본에서 《수호자》 시리즈의 인기와 위상은 일본 국영방송인 NHK에서 방송 90주년 기념작으로서 이 시리즈를 실사 드라마로 제작하기로 결정한 것만으로도 충분히 짐작할 수가 있다. 2016년 3월에 〈정령의 수호자〉라는 제목으로 방영을 시작하여 약 3년에 걸쳐서 방영할 예정이니, 일본 내에서 《수호자》 시리즈를 둘러싼 열기는 한동안 식지 않을 것으로 보인다. 이제까지 라디오 드라마나 애니메이션으로 제작된 적은 있으나 생동감 넘치고 현실감 있는 묘사가 가능한 실사 드라마의 제작은 처음이다. 게다가 유명 연예인까지 등장한 드라마이다보니 지금 일본에서는 우에하시 나호코의 원작 소설이 다시금 주목받으며 많은 기대를 모으고 있다.

《수호자》 시리즈는 종종 '아시아의 『반지의 제왕』'으로 비유되곤 한다. 『반지의 제왕』이 그렇듯이 이 작품 역시 아동부터 성인까지 두루 즐길 수 있는, 독자층의 폭이 매우 넓은 대작이다. 그러나 철저하게 현실과 동떨어진 판타지 세계를 그린 『반지의 제왕』과 비교해서, 《수호자》 시리즈가 그리는 판타지 세계는 우리가 살아가는 이 세계와 매우 가까운 곳에 공존한다. 다른 세계를 인정하고 다른 생각을 받아들일 수 있는 열린 마음을 가진 이라면 언제든 그 세계를 볼 수 있으며 두 세계의 경계를 넘나들 수 있다는 점에서 커다란 차이점을 보이는 것이다.

《수호자》 시리즈는 30세인 주인공 바르사가 37세가 되기까지 7년 동안 경험하는 무용담이자 모험담이다. 또한 첫 번째 책인 『정령의 수호자』에서 바르사의 도움으로 목숨을 구한 챠그무가 11세 어린아이에서 18세 성인으로 성장하는 과정을 그린 성장 이야기이기도 하다. 본편 10권 가운데『정령의 수호자』,『어둠의 수호자』,『꿈의 수호자』,『신의 수호자』는 바르사가 주인공이며,『허공의 여행자』,『푸른 길의 여행자』에서는 챠그무가 주축이 되어 이야기를 이끌어나간다. 그리고 이 두 줄기의 이야기는 세 편 연작인『하늘과 땅의 수호자』에서 하나로 합류하게 된다. 그 과정에서 다양한 민족 문화에 대한 생생한 묘사, 여러 나라의 역사와 정치적 관계에 대한 묘사가 세밀하게 곁들여지면서, 여느 판타지 소설과 차별화되는《수호자》시리즈만의 독특한 세계가 형성된다.

주인공 설정 역시 매우 독특하다. 판타지 소설에서 바르사와 같이 서른 살 여성이 주인공으로 등장한다는 것은 이례적인 일이다. 실제로『정령의 수호자』출간 당시에 일본 출판

사 측에서도 그 점에 대해 난색을 표했다고 한다. 하지만 우에하시 나호코는 무슨 일이 있어도 주인공은 어느 정도 나이가 들어 인생 경험이 풍부하며, 어린 생명을 푸근히 감싸 안을 수 있는 모성애를 지닌 여성이어야 한다는 생각을 떨칠 수가 없었다. 단창을 멘 삼십대 여성이 어린아이의 손을 잡고 도망치는 이미지가 불현듯 저자의 머릿속에 떠올랐고, 이것이 바로 《수호자》 시리즈를 저술하는 계기가 되었기 때문이다. 이렇게 해서 강인하면서도 심성 따뜻한 바르사, 약한 생명을 위험으로부터 구하는 역동적인 여성 무사 바르사가 탄생한 것이다.

바르사의 담대한 캐릭터와 굴곡진 삶 이외에, 황태자 챠그무의 성장 이야기 또한 《수호자》 시리즈에서 중요한 의미를 갖는다. 연약한 어린아이 챠그무가 어느덧 약한 자를 보호하고 생명을 지킬 줄 아는 강인한 어른이 되고, 나아가 주체적으로 이야기를 이끌어가는 중요 인물로 성장하는 과정을 지켜보는 것도 이 작품을 읽는 또 다른 재미다. 위험을 무릅쓰면서까지 자신을 구해준 바르사한테서 영향받아, 챠그무 역시 자신의 목숨이 위태로워지는 것도 개의치 않고 다른 생명을 구하기 위해 최선을 다하는 가슴 훈훈한 장면을 시리즈 곳곳에서 목격하게 된다.

이 작품을 번역하면서 자연과 생명에 대한 저자의 애정과 경의, 소외받는 이들과 약한 자들을 바라보는 따뜻한 시선에 깊이 감명받았다. 그리고 스스로 선택한 것이 아니더라도 어찌 되었든 자기가 태어난 세계에서 주어진 운명을 받아들이고 열심히 살아가는 사람들의 삶도 이 작품에서 만날 수 있었다. 또한 자칫하면 소홀히 하기 쉬운 소중한 것을 지키기 위해 최선을 다하는 아름다운 모습도 곳곳에서 볼 수 있었다. 작품을 번역하며 이런 것들이 작품에 심오한 의미와 다양한 색채를 부여한다는 생각이 들었다.

번역자로서 《수호자》 시리즈의 번역은 새로운 세계에 대한 도전이었으며, 기나긴 호흡이 필요한 작업이었다. 많은 노력과 시간이 드는 힘든 작업이었지만, 매우 흥미롭고 가치 있는 도전이었다는 생각이 든다. 우에하시 나호코의 가치관과 세계관이 흠뻑 배어 있는 《수호자》 시리즈의 한국어 판 출간에 번역자로서 동참하게 된 것을 기쁘게 생각한다. 저자가 《수호자》 시리즈를 통해 전 세계의 독자에게 보내고자 하는 메시지가 한국의 독자들에게도 제대로 전달되기를 희망한다.

김옥희